Gaston Leroux, geboren am 6. Mai 1868 in Paris, ist am 15. Juli 1927 in Nizza gestorben.

Phantastische Elemente in einer zeitgenössischen Umgebung, das läßt erschaudern und macht gleichzeitig neugierig. Die Faszination einer Gefahr ergreift auch den Leser des Romans *Die blutbefleckte Puppe*, der 1924 erstmals erschien. Der Laden von Benedikt Masson liegt in einem der versteckten alten Viertel der Ile-Saint-Louis. Der Inhaber ist Buchbinder, vor allem von Kunstbüchern, die Hauptfigur des Romans, der von ungewöhnlichen, grausamen, aber auch bewegenden Ereignissen berichtet. Oft schaut Benedikt Masson am Abend, wenn nur noch der Laden des gegenüberliegenden Uhrmachers beleuchtet ist, gebannt nach drüben, verborgen hinter einem Vorhang. Christine, die Tochter des Uhrmachers, weckt sein Interesse. Da sieht er, wie in der Wohnung aus einem Schrank ein Mann hervortritt und Christine umarmt, und später beobachtet er eine gewalttätige Auseinandersetzung zwischen dem Vater und dem Liebhaber. Wird jemand ermordet? Warum läuft Christine blutbefleckt in der Wohnung umher? Weshalb besucht sie ihn schließlich und zieht ihn ins Vertrauen, ihn, den häßlichen, mißgebildeten Mann, dessen Gesicht seine Mitmenschen erschaudern läßt?

Gaston Leroux, das Genie der französischen Unterhaltungsliteratur unseres Jahrhunderts, hat hier eine Schauergeschichte geschrieben, die dem *Phantom der Oper* wenigstens ebenbürtig ist.

insel taschenbuch 1567

Gaston Leroux

Die blutbefleckte Puppe

Gaston Leroux
Die blutbefleckte Puppe

Roman
Aus dem Französischen von
Annegret Sellier

Insel Verlag

insel taschenbuch 1567
Erste Auflage 1994
Insel Verlag Frankfurt am Main und Leipzig

Lizenzausgabe mit freundlicher Genehmigung des
Carl Hanser Verlages München Wien
Hinweise zu dieser Ausgabe am Schluß des Bandes
Vertrieb durch den Suhrkamp Taschenbuch Verlag
Umschlag nach Entwürfen von Willy Fleckhaus
Satz: Satz-Offizin Hümmer, Waldbüttelbrunn
Druck: Nomos Verlagsgesellschaft, Baden-Baden
Printed in Germany

1 2 3 4 5 6 – 99 98 97 96 95 94

Die blutbefleckte Puppe

Hinter dem Vorhang

Der Laden von Benedikt Masson lag in einem der verstecktesten, friedlichsten und ältesten Viertel der Ile-Saint-Louis. Benedict Masson war Buchbinder von Kunstbüchern, was ihn aber nicht daran hinderte, Postkarten zu verkaufen und in diesem vergessenen Viertel einen kleinen Schreibwarenhandel zu betreiben, auf dieser Insel mitten in der Hauptstadt, die durch das sie umgebende Wasser von den fortwährenden Lustbarkeiten, wie man das Pariser Leben allgemein nennt, getrennt wird.

In dieser Straße, der Name wurde in der Zwischenzeit geändert, aber bis vor kurzem hieß sie noch Rue Saint-Sacrament-en-14Ile, im Schatten altehrwürdiger Paläste, in denen vor ungefähr zweihundert Jahren die Schöngeister zusammentrafen, wurden ein halbes Dutzend Läden eröffnet oder zumindest eingerichtet, dazu einige Kneipen und eine bescheidene Uhrmacherwerkstatt. Alle mit der überraschenden Absicht, hier so etwas wie ein Leben zu führen... Nun, in dieser kleinen Straße, in diesem Viertel, das nur noch durch seine Erinnerungen zu existieren schien, begann eines der ungewöhnlichsten und, wenn man so will, eines der bewegendsten Abenteuer unserer Zeit. Denn die Geschichte von Benedikt Masson war wirklich rührend. Aber sie war auch ebenso schrecklich. Paris hat nur das Schreckliche miterlebt und zittert heute noch davor.

Um die Geschehnisse richtig beurteilen zu können, müssen wir an ihren Anfang zurückgehen.

Wir gehen über die Marienbrücke und schauen uns um. Wir sind überzeugt, daß das Leben sich nicht nur in Bewegung ausdrückt. Auf der Ile-Saint-Louis finden wir unsere Annahme besser als anderswo bestätigt. Denn hier herrschte von jeher reges Leben, aber eher im geistigen Bereich. Dabei wollen wir so illustre Namen wie Voltaire oder Madame du Châtelet gar nicht nennen. Doch hier haben immer Dichter, Schriftsteller und Maler gelebt: George Sand, Baudelaire, Théophile Gautier, Gérard de Nerval, Daubigny, Corot, Barye, Daumier hatten hier ihre Buden. An der Ecke Rue Le Regrattier, der früheren Rue de La Femme sans Tjte, befindet sich in einer Nische der Torso eine Statue, die die Jungfrau darstellt. An ihr sind die Plejaden der Romantik vorbeigezogen. Benedikt Masson war nicht nur Buchbinder, sondern auch Dichter, ein sehr eigenwilliger Dichter, von denen es in diesen wirren Zeiten mehrere gegeben hat. Er behauptete, das Zimmer zu bewohnen, in welchem der Autor der Fleurs du Mal (Blumen des Bösen) einige Zeit gelebt – und gelitten – haben soll. Darauf war er bei aller sonstigen Bescheidenheit sehr stolz.

Benedikt Masson lernen wir am besten durch ihn selber kennen. Wie alle, die davon überzeugt sind, von einem höheren Wesen geführt zu werden, führte er Buch über die belanglosesten Begebenheiten in einem Leben, das bis zu dem Augenblick, von dem an wir es betrachten wollen, in farbloser Monotonie verlaufen war. Benedikt Masson war zu diesem Zeitpunkt ungefähr 35 Jahre alt. Ich betone »ungefähr«, da es Leute gegeben hat, die behaupteten, dieses Tagebuch sei geschrieben worden, um die Unschuld eines Ungeheuers zu beweisen, das in fortwährender Angst lebte, entdeckt zu werden. Die das behaupteten, verfügten zwar über genügend Argumente und Begründungen, aber hatten sie auch recht? Das werden wir vielleicht eines Tages noch erfahren.

Mich rührt immer von neuem die Aufrichtigkeit Benedikt Massons in seinen Tagebüchern, auch oder gerade in den Passagen, die völlig verwirrt erscheinen.

Wir beginnen mit unserer Geschichte Ende Mai. Es war

ein heißer Tag. In Paris hatte der Frühling so früh wie schon lange nicht mehr eingesetzt.

Es ist neun Uhr abends. In der völlig verlassenen Straße, in der es bereits dunkel wird, ist der letzte Laut das Läuten der Türglocke zum Laden von Fräulein Barescat, der Kramerin. Sie verschließt die Tür, nachdem sie die Vorhänge vorgezogen hat.

Nur zwei Fenster sind noch hell erleuchtet, das des Buchbinders und das des Uhrmachers.

Der Laden von Benedikt Masson lag dem Laden des alten Norbert schräg gegenüber. Diesen sah man nur an Sonntagen herauskommen, wenn er mit seiner Tochter und seinem Neffen zur Messe in die Kirche Saint-Louis-en-14Isle ging. Die übrige Zeit blieb er hinter den grünen Wollvorhängen versteckt, die seine Werkstatt verbargen, und arbeitete sehr geheimnisvoll an Dingen, die ihn in seiner Umgebung bereits berühmt gemacht hatten. Er hatte einen Mechanismus erfunden, durch den er zu Reichtum hätte kommen können. Aber er hatte ihn nie einem Geschäftsmann vorführen wollen. Er schien nur noch der Kunst willen, von einem Wahn getrieben zu arbeiten, durch den schon andere vor ihm ihren Verstand verloren hatten. Die Kollegen, zu denen er keinerlei Kontakt mehr unterhielt, sprachen über ihn mit trauriger Herablassung. Einige, die etwas besser Bescheid wußten, meinten, er habe eine Erfindung gemacht, die allen Regeln der Mechanik zuwiderlaufe und mit deren Hilfe der Unglückliche ein Perpetuum mobile schaffen wolle. Das sagt ja bereits alles aus.

Wenn man vor seinem Laden stehenblieb, konnte man im Schaufenster ein merkwürdiges Uhrwerk entdecken, dessen Zahnräder nie vorher gesehene Formen aufwiesen. So gab es z. B. quadratische Zahnräder. Aber die Bewohner der Ile behaupteten, dieses Uhrwerk existiere bereits seit Jahren und er habe es nur im Fenster abgestellt. Fräulein Barescat, die Kramerin, hätte für diese Behauptung ihre Hand ins Feuer gelegt. Kurz, der alte Norbert war im Viertel zwischen der Marienbrücke und der Brücke Saint-Louis eine diabolische Figur.

An dem Abend, an dem unsere Geschichte beginnt, schaute Benedikt Masson, versteckt hinter einem Vorhang, wie gebannt zur Uhrmacherwerkstatt. Wir können Sie versichern, daß er sich keineswegs für den alten Norbert interessierte oder daß dieser ihn von der Arbeit abhielt. Die Tochter des alten Norbert hatte kurz zuvor die Werkstatt betreten.

Nun wollen wir in den Tagebüchern von Benedikt Masson blättern, um sofort auf dem laufenden zu sein.

»Da ist sie«, sagte sich Benedikt Masson, »so, wie ich sie mir immer vorgestellt habe. Da ist sie, so, wie Gott sie für mein Herz geschaffen hat, das sich nach Schönheit und Mysterium sehnt. Auf der ganzen Welt gibt es nichts Schöneres und Geheimnisvolleres als Christine. Nichts strahlt eine solche Ruhe aus wie sie. Gibt es etwas Geheimnisvolleres und Tiefgründigeres als ihre Ruhe? Die aufgewühlten Fluten fesseln mich, aber das ruhige Meer schüchtert mich ein. Christines ruhig strahlende Augen erschrecken mich und ziehen mich gleichzeitig an. In ihren Augen kann man sich verlieren, sie sind wie ein Abgrund.

Aber diese Dummköpfe verstehen das nicht. Wer kann Christine überhaupt verstehen? Ganz gewiß nicht dieser blödsinnige Uhrmacher, ihr Vater, der nur über seinen quadratischen Zahnrädern sitzt und seine Tochter sicherlich seit Jahren nicht mehr angesehen hat. Und erst recht nicht dieser tölpelhafte Cousin, Jacques, ihr Verlobter, das Prunkstück der medizinischen Fakultät, Prosektor an der Universität, ein Streber, ein braver Junge, der ihr jeden Wunsch von den Augen abliest, der draußen vor allen Theater spielt und sie anstarrt, sie aber nie sieht. Es gibt so Typen wie diesen da, die sie anstarren, weil sie schön ist. Aber ich, Benedikt Masson, bin der einzige, der sie sieht.

Dieses Mädchen ist völlig anders als die anderen Gänschen heutzutage. Sie hat das Auftreten und das Gesicht einer Erzherzogin, nicht mehr und nicht weniger, eher mehr als weniger; den Nacken einer Göttin, über den die Locken in der Farbe alten Kupfers fallen. Wenn sie den Hut an den Haken hängt, wie gerade jetzt, gleicht sie der Amazone vom Kapitol, die gleiche Haltung, die gleiche Armbewegung. Das ist für meinen Geschmack ungeheuerlich. Auf all meinen Reisen habe ich keine schönere Diana gesehen. Wie müssen erst ihre edel geformten Beine aussehen! Aber bei diesem Gedanken darf ich nicht zu lange verweilen, sonst entbrenne ich zu sehr. Doch schon durch das, was man erahnen kann, wenn sie sich bewegt oder geht, bin ich verleitet, ihre Spuren zu küssen.

Ihr Gesicht ist ein makelloses Oval, die Nase ist glücklicherweise leicht gebogen, das nimmt ihr die Kälte der reinen Gleichmäßigkeit. Die Linie ihres Mundes ist von engelhafter Reinheit, ihre Lippen sind ganz zart. Dieses schöne Mädchen ist Künstlerin und verdient ihren Unterhalt mit Unterricht im Modellzeichnen. Sie braucht kein anderes Modell als sich selbst.

So sehen sie alle. Was die anderen nicht sehen, liegt tief in ihrem ruhigen und ergebenen Blick. Auf dem Grund dieser Augen – ich will es euch verraten – liegt ein ungeheures fortwährendes Staunen darüber, daß sie, die für den Olymp geschaffen war, in einer solch elenden Werkstatt auf der Ile-Saint-Louis zwischen einem Uhrmacher und einem Medizinstudenten leben muß. Sie behauptet, ihren Vater und ihren Cousin zu lieben, den sie, so sagt man, eines Tages heiraten wird. Hoffentlich so spät wie möglich. Unglückliche, warum bringt sie sich nicht um! Aber in ihr vereinigen sich Schönheit und Tugendhaftigkeit. Herrlich wie eine heidnische Statue und zurückhaltend wie eine Madonna aus dem Meßbuch. Ach, man kann nichts dagegen sagen! Sie ist die Madonna der Ile-Saint-Louis ... Aber jetzt will ich berichten, was ich an diesem Abend erlebt habe.

Der alte Norbert, seine Tochter und sein Neffe wohnen nicht zur Straße hinaus. Da drüben befindet sich nämlich nicht nur die Werkstatt. Sie bewohnen ein Gartenhaus, das von der Werkstatt durch einen Garten getrennt ist. Dieses Gartenhaus habe ich bisher nie gesehen. Mit Ausnahme der Zugehfrau, die jeden Morgen kommt, hat noch niemand dieses Haus betreten. Aber jetzt habe ich einen Weg gefunden, das Gartenhaus zu beobachten. Ja, in dieser Nacht bin ich, nachdem in der Straße alle Lichter gelöscht waren, über eine Leiter auf den Dachboden meines Hauses geklettert und habe von dort alles beobachtet.

Das Gartenhaus hat zwei Stockwerke. Der zweite Stock ist in ein verglastes Atelier umgebaut worden, zu dem man über eine hölzerne Außentreppe gelangt. Der Uhrmacher und sein Neffe bewohnen den ersten Stock. Christine wohnt im Atelier.

Der Mond schien in dieser Nacht sehr klar. Christine blieb länger als eine Stunde auf dem Balkon, der das Atelier umgibt. Welch eine Nacht für einen Dichter und Liebenden!

Plötzlich verließ sie den Balkon und stieg leise einige Stufen hinunter. Sie blieb stehen und horchte zur Wohnung ihres Vaters und ihres Verlobten hin. Dann ging sie ganz behutsam wieder hinauf, betrat das Atelier und ging auf einen riesigen Schrank zu, der die hintere Wand einnahm. Sie zog einen Schlüssel aus der Tasche und öffnete den Schrank. Ich beobachtete, wie ein Mann daraus hervortrat, den sie umarmte. Dann konnte ich nichts mehr sehen, da sie hastig die Balkontür schloß und die Vorhänge vorzog.

Benedikt Masson hört nicht auf, sich zu wundern

Man kann sich leicht vorstellen, wie ich die Nacht verbracht habe! Ich hatte vieles in Christines Augen bemerkt, aber darauf war ich nicht vorbereitet.

Ich bin Poet, einer der Ärmsten unter den Menschen.

›Du warst mir alles, mein Lieb! Nach dir sehnte sich meine Seele – Du warst alles für mich – eine grüne Insel im Meer – ein Quell – ein mit Früchten und Feenblumen geschmückter Altar!‹

Das hatte ich nicht vorausgesehen! Ein Mann im Schrank!

Die Goldschale hat einen Sprung! Die Totenglocke soll läuten! Wieder eine heilige Seele, die auf dem schwarzen Fluß davonschwimmt! Wieder eine...! Ah, Tochter des Teufels!

Aber ich will Ihnen etwas verraten. Diese durchwachte Nacht war nicht nur angefüllt mit Zorn und Verzweiflung über meine eigene Dummheit, sondern auch von einer Art teuflischer Freude. Den Grund dazu werden Sie gleich erfahren. Ich habe Christine nicht nur wie einen Engel verehrt, über den ich mein Leben lang weinen werde, ich begehrte sie als Frau, als die Schönste unter den Frauen... Und darunter litt ich, denn ich wußte ja, daß sie nie die Meine werden konnte, daß sie mich nie lieben würde, daß ich mich ihr nie nähern durfte. Der Schmerz über diese absolute Gewißheit wurde noch verdoppelt durch die Vorstellung, daß dieser Tölpel von gegenüber eines Tages dieses Kleinod Gottes an die Hand nehmen würde, um mit ihr zum Bürgermeister zu gehen und sich mit ihr trauen zu lassen.

Ja, diesem Mann aus dem Schrank, den ich bei sich bietender Gelegenheit wie einen Hund erschlagen hätte, war ich trotzdem weniger gram als dem anderen, denn er rächte mich, und wie! …

Nun ist es an der Zeit zu erklären, warum ich mir keine Hoffnungen machte, Christine je zu besitzen. Es ist in drei Worten erledigt: ›Ich bin häßlich.‹

Der Cousin ist auch nicht gerade schön zu nennen. Er ist ganz gewöhnlich, was in meinen Augen noch schlimmer ist. Ihr Jacques – ich habe ihn oft betrachtet, wenn er an meinem Laden vorüberging – ist von gedrungener Gestalt. Ein kleiner Mann, etwa achtundzwanzig Jahre alt, kurzsichtig, mit einem langen blassen Gesicht mit vorspringenden Bakkenknochen, einem wohlgeformten, aber zu groß geratenen Mund und einem kurzen blonden Bart, der genauso weich und zart aussieht wie Babyhaar. Wenn er den Hut abnimmt, wird seine Glatze sichtbar, die sicher vom Studieren kommt. Das ist der ganze Held! Nicht gerade umwerfend! Aber er ist wenigstens kein Ungeheuer, mit seinem Doktortitel wird er einen ganz annehmbaren Ehemann abgeben. Aber ich, ich bin ein Monster! Ich bin von erschreckender Häßlichkeit. Wieso erschreckend? Nun, alle Frauen laufen vor mir davon!

Gibt es auf der Welt etwas Schlimmeres als dieses Schicksal? Ich habe nie eine Frau in meine Arme schließen dürfen! Sie konnten es nicht. Schon die Vorstellung, ich könnte sie umarmen, versetzt sie in Schrecken. Es ist wirklich so, wie ich sage, ich übertreibe nicht. Welch ein Unglück, welch eine Qual! Wie heißt es doch: ›Das Leben brennt wie Feuer in meinen Adern. Jede Frau wäre für mich eine neugeschenkte Welt. Es wäre, als hörte ich tausend Nachtigallen zugleich! … Bei diesem Fest des Lebens könnte ich alle Elefanten Hindustans verzehren und den Straßburger Dom wie gargekochtes Fleisch verschlingen. Das Leben ist das höchste Gut!‹ Aber mir ist dies verwehrt!

Warum ist mein Kopf von solcher Häßlichkeit umhüllt?

Warum ist mein Gesicht so verschoben? Warum bilden meine Augenbrauen solche Wülste? Warum springen meine Kieferknochen so weit vor? Warum dieses Chaos?!

Der lachende Mann war glücklich dran. Er lachte wenigstens! Er lachte für die anderen... Aber was bedeute ich für die anderen? Ich lache nicht, ich weine nicht, wenn sie mich ansehen. Mein Gesicht ist ein erschreckendes Geheimnis.

Soll ich etwas preisgeben, durch das ich vielleicht zu etwas getrieben werde, was ich gar nicht will?

Ach was, in meinem jetzigen Zustand habe ich nichts mehr zu fürchten. Warum zögere ich noch? Selbst das schlimmste Erlebnis, das mir vielleicht noch bevorsteht, kann diese Nacht nicht übertreffen.

Bis jetzt hatte mein Leben nur das Ziel, Christine zu sehen. Aber seit ich sie in den Armen dieses Mannes aus dem Schrank erblickt habe ... Wie sagen die Matrosen: ›Mit Gott...‹

Gut, erst vor kurzem bin ich zu der Überzeugung gekommen, daß ich häßlich bin! Vor ungefähr zwei Jahren meinte ich noch, daß mein Gesicht nicht auf alle entsetzlich wirkte. Ich wußte zwar, daß ich, leider, den Frauen nicht gefallen konnte, aber ich hatte noch Illusionen. In meinen Elfenbeinturm zurückgezogen, vor meinem Spiegel, entschloß ich mich, meine Häßlichkeit für was Besonderes zu halten. Ich betrachtete mich im Profil, zu Dreiviertel, ich schnitt mir Gesichter, ich versuchte verschiedene Frisuren. Dann suchte ich häßliche Vorbilder, denen ich mich ohne Scheu nähern konnte. So bildete ich mir ein, nicht viel häßlicher als Verlaine zu sein, der, wenn man ihm glauben darf, geliebt wurde, sich in der Kunst der Liebe auskannte...!

›Ah, die schönen Stunden des unsagbaren Glücks, in denen sich unsere Lippen trafen... Wie blau war der Himmel, wie groß unsere Hoffnung‹, etc.

Ach, Verlaines Mund. Friede seiner Asche. Er ist für immer der bedeutendste Dichter für mich!

Trotzdem sagte ich mir: Wenn er geliebt wurde, dann sicherlich nicht wegen seiner Schönheit. Es gibt also Frauen, die sich allein durch Träume, die Träume eines Dichters verführen lassen, durch göttlichen Nektar in einem plumpen Gefäß, das die Natur in bösartiger, liebloser Laune geschaffen hat. Man muß nur die Möglichkeit haben, sich zu äußern. Und diese Möglichkeit habe ich selbst geschaffen durch beträchtlichen Erfolg bei der letzten Buchbinder-Ausstellung. Meine romantischen Einbände erhielten den ersten Preis. Ich setzte Anzeigen in die Zeitungen, in denen ich weibliche Lehrlinge anwarb. Schon einen Tag später stellte sich ein junges Mädchen vor: Fräulein Henriette Havard, charmant und – wie mir schien – sehr intelligent. Sie erzählte mir, sie habe ihre Eltern verloren und lebe bei einer alten Tante. Sie wolle nun selber Geld verdienen. Sie bot mir an, gleichzeitig als Lehrling und als Angestellte bei mir zu arbeiten. Wir waren uns bald einig. Ich besitze in der Nähe von Paris, in einer recht einsamen Gegend, am Waldrand gelegen, ein kleines Landhaus. Nicht weit davon liegt ein kleiner Teich. Dort arbeite ich normalerweise während des Sommers. An diesem Ort wollte ich mich am folgenden Tag mit Henriette treffen.

Am ersten Abend hatte ich mich im Halbdunkel aufgehalten. Am darauffolgenden Tag auf dem Lande sah sie mich bei hellem Tageslicht. Und am nächsten Tag sah ich sie nicht mehr...! – Drei Tage wartete ich auf sie. Sie hatte mir die Adresse ihrer Tante gegeben. Zu dieser begab ich mich und fragte sie nach ihrer Nichte. Sie antwortete in gleichgültigem Ton, sie habe sie nicht wiedergesehen. Ich fragte nicht weiter, denn ich wollte nicht unruhiger erscheinen als sie.

Unterdessen hatte sich ein zweiter weiblicher Lehrling

vorgestellt, Frau Claire Thomassin, eine ebenso elegante wie hübsche Witwe. Sie blieb einen Tag... Achtundvierzig Stunden später kam ein etwa fünfzigjähriger Mann zu mir und fragte nach Frau Claire. Ich erzählte ihm, sie seit ihrem Fortgehen nicht mehr gesehen zu haben. Tieftraurig ging er fort.

Nun, dann hatte ich noch vier weitere weibliche Lehrlinge. Eine blieb fünf Tage, zwei weitere nicht länger als vierundzwanzig Stunden, die letzte blieb drei Wochen. Bei ihr begann ich zu hoffen, daß das Wunder geschehe. Aber im letzten Moment ist sie davon, wie die anderen!

Bei dieser letzten wollte ich mich frei von jeder Schuld fühlen und habe Erkundigungen eingezogen. Aber ich habe nichts von ihr gehört. Keiner wußte, was aus ihr geworden war. Ich werde nicht verschweigen, daß mich ungeheure Angst erfaßt hat... Ich wage nicht, weiter zu forschen, aus Angst zu erfahren, daß die drei anderen auch verschwunden sind. Von dreien weiß ich es, das genügt mir!

Daß Frauen vor mir fliehen, weil ich häßlich bin, kann ich verstehen. Aber daß sie vor mir bis ans Ende der Welt fliehen, daß sie verschwinden oder sich selbst umbringen, das übersteigt alles. Was soll ich davon halten? Was soll ich über meine Vermutungen hinaus denken? Versetzen Sie sich in meine Lage. Es ist entsetzlich!... Wenn sie sich, aus dem einen oder anderen Grund, umgebracht hätten! Man würde ihre Leichen finden. Aber bis jetzt hat man sie weder tot noch lebendig entdeckt.

Mein Gott, ich rede, als wüßte ich bereits Bescheid über die drei... Tief in meinem Innern bin ich davon überzeugt, daß die sechs Frauen das gleiche Geheimnis verbindet, das Geheimnis des Todes... Und nur ich weiß etwas davon... Glücklicherweise. Denn all das ist so unglaublich und so absurd, daß ich nicht daran denken möchte. Ich hatte eine sehr gute Methode entwickelt, nicht mehr daran zu denken.

Sie bestand darin, mich ganz in den Anblick Christines und meine Liebe zu ihr zu vertiefen... Und jetzt!

Jetzt starre ich unverwandt auf die Tür zur Uhrmacherwerkstatt. Heute ist Sonntag, sie wird gleich herauskommen, um in die Kirche zu gehen, eingerahmt von ihrem Vater und diesem Tölpel. Da kommt sie schon, in der Haltung einer Erzherzogin, mit dem Gesicht einer Madonna und ihrem ruhigen Blick. Der Dummkopf trägt ihr Gebetbuch. Ich würde gern zur Messe gehen, für sie. Aber heute folge ich ihnen nicht. Ich bleibe hinter meinen Vorhängen, um zu sehen, wie der Mann von heute nacht herauskommt. Ich möchte wissen, wie ihr Geliebter aussieht. Später werde ich sehen, was ich machen kann.

Jetzt warte ich bereits seit einer halben Stunde darauf, daß er herauskommt – nichts geschieht. Heute, am Sonntag, ist das Schaufenster der Uhrmacherwerkstatt mit Holzläden geschlossen. Die Vorhänge sind heruntergelassen, auch an der Tür. Und diese Tür geht einfach nicht auf! Auf was wartet er? Die Straße liegt verlassen da, völlig leer. Er kann nur durch diese Tür hinaus. Das Gebäude, das diese merkwürdige Familie bewohnt, hat nur diesen Ausgang, den ich beobachte. Sie leben da drüben wirklich wie in einem Gefängnis. Der Garten, wenn man dieses Viereck mit drei Bäumen so nennen darf, wirkt mit den hohen Mauern ringsum, durch die er vor Blicken geschützt wird, wie ein Gefängnishof. Das Gebäude und der Garten, in dem der Uhrmacher mit seiner Familie lebt, gehörte früher zum bekannten Palais Coulteray. Der Haupteingang zum Palais geht auf den Quai de Bethune hinaus. Das Palais ist, eine Seltenheit, die für andere Palais nicht mehr zutrifft, noch heute im Besitz des letzten Nachkommen der berühmten Familie mit ihren vielen Titeln, des Marquis Georges Marie Vincent Coulteray. Er hat erst kürzlich geheiratet, wohl eine Folge seiner letzten Indienreise. Die Gemahlin ist die jüngste

Tochter des Gouverneurs in Delhi, geborene Bessie Cavendish.

Ich habe den Grafen und seine Gemahlin bisher nur einmal gesehen. Es war an einem Abend auf dem Quai, sie stiegen aus ihrem wunderbaren Wagen aus. Die elektrische Innenbeleuchtung strahlte sie an. Die Gräfin ist noch sehr jung und erschien mir sehr zart, aber sehr apart mit ihrer feinen durchscheinenden Schönheit, typisch für Engländerinnen, aber heute in der Zeit des Sports nur noch selten zu finden.

An der Seite dieser Heldin, um mit Walter Scott zu sprechen, wirkt der Graf trotz der vorzeitig ergrauten Haare sehr stattlich und lebensfroh. Aus seinem rosigen, gut durchbluteten Gesicht strahlen eisblaue Augen, er wirkt noch sehr jung und fröhlich für einen Mann von mehr als fünfzig Jahren. George Marie Vincent ist der Urgroßenkel des berühmten Grafen Coulteray, der sich, zur Zeit Louis XV., von seiner Frau trennte, von anderen Geschichten ganz zu schweigen. Diese wollte nicht in die Scheidung einwilligen und das gemeinsame Haus verlassen. Da trennte er sich von ihr, indem er diese hohen Mauern errichten ließ, die noch heute das Anwesen in zwei Teile teilt. Der Unglücklichen überließ er das kleine Gartenhaus, in das sie sich zurückgezogen hatte und in welchem sie auch starb, mutwillig eingesperrt.

Dort empfängt die tugendhafte Christine ihren Geliebten, während ihr Vater und ihr Verlobter schlafen.

Dieser Gedanke veranlaßt mich, so lange hinter dem Vorhang zu warten. Ich erwarte sein Erscheinen, denn er kann nur durch diese Tür seinem Liebesgefängnis entkommen. Doch die Zeit vergeht, die Tür zur Werkstatt öffnet sich nicht. Der Uhrmacher kommt zusammen mit der stolzen Christine und ihrem tölpelhaften Verlobten aus der Kirche zurück.

Jetzt muß der Herr den ganzen Tag in seinem Schrank verbringen und dort auf die Nacht und ihre Wohltaten warten.

Diese Vorstellung – ich gestehe es – ist für mich nicht sonderlich beruhigend. Außerdem quält mich noch etwas anderes: Ich habe den geheimnisvollen Gast Christines nicht herauskommen sehen. Aber ebensowenig habe ich beobachtet, wie er hineingegangen ist. Nun frage ich mich, wie lange diese merkwürdige Idylle im Schrank schon besteht.

Ich überrasche mich bei wildem Gelächter über die Frauen im allgemeinen und über diese im besonderen. Der göttlichen Christine, die mein Herz völlig gefangengenommen hat, wünsche ich eine wunderschöne Katastrophe, um mein Gemüt zu erheitern und wegen des allgemeinen Gewissens. Heute werde ich nicht ausgehen...

Fünf Uhr! Was ich soeben erlebt habe, habe ich nicht im Traum erwartet.

Gewöhnlich pflegt die Familie Norbert, Vater, Tochter und Jacques Cotentin, der Verlobte, am Sonntagnachmittag einen Spaziergang zu machen. Heute sind der Alte und Jacques allein fortgegangen. Die Tochter hat sie bis zur Tür gebracht, hat ihnen einige nette Worte mit dem Lächeln einer Königin gesagt und hat dann die Ladentür wieder verschlossen. Ich bin mit einem Satz auf meinen Beobachterposten unter dem Dach gesprungen.

Ich bin gerade rechtzeitig dorthin gekommen, um noch zu sehen, wie sie durch den Garten gegangen und die Treppe hinaufgestiegen ist, die zum Atelier in der oberen Etage des Gartenhauses führt. Die Tür war weit offen. Ich konnte den Schrank erkennen. Sie öffnete ihn ohne Zögern. Der Mann kam heraus.

Sie nahm ihn bei der Hand und flüsterte ihm etwas ins Ohr. Sicherlich erzählte sie ihm, daß das Haus frei sei von den lästigen Mitbewohnern und in den nächsten Stunden ihnen gehöre. Er ging jedenfalls sofort auf den Balkon und lehnte sich über das Geländer, wobei er mit nachdenklicher Miene den Garten betrachtete.

Dieses Mal konnte ich ihn gut und in allen Einzelheiten erkennen. Mein Gott, Christine beweist Geschmack bei der Auswahl ihrer Geliebten. Dieser hier war ihr ebenbürtig. Ich kann mir nicht vorstellen, daß sich ein Mädchen einen besser aussehenden Mann wünscht. Als ich diese königliche, vollendete Gestalt sah, habe ich den Schöpfer verflucht, daß er mich so geschaffen hat, wie ich bin, und für diesen da das Gesicht des Siegers aufbewahrt hat.

Dieser Mann ist im besten Alter. Seine Bewegungen sind voller Harmonie. Nichts scheint ihn zu beunruhigen. Neben ihm erscheint Christine, die mich mit ihren unbewegten schönen Zügen beeindruckt hat, wie eine kleine Irre. Ich kenne sie nicht wieder, sie hat sich grundlegend verändert. Mit strahlendem Lächeln ruft sie kindlich: Gabriel.

Dieser junge Mann von ungefähr dreißig Jahren gleicht wahrhaftig dem Engel Gabriel. Wie schön sie beide sind. Welch ein Paar!

Ich muß noch die Kleidung Gabriels beschreiben, denn die ist nicht alltäglich. Er ist von Kopf bis Fuß in ein Cape gehüllt, wie es zur Zeit der Revolution Mode war, und trägt, diesem Stil entsprechend, niedrige Stulpenstiefel. Wenn man ihn beobachtete, wie er aus dem Schrank stieg, in diesem alten Gebäude auf der Ile-Saint-Louis, konnte man meinen, er gehöre zu einem der geheimnisvollen Abenteuer des Chevalier de Fersen, der auf geheimnisvolle Weise in die Hauptstadt gelangt war und den königlichen Gefangenen zur Flucht verhelfen wollte. Ich konnte mir Christine gut als Marie-Antoinette mit ihrem über dem Busen gefalteten Brusttuch vorstellen.

Was wird da drüben gespielt, wie hat das alles angefangen? Wie soll das enden? Wo sind wir eigentlich? Ich verstehe überhaupt nichts mehr.

Dieser Mann hat noch kein Wort zu ihr gesprochen. Er ist nur ihrem Ruf gefolgt. Gabriel geht vor Christine die Treppe hinunter. Jetzt befinden sich beide im Garten. Er hat sich unter eine Platane an einen kleinen, mit einem Tischtuch geschmückten Tisch gesetzt, auf dem sich Obst und Flaschen befinden. Ihn kann ich nicht sehr deutlich sehen, sie kann ich besser erkennen. Sie läuft um ihn herum, spricht zu ihm, setzt sich neben ihn und lehnt ihren Kopf an seine Schulter. Ich sehe sie nur von hinten. Der Baum behindert mich. Nun bewegen sie sich nicht mehr. Minutenlang verharren sie so, zärtlich aneinander geschmiegt. Ich habe diese Minuten nicht gezählt, die zu den grausamsten Minuten in meinem Leben zählen.

Ah, der Kopf einer Frau an seiner Schulter, Christines Kopf! Wenn ich ihm nur das Herz herausreißen könnte, diesem anderen!

Endlich stehen sie wieder auf, sie halten sich an den Händen. Sie gehen die Treppe hinauf, sie hält noch immer seine Hand, führt ihn ins Atelier und schließt die Tür.

Wie ein Wahnsinniger bin ich in meine Wohnung gestürzt und habe geschluchzt. Die schwachköpfigen Dichter behaupten, man weine blutige Tränen. Das möchte ich zu gern erleben!

Plötzlich wurde an die Tür zu meiner Werkstatt geklopft. Sie war's, sie! Sie! Sie, die noch nie ein Wort zu mir gesprochen hatte. Sie, die immer an mir vorbeigegangen war, als gebe es mich gar nicht.

Ich öffnete und hielt mich dabei am Türpfosten fest, um nicht zu fallen. Sie sah mich schwanken, völlig verstört, mit geröteten Augen. Ich bin erschreckend. Ich mußte abstoßend auf sie wirken. Aber sie besaß das besondere Mitleid, das nichts bemerkt. Mit der vornehmen Zurückhaltung, die mich immer wieder aufs neue freut, zermalmt oder in den Wahnsinn treibt, sagte sie zu mir: »Benedikt Masson, Sie sind Künstler. Ich bin gekommen, um Ihnen von den Schätzen meiner Bibliothek zu berichten: Fünf Bände Verlaine, die Sie nach Ihrem Geschmack binden sollen. Ich wollte Sie nur bitten, mir in den nächsten Tagen Ihr Leder zu zeigen, damit ich für jeden Band die richtige Farbe auswählen kann.«

Als ich mich linkisch auf einen kleinen Restposten Leder stürzte, hob sie ihre schöne weiße Hand: »Nein, nicht heute... Entschuldigen Sie bitte, ich bin etwas in Eile.«

Dann ging sie wieder, mit der Stirn einer Göttin und dem Gesicht eines Engels. Ich hatte nicht eine Silbe herausgebracht. Ich war wie vernichtet und völlig durcheinander. Aber sie strahlte eine Ruhe und Ausgeglichenheit aus, die sie in ihrer Situation auch brauchen konnte.

Zwei Uhr in der Früh! Entsetzlich... Dieses Drama konnte nicht auf anständige Weise weitergehen. Ich wurde soeben Zeuge eines blitzartigen und dunklen Geschehens. Es war kurz nach Mitternacht. Ich war auf dem Dachboden und litt Höllenqualen, solange das Licht im oberen Stockwerk des Gartenhauses anzeigte, daß Christine noch nicht zu Bett gegangen war. Plötzlich erblickte ich unten im Garten im hellen Mondschein den alten Norbert, der katzengleich die Treppe hinaufschlich und mit einem Ruck die Tür zum Atelier aufstieß. Gleichzeitig ertönte Christines Schrei: »Papa!«

Der alte Norbert hielt über dem Kopf eine entsetzliche Waffe, die aussah wie ein bronzener Feuerbock, der sich niederstürzt. Christine flehte: »Töte ihn nicht! Töte ihn nicht!«

Der Mann sprang auf den Balkon, breitete die Arme aus, als die schreckliche Waffe ihn traf. Er rührte sich nicht mehr. Christine warf sich wie von Sinnen über ihn. Dann herrschte eine unheimliche Stille. Der Alte, mit den Armen über der Brust gekreuzt, glich einem Irren.

In diesem Augenblick kam Jacques aus seinem Zimmer und betrat die Szene. Christine erhob sich und sagte: »Papa hat ihn getötet.«

Der Alte erwiderte mit klarer Stimme: »Er hat mir nicht mehr gehorcht, durch deine Schuld. Ich hätte es mir denken sollen.« Der Verlobte blieb stumm, packte die Leiche und schleppte sie ins Atelier. Dort schlossen sie sich alle ein. Sie sind auch jetzt noch dort, während ich dies aufschreibe.

Könnte es sein, daß sie unter ihrem Korsett nur ein Uhrwerk hat?

Gabriel ist tot. Gabriel ist tot. Der Alte hat ihn zerfetzt. Das zählt als einziges für mich. Der Rest wird sich später aufklären, wenn es unbedingt notwendig sein sollte. Für mich ist nur Gabriels Tod von Bedeutung. Nun steht er nicht mehr zwischen Christine und mir. Aber bin ich ihr durch dieses Geschehen näher gekommen? Spielt keine Rolle. Mein Herz hat sich gelabt an all dem Blut, das der Alte vergossen hat. Sie wird ihren Kopf nicht mehr an die Schulter dieses jungen Adonis lehnen. Ich muß nicht mehr zusehen, wie sie sich umarmen. Was geschieht nun mit der Leiche? Ich habe während der ganzen Nacht gewacht, die Tür zum Atelier hat sich nicht geöffnet. Völlig übermüdet und erschöpft von innerer Erregung bin ich in meine Wohnung hinuntergestiegen und im Gefühl ungeheurer Freude eingeschlafen. Beim Aufwachen jubelte mein Herz von neuem: »Gabriel ist tot.«

Welch ein Triumphschrei auf der Schwelle zu neu gefundenem Leben!

Das Herz in meiner Brust ist schwer und glücklich zugleich. Aber wie kann ich wagen, solch gefährliche Dinge aufzuschreiben. Mich über einen gemeinen Mord zu freuen! Was soll's! Ich halte mich an Schellings Grundsatz: ›Die hohen Geister stehen über den Gesetzen.‹ Gehöre ich zu den ›Hohen Geistern‹? Vielleicht? Oder nicht? Auf jeden Fall bin ich ein verfluchter höherer Geist!

Und für solche gelten Gesetze, die andere nicht begreifen... Seit meiner Geburt hat Gott mich versucht... Achtung, zu weit in heilige Bereiche vorgewagt!... Wir wollen zur Erde zurückkehren!

Jetzt kommt die Zugehfrau und klopft an die Werkstatt-Tür. Normalerweise sitzt um diese Zeit – acht Uhr – der Alte hinter seinen Vorhängen vor seinen quadratischen Zahnrädern. Die Zugehfrau braucht bloß die Tür aufzustoßen. Aber heute sind die Holzläden noch vor den Fenstern. Mutter Langlois – ich kenne sie gut, sie sorgt auch bei mir für Ordnung – ist völlig ratlos. Sie klopft ungeduldig mit ihrer knöchernen Faust an die Tür. Endlich wird aufgemacht. Vom Alten. Sie tritt ein, während der Herr Prosektor schnell auf die Straße schlüpft, fast rennend. Er wird zu spät zur Vorlesung kommen. Als er an mir vorbeiläuft, betrachte ich ihn eingehend. Abgesehen von der in Falten gelegten Stirn sieht er genauso unbedeutend aus wie sonst auch.

Die Ladentür ist halb offen. Den Alten kann ich nicht erblicken. Wenn ich nur hinein könnte! Man wird alles tun, daß Mutter Langlois nichts bemerkt. Aber ich... Plötzlich, ohne nachzudenken, schnappe ich einen Packen Leder, gehe über die Straße und betrete das Haus des Verbrechens... Ich durchquere die Werkstatt und das dahinterliegende kleine Eßzimmer, in dem Mutter Langlois bereits am Werke ist. Mit dem Besen in der Hand spricht sie mich an. Aber ich bin bereits im Garten, wo ich auf den alten Norbert stoße. Dieser ist durch dieses außergewöhnliche Vorkommnis wie vor den Kopf geschlagen. Ein Wagemutiger besitzt die Kühnheit, die fünf Quadratmeter seines Ladens zu durchqueren und in seinem Garten herumzuspazieren, als gehöre er ihm.

»Was wollen Sie hier?« stottert er schließlich. Seine grauen Augen betrachten mich äußerst feindselig.

»Ich bin der Buchbinder, mein Herr.«

»Ich dachte, meine Tochter habe sich bereits gestern mit Ihnen geeinigt.«

Er murmelt etwas zwischen den Zähnen, dem ich entnehme, daß Christine den Besuch bei mir als Vorwand benutzt hat, um den Uhrmacher und seinen Neffen nicht bei dem Sonntagsspaziergang begleiten zu müssen.

In diesem Augenblick ertönt Christines Stimme hinter uns: »Laß ihn nur herein, Papa.«

Das lasse ich mir nicht zweimal sagen. Ich steige eilig, ohne die Erlaubnis des Alten abzuwarten, die Atelierstreppe zum Balkon hinauf, an dessen Brüstung Christine lehnt.

Sie war ebenso gelassen wie am Abend zuvor bei mir. Weder in ihrer Haltung noch in ihrem Gesicht zeigten sich Spuren der schrecklichen Geschehnisse der vergangenen Nacht.

Ich könnte nicht sagen, was ich in diesem Augenblick dachte. Ich sollte das Zimmer betreten, von dem ich wußte, daß es ausschließlich Christine, ihrem Verlobten und ihrem Vater vorbehalten war. Und das nur wenige Stunden nach dem Mord. Christine öffnete wie selbstverständlich die Tür.

Blitzschnell glitten meine Blicke über die Balkonbrüstung, den Atelierboden, den Tisch und den Schrank und suchten nach Spuren des blutigen Dramas. Wie naiv! Zu dem Zeitpunkt, wo sie mich empfing, war längst das Notwendigste erledigt. Das Notwendigste? Der Boden schien nicht einmal gefegt worden zu sein. Nichts, gar nichts in diesem langgezogenen, lichtdurchfluteten Raum war von

Interesse für mich, der doch gesehen hatte, wie Gabriel umgebracht worden war.

Hinzu kam, daß ich durch das, was Mutter Langlois durchsickern ließ, wußte, daß der Alte, seine Tochter und ihr Verlobter sich oft stundenlang bei vorgezogenen Vorhängen zu geheimnisvollen Zwecken hier einschlossen. Dies hatte bei einigen niedrigen Geistern bereits zu irren Vermutungen geführt. Aber nach einem Blick in dieses ganz gewöhnliche Atelier fragte ich mich, ob Mutter Langlois nicht phantasiert hatte.

In einer Ecke stand ein breiter Diwan. Sonst befanden sich im Raum Tapeten, Stoffe, Studien, antiken Vorbildern nachgeahmte Modelle an der Wand, zwei Schemel, auf denen Keramiken standen, und ein Bücherschrank mit Glastüren, in dem sich aber keine Bücher, sondern polychrome kleine Statuen befanden. Diese erinnerten mich daran, daß Christine zwei Jahre zuvor bei den Unabhängigen die Halbbüste eines unglaublich schönen Antinous ausgestellt hatte. Diese hatte vor allem durch das neuartige Material, aus dem sie gefertigt war, von sich reden gemacht. Man war noch damit beschäftigt, dafür einen Namen zu finden, als Christine, ohne eine Erklärung abzugeben, das Ausstellungsstück wieder abholte.

Im Hintergrund des Zimmers war ein geraffter Türvorhang zu sehen, hinter dem sich ein kleines Zimmer befand, in dem sicherlich Christine wohnte.

Da nichts meine Aufmerksamkeit auf sich zog, kehrte mein Blick zum Schrank zurück.

Christine erinnerte mich in ernstem Ton an den Grund meines Kommens und bat mich, auf einem Sessel Platz zu nehmen, auf welchem zwei Abende zuvor Gabriel gesessen hatte.

Dem Grad ihrer Gelassenheit entsprach meine Erregung. Mein Hirn brannte, meine Hände zitterten. Sie setzte sich mir gegenüber. Ich wagte nicht, sie anzusehen. Am Abend zuvor hatte man ihren Geliebten ermordet, und sie interessierte sich für die Körnigkeit und die Farbe meines Leders.

Sie sagte, sie wolle mir einige Muster zuschicken, nach denen ich ein Mosaik fertigen sollte.

»Es handelt sich also um einen Prachtband?« fragte ich.

»Ja«, sagte sie. »Ich muß Ihnen gestehen, daß diese Bücher nicht mir gehören und auch nicht für mich gedacht sind. Ich werde Ihnen ein Geheimnis verraten. Aber ich bin sicher, daß Sie mich nicht verraten werden. Die Bücher gehören dem Grafen Coulteray, unserem Hausherrn. Ich bin ihm kürzlich begegnet. Er erzählte mir, er suche einen Buchbinder, der unter ungewöhnlichen Bedingungen in seiner Bibliothek arbeiten solle. Vielleicht geniert er sich, Sie, seinen Nachbarn, unmittelbar anzusprechen. Ich habe ihm von Ihnen erzählt. Er hat mich geschickt, Sie auf die Probe zu stellen. Ich hoffe, Sie verzeihen mir.«

Ich dankte ihr in gestammelten Worten wie ein furchtsames verängstigtes Kind. Die Büchergeschichte interessierte mich nur am Rande. Viel wichtiger war die Vorstellung, daß sie an mich gedacht hatte! Ich existierte für sie! Sie hatte etwas unternommen, um mir einen Gefallen zu erweisen! Ich war wie betrunken. Noch kurz zuvor hatte ich dieses schöne Mädchen mit Schrecken betrachtet und mich gefragt, welch gefühllose Maschine sie unter ihrer Korsage trug. Jetzt hätte ich begeistert ihren Rocksaum geküßt, wie den der Göttin des Mitleids.

Wahrhaftig, sie war anbetungswürdig, wie sie über meine Häßlichkeit hinwegsah und über mein abstoßendes Äußeres lächelte, denn sie lächelte mich tatsächlich an. Oh Engel!

Trotzdem war am Abend zuvor in diesem Raum ihr Geliebter ermordet worden.

Dieser plötzlich wieder auftauchende Gedanke verwirrte

mich. Mit starrem Blick betrachtete ich von neuem das Zimmer. Ich sah zu dem Schrank hin, aus dem er herausgekommen war und in welchen sie ihn geworfen hatten, bis sie ein Grab für ihn geschaufelt hatten. Vielleicht ist der wunderbare Tote noch darin. Ich bin sicher, daß er noch dort ist.

Mit unwiderstehlicher Macht wurde ich von dem fatalen Möbel angezogen.

»Wo gehen Sie denn hin, mein Herr?«

Dieses Mal erscheint mir ihre Stimme nicht so sicher, und die Bewegung, mit der sie mich zurückhält, ist ein wenig hastig. Jetzt bin ich derjenige, der Mitleid mit ihr hat. Ich reiße mich zusammen und sage, nur um etwas zu sagen:

»Das ist eine schöne normannische Truhe.«

»Das ist keine Truhe, mein Herr, sondern ein alter Renaissanceschrank aus der Provence, noch aus der Zeit. Das einzige Möbel, das mir von meiner Mutter geblieben ist, die ihn wiederum von ihrer Großmutter übernommen hat. In ihm wurde feines Leinen aufbewahrt, wie man es heute nicht mehr findet.«

Ich verbeugte mich, als ich mich von ihr verabschiedete. Sie gab mir die Hand. Ich wußte, daß ich eine Dummheit begehen würde, wenn ich ihre Hand mit meinen Lippen berührte, und nahm mich in acht. Denn trotz allem, er ist tot, tot! Das ist die Hauptsache... Nach römischem Recht, dem Recht über Leben und Tod im eigenen Haus war der Alte im Recht. Er hatte zwar den Mann mit dem Cape ermordet, aber seiner Tochter hatte er nicht ein Haar gekrümmt. Er war großartig. Ein solches Geschöpf ist ja heilig, ganz gleich, was es anstellt. Tapferer pater familias! Ich drückte ihm in der Werkstatt die Hand, bevor ich zu meinem Laden hinüberging und mich einschloß. Alles ist so entsetzlich!...

Ein roter Blutstropfen zählt mehr als das tosende Meer

»So ist es, Herr Benedikt, es ist so, wie ich sage, da drüben geht es nicht mit rechten Dingen zu. Als Sie heute morgen durch das Eßzimmer eilten, wollte ich mich auf Sie stürzen, weil ich Angst hatte, es könnte Ihnen was passieren. Einmal habe ich geglaubt, sie würden mich zerreißen, weil ich ohne Erlaubnis in den Garten gegangen bin. Schlimmer als die Wilden sind die, sage ich Ihnen, schlimmer als die Wilden.

Sie wollen niemanden um sich haben, niemanden. Es wundert mich, daß sie eine Zugehfrau einlassen. Aber einige Sachen kann das Fräulein nicht selbst erledigen, spülen zum Beispiel. Das widersteht ihr, dieser Puppe mit den Händen einer großen Dame. Dabei ist sie so arm wie eine Kirchenmaus. Stolz ist sie, als habe sie nicht alles Stück für Stück versetzt. Ich habe gesehen, wie das ganze Silber verschwunden ist, Stücke, die nicht von gestern waren, sicherlich nicht. Familienerbstücke, Bilder, Möbel. Seit drei Jahren wird's da drinnen immer leerer. Aber wie und warum?

Die Leute sagen, der Alte suche das Perpetuum mobile. Was heißt das denn, Perpetuum mobile. Ich bin dauernd in Bewegung, ich! Muß ich hier nicht ununterbrochen arbeiten? Für uns arme Leute gibt es nicht eine Minute Ruh.

Gut, Vater Norbert ist verrückt. Dann sollten aber wenigstens die beiden anderen für ihn mitdenken! Aber glauben Sie mir, der Mediziner in seinem kleinen Labor hinten im Garten ist genauso verrückt wie der Alte, das Fräulein in ihrem Atelier auch. Ich hab noch gerade eben zu Fräulein Barescat gesagt, wenn der morgens, wenn ich komme, da rausgeht und zu seinem Vorlesungssaal rennt, sieht er aus wie eine Leiche. Was treibt er in der Nacht?

Das Fräulein sieht ja immer aus, als käme sie gerade aus

dem Paradies. Wenn sie an einem vorbeigeht, tut sie so, als sei man nicht mehr als ein Floh.

Aber seit zwei Tagen hat sie rotgeränderte Augen.

Wissen Sie, Herr Benedikt, dieses Haus da drüben macht mir angst. Ich habe oft Lust, nicht mehr hinzugehen. Aber Fräulein Barescat möchte doch alles wissen, wie ich, sonst wäre ich schon lange gegangen.«

Diese Unterhaltung fand im Raum hinter Fräulein Barescats Laden statt, dem Zentrum des Klatsches. Unter irgendeinem Vorwand hatte ich Mutter Langlois hier gesucht. Das Gerede der beiden Frauen schien mir allerdings für die anderen recht zweifelhaft...

Fräulein Barescat hörte Mutter Langlois kopfschüttelnd zu und streichelte ihre Katze... Um nichts in der Welt hätte sie ihre Katze weggegeben. Nur der Tod konnte sie scheiden, aber die körperliche Abwesenheit würde sie trotzdem nicht trennen. Wenn sie Kundschaft bis zur Tür geleiteten, erfuhren sie alle Neuigkeiten und schmiedeten Intrigen, die den besonnensten Menschen zum Auszug zwingen oder in den Selbstmord treiben konnten.

Ich war bemüht, auf alle Fälle Gewißheit zu erlangen. Die bei der Kramerin vorgetragenen Vermutungen überschritten kaum die Grenze des ganz gewöhnlichen Klatsches. Schließlich versuchte ich, naiv wie ich war, Mutter Langlois mit einem abschließenden Wort zu beruhigen:

»Phantasie ist eine schöne Sache, Frau Langlois, sie ziert die hellsten Köpfe und gibt Ihren Erzählungen einen besonderen Geschmack, den ich sehr schätze. Ich liebe Erzählungen, die einem angst machen, darin bin ich noch wie ein Kind. Deshalb lasse ich es mir nur selten entgehen, wenn Sie vom alten Norbert, seiner Tochter und seinem Neffen erzählen und von dem merkwürdigen Leben, das die drei führen. Sie werden schon wissen, daß ich vor allem wegen Ihrer Geschichten einfach in den verbotenen Garten eingedrungen und die Treppe zum Atelier hinaufgestürzt bin. Aber um die Wahrheit zu sagen, Frau Langlois, beim alten Norbert habe ich nichts endeckt, was Ihre Ängste rechtfertigen könnte, mit denen Sie bei diesen netten Menschen arbeiten. Das Atelier ist nichts Ungewöhnliches. Von solchen Ateliers habe ich schon zwanzig gesehen.«

»Na schön«, unterbrach sie mich und warf Fräulein Barescat heimlich Blicke zu. »Warum tun sie dann so geheimnisvoll und lassen mich da oben nicht mal fegen?«

»Künstler haben solche Marotten«, versetzte ich.

»Ich sehe nur, daß Künstler Staub lieben ... Dies wundert mich eigentlich, denn die schöne Christine erscheint doch jeden Tag wie aus dem Ei gepellt. Aber die fegt bestimmt nicht, die nicht! ... Glauben Sie mir, im Atelier wohnt ein Mann, natürlich nicht der alte Norbert oder sein Neffe. Vor ungefähr zwei Monaten – ich habe es Fräulein Barescat schon erzählt – wohnte dort ein merkwürdiger Kerl ... Er trug einen Mantel, der ihn von Kopf bis Fuß einhüllte, und Stiefel ...«

»Sehen Sie, sie nehmen auch Fremde auf«, erwiderte ich und versuchte, mit möglichst normaler Stimme zu sprechen, obwohl mich die letzten Worte der Zugehfrau heftig erregt hatten.

»Auf einen Fremden würde es schon passen. Er sah so aus. So wie der zieht man sich bei uns nicht an. Er hatte einen schwarzen Schlapphut auf, wie man ihn im Kino in Revolutionsfilmen sieht. Wirklich, man hätte ihn für einen Schauspieler halten können. Übrigens, ein hübscher Junge. Aber ich hatte nicht viel Zeit, ihn richtig zu betrachten. Es war nachmittags, ich kam zufällig vorbei, ohne daß sie mich erwarteten. Sie haben ihn sofort weggebracht. Er saß im Garten. Fräulein Christine hat ihn hastig ins Atelier geführt, der Neffe ist ihnen nach oben gefolgt. Der Alte hatte mich schon am Handgelenk gepackt und in seinen Laden gezogen. Ich habe noch den Ton im Ohr, wie er mich fragte: »Na, was wollen Sie denn, Mutter Langlois?« Und wie er mich ansah! Ich sagte zu ihm: »Ich bitte um Entschuldigung, Herr Norbert. Ich wußte nicht, daß Sie Besuch haben.« Er hat irgendwas zwischen den Zähnen hervorgestoßen. Ich habe ihm gesagt, was ich zu sagen hatte, und bin verschwunden. Erinnern Sie sich noch, Fräulein Barescat?«

Und ob sich Fräulein Barescat erinnerte! Die Katze schien sich ebenfalls zu erinnern. Sie schnurrten alle beide zum Zeichen ihres Einverständnisses und streichelten sich gegenseitig.

»Wir haben noch darauf gewartet, daß er rauskommt. Aber er ist nicht gekommen«, fügte Mutter Langlois hinzu. »Ich habe diesen Mann nie wieder gesehen.«

»Und ich habe nie gesehen, daß er hineinging«, erklärte die Kramerin, ließ ihre Brille auf die Nasenspitze rutschen und starrte mich mit aschgrauen Augen an.

»Ich weiß, worauf Sie anspielen«, sagte ich. »Es handelt sich um einen Freund der Familie. Ich habe mehrfach gesehen, wie er hineinging. Und erinnere mich gut daran, gesehen zu haben, wie er wieder herauskam, damals, vor ungefähr zwei Monaten, gegen zehn Uhr abends.«

Ich lüge, ich lüge! Ich mache mich zu ihrem Spießgesellen. Ich will sie retten, ganz gleich, was sie gemacht hat, ganz gleich, was sie gemacht haben.

Der Rest des Tages war ich sehr unruhig. Ich versuchte meine Gedanken auf das Drama, dessen Zeuge ich war, zu konzentrieren und es aufgrund einiger Gerüchte, die ich bei der Kramerin gehört hatte, aufzuklären.

Also, bereits vor zwei Monaten war Gabriel im Haus des Uhrmachers. Und ich wußte nichts davon! Die ganze Familie kümmerte sich um ihn. Christine empfing ihn also nicht im geheimen. Nein, sie hielt ihn im Schrank versteckt... Verflixt!... Und noch einmal verflixt!

Die anderen meinten, er sei fortgegangen... Dabei befand er sich im Schrank.

Das alles ist völlig absurd. Er konnte doch nicht die zwei Monate, bis er umgebracht wurde, im Schrank zugebracht haben.

Wie konnte er der permanenten Aufmerksamkeit, der fortwährenden Überwachung durch Fräulein Barescat, Mutter Langlois und mich entgehen? Ich, Benedikt Masson, stand doch immer auf Posten hinter meinen Vorhängen.

Wenn ich mir die grauenvolle Szene ins Gedächtnis zurückrufe, muß ich allerdings zugeben, daß die beiden Männer von diesem Vorfall keineswegs überrascht waren. Die Worte des Vaters, die seither wie eine wundervolle Melodie in meinen Ohren klingen und die ich mich vergeblich bemühe zu verstehen, sind ein Beweis dafür, daß er in keiner Weise überrascht war, seine Tochter in Gesellschaft des geheimnisvollen Besuchers anzutreffen: »Er gehorchte mir nicht mehr, durch deine Schuld! Ich hätte es mir denken sollen.«

Welch merkwürdige Worte in einem solchen Augenblick, während Christine voller Verzweiflung flehte: »Töte ihn nicht! Töte ihn nicht!«

Der Alte brachte ihn trotzdem um. Warum? Weil er ihn bei seiner Tochter angetroffen hatte? Weil er ihm nicht mehr gehorchte? Vielleicht aus beiden Gründen. Aber worin gehorchte der andere nicht mehr? Was verlangte der Alte von diesem unglücklichen jungen Mann, den er in plötzlich aufwallendem Zorn vor meinen Augen getötet hat?

Der Verlobte mußte ebenfalls wissen, um was es ging, denn er war der einzige, der in dieser Lage kaltblütig blieb.

Nach dem Mord war der alte Norbert wie wahnsinnig. Christine seufzte zum Steinerweichen. Aber er, Jacques Cotentin, packte den Toten ohne sonderliche Erregung und brachte ihn wortlos ins Atelier.

Was haben sie mit dem Leichnam gemacht? Bis jetzt haben sie ihn noch nicht im Garten verscharrt. Vielleicht geschieht es in dieser Nacht. Ich werde jedenfalls an meiner Luke stehen. Ich fühle, daß ich heute nacht etwas entdecken werde. Die beiden Männer sehen so besorgt aus. Ich errate ohne Mühe, was sie bekümmert. Ein roter Blutstropfen zählt mehr als ein tosendes Meer. Lady Macbeth mußte diese Erfahrung bereits vor meinen Nachbarn von der Ile-Saint-Louis machen.

In dieser Nacht... Diese Nacht wird noch lange auf mir lasten, eine schwere Nacht mit rußgefärbten Wolken, bleifarbenem Wasser – denn es hat ein wenig geregnet –, brennenden Tränen und Schwefelfeuer.

In dieser Nacht ist die Madonna erschienen und hat sich mir in versöhnendem Schmerz gezeigt. Ich spreche natürlich von Christine. Warum nenne ich sie nicht weiterhin »Madonna«? Weil meine Augen geöffnet wurden und gesehen haben. Was haben sie gesehen? Weiß ich es? Ahnen Sie es? Trotz aller diesbezüglichen Gedanken... Man kann einen Mann im Schrank verstecken und trotzdem rein bleiben. Es bereitet mir Freude, so zu denken. Boubouroche rührt mich mehr und interessiert mich viel mehr als alles von Sqanarelles, über den das Publikum lacht. Ich freue mich, daß das schreckliche Geschehen, das ich völlig verdränge, meiner Göttin nicht geschadet hat.

Hören Sie gut hin. Ich erlebe in mir ein Drama, das mir ebenfalls ein Rätsel ist... ein Drama, das mich mit seinen unsichtbaren Polypenarmen erstickt und ganz allmählich all meine Gedanken aufsaugt. Ein Drama, an dessen Ende, wenn es das Schicksal so will, das Schafott steht. Und doch fühle ich mich unschuldig.

Wirklich, wir wollen niemanden richten. Wir sollten uns fürchten vor der Art, wie sich die Dinge entwickeln, wenn sie uns streifen, und sollten nicht mit dieser traurigen Herablassung sagen: »So ist es.« »So ist es nicht.« Wir sollten unbedingt mißtrauisch sein. Das All umgibt uns wie eine ungeheure Falle... Andere vor mir haben von einer Farce gesprochen.

Ich gehe nicht so weit, ich glaube an Christine.

Die Nacht liegt so schwer und drückend über der Insel, daß sie noch verlorener als sonst erscheint.

Ich habe das Gefühl, unter einer Glocke zu leben und zu ersticken. Kaum, daß ich atmen kann.

Plötzlich höre ich ihre Stimme, die die schreckliche Stille füllt. Zum ersten Mal höre ich ihre Stimme aus dieser Entfernung. Habe ich mir etwa nur eingebildet, ihre Stimme zu hören? Nein, sie hat diese Worte gesprochen. Ich hätte sie nicht erfinden können, besser gesagt, ich hatte keinen Grund, sie zu erfinden. Es waren ganz schlichte Worte, sie sagte: »Auf Wiedersehen, Gabriel.«

Sie bewegte sich nicht. Sie stand auf dem Balkon. Ihre Stimme erfüllte die schwere Luft, die bleierne Nacht. Und vor ihr zog der Leichenzug vorbei. Der alte Norbert und sein Neffe trugen den in ein Tuch gewickelten Leichnam. Hinter ihr der Schrank stand offen. Also hatte ich richtig vermutet. Der Leichnam befand sich noch dort, als ich im Atelier war.

Wirklich, Christine ist unmenschlich!... Doch nein, göttliches Geschöpf, du bist keine herzlose Puppe. Jetzt, nachdem ich in dieser schrecklichen Nacht gehört habe, wie deine Goldstimme »Auf Wiedersehen« sagte zu den blutigen Überresten eines der schönsten Menschenkinder, jetzt verstehe ich deine statuenhafte Ruhe. »Auf Wiedersehen!« Du bist also dazu entschlossen, ihn im Unbekannten, »wo sich die Seelen treffen«, wiederzusehen, dort, wo Pan, mit seinem Leopardenfell bekleidet, von ehedem herrscht, oder die Panfrau Christine.

Geh ruhig fort. Ich werde ebenfalls von dieser Erde verschwinden, in deren Schoß ich meine ekelhaften Überreste so bald wie möglich betten möchte. Ich wäre gern der Tote, den du beweinst, und sähe es gern, wenn sie in den Garten hinunterkämen.

Du hast es nicht länger mitansehen wollen, hast dich in der gelben Nacht umgedreht und bist gegangen, während sie in der Dunkelheit verschwanden.

Im Dunkeln bewegt sich nichts mehr... Wenn sie ein Grab schaufelten, müßte ich ihre dunklen Gestalten erkennen können.

Das Erdgeschoß des Gartenhauses wirkte auf mich von Anfang an obskur und schwer definierbar. Drei schmale, bogenförmige Türen gingen zum Garten hinaus. Sie wurden nie geöffnet, die Läden blieben verschlossen. Außerdem gab es auf jeder Seite ein Fenster, deren Jalousien heruntergelassen waren. Während ich wachte, hatte es dort drüben zwei- oder dreimal geblitzt. Wie ein ungeheurer elektrischer Strahl, der durch die Ritzen drang und alles erhellte. Dann war es wieder dunkelste Nacht...

Dort arbeitete der Neffe, wenn er nicht mit Christine und dem alten Norbert im Atelier war. Ohne Zweifel befaßt er sich mit Strahlen-Experimenten. Heute kommt ja kein Arzt oder Chirurg noch ohne Elektrizität aus. Außerdem weiß ich – durch das Geschwätz von Mutter Langlois –, daß sich im Erdgeschoß rechts ein riesiger Schmelzofen mit allen möglichen Instrumenten, Glaskolben und Glasballons befindet (ähnlich wie in früheren Zeiten in Hexenküchen. Wie im Kino).

Heute nacht schimmert von dort Licht durch die Jalousien... kein elektrischer Funke... der Schein eines offenen Feuers, das innen die Mauern hochzuklettern scheint und plötzlich erlischt... Dann flammt es wieder auf und erlischt erneut... Eine merkwürdige Art, Dinge zu verbrennen, chaotisch, sicherlich durch brennbare Flüssigkeit hervorgerufen. Plötzlich entsteht über dem Dach, in der bleifarbenen, tiefen Nacht ein dunkler Wirbel, dicht, finster, zunächst nur in eine Richtung weisend, der sich dann über die Ile ausbreitet, den Ruß bis zu den verlassenen Quais treibt und uns mit dunklem Trauerflor und einer unheimlichen Stimmung umhüllt... und einen grauenhaften Gestank verbreitet.

Wie leichtsinnig sie sind!

Du erscheinst, setzt dich her und schaust dich verliebt um

Mittwoch – Gut, Christine ist nicht aus Verzweiflung gestorben. Sie sitzt in meiner Werkstatt und ist sehr lebendig, das kann ich Ihnen versichern. Es ist sehr aufmerksam von ihr, zu mir zu kommen und mich zu beruhigen. Denn dieses Mal ist sie wirklich meinetwegen gekommen, als ob sie ahnte, daß nur ihre Gegenwart mich beruhigen kann, als ob sie wüßte, daß ich weiß.

Gut, sie ist gekommen, aber mit welchem Ziel? Was will sie?

Sie ist sehr charmant und wunderhübsch angezogen: Sie trägt ein neues Frühjahrskleid, das sie sicherlich selbst genäht hat mit ihren Künstlerhänden, die da von Trauerflor noch nichts wußten...! Halt das, was ein hübsches Mädchen aus weißer und blauer Baumwolle und ein paar Kreuzstichen herstellen kann.

Dieses Kleid wurde sicherlich nicht für mich genäht. Aber ich werde nie daran zweifeln, daß sie es meinetwegen angezogen hat.

Sollte sie wirklich trauern, läßt dieses Kleid Zweifel aufkommen. Aus welchem Grund also flirtet Christine mit dem Ungeheuer?

Eine Frage, auf die ich immer wieder verzweifelt zurückkomme, um die neueste Wendung dieses unerklärlichen Abenteuers nicht zu übersehen. Doch dann lasse ich diese Frage fallen und entspanne mich. Ich fühle, wie ich mich dem Abgrund nähere, in den ich mich mit Freuden für sie hinabstürzen möchte, unter ihrem lächelnden Blick, weil sie mich braucht – denn sie wäre nicht mit all ihrem Charme bei mir, wenn sie mich nicht benötigte... mich, für ihr Verbrechen!

Soll sie doch mit mir machen, was sie will. Ich bin bereit, alle Verantwortung auf mich zu nehmen!...

Ich könnte nicht die kleinste Gefahr ertragen, die dieses anbetungswürdige Kind bedroht, das mit schmalen, weißen Händen in einem Werk von Verlaine blättert.

Es muß sich etwas ganz Besonderes ereignet haben, daß diese herzlose Erzherzogin, die zwei Jahre an mir vorbeigegangen ist, ohne mich zu sehen, daß diese kokette Schönheit sich zu mir setzt, vor meinen Ladentisch.

Ich segne dieses Verbrechen... desgleichen diesen entsetzlichen Gestank, der mich in der vorangegangenen Nacht unter meinem Dach zum Röcheln brachte, dieser verfluchte Gestank des Holocaust, der mich von nun an immer verfolgen wird... Ich spürte ihn schon nicht mehr... denn ihr Parfüm hüllte mich ein.

Der Duft ihrer lebendigen warmen Haut unter der weißblauen Baumwolle mit den Kreuzstichen darauf.

Das Leben ist stärker als der Tod!

Nur weiter mein Kind, rede weiter.

Doch warte noch ein wenig, erst will ich den Lehrling fortschicken, der sich hinten in der Werkstatt herumtreibt und wie ein Seehund schnauft... Dann schließe ich die Tür, damit niemand von draußen zu uns hereinkommen kann. Denn das ›Draußen‹ ist bei mir. Das ist eine hervorragende Geschichte für die Klatschrunden auf der Ile.

Das Spitzgesicht von Fräulein Barescat hat sich zwischen den beunruhigenden Bullaugen ihrer Brille und unter der triumphbogenartigen, gefalteten Haube hervorgewagt. Das breite Gesicht von Mutter Langlois gleicht einem Sonnenuntergang am Horizont. Hinter den Fenstern bewegen sich die Vorhänge, an denen heftig gezupft wird.

»Mein Herr, ich komme zu Ihnen als einem Freund.«

Ich versuche zu lächeln.

»Freund? Sie kennen mich doch gar nicht.«

»Oh doch, mein Herr, ich kenne Sie. Zum einen sind Sie seit Jahren mein Nachbar. Zum anderen, da ich sehr neugierig bin, möchte ich auch gern wissen, wer mein Nachbar ist.«

»Ein armer Buchbinder.«

»Und ein bedeutender Dichter.«

Ich habe mich nicht gerührt. Mein Schweigen hat sie nicht im geringsten erschüttert. Sie hat ihren elfenbeinfarbenen Arm auf die vor ihr liegenden Bücher gestützt (die Ärmel ihres Baumwollkleides waren recht kurz), hat ihren wunderschönen Kopf in ihre blütengleichen Hände geschmiegt, die kein Schmuck entstellte, und sagte, indem sie mich ansah, mich!:

»... der die nicht kannte, die an ihm vorbeiging... Um Himmels willen, bewege deine Wimpern nicht, wenn du an mir vorübergehst. Laß deinen eisigen Blick im unbewegten See. Das Spiel deiner Augen könnte viele das Leben kosten. Im Namen deiner Jugend, zarte Geliebte, bring mich nicht zum Weinen!... Ich bin eine Waise, ein Kind... Nichts könnte mich zurückhalten!... Verbrenn mich nicht mit deinem Feuer!... Deine Liebe macht mich den Wolken gleich, die der Sturm auseinanderreißt.«

»Halt!« unterbrach ich sie, meine Nerven waren aufs äußerste gespannt. »Genug. Es sind sehr schlechte Verse. Sie vergessen, daß nur der Einband dieser Gedichte bei der Ausstellung einen Preis gewonnen hat. Die Verse selber wurden nicht beachtet. Mit Recht, denn sie wurden von jemandem geschrieben, der nicht bekannt ist.«

»Sie waren überhaupt nicht unterschrieben«, warf sie ein, ohne auf meine Verfassung zu achten. »Aber ich habe mir sofort gedacht, daß diese Gedichte von Ihnen sind.«

Ich wurde schrecklich bleich und wagte nicht, sie anzusehen. Auf den Rausch der vorhergehenden Augenblicke folgte ein Zorn, der mich erschreckte. Zweifellos machte sich dieses Mädchen über mich lustig. Und mit welch kaltblütiger Kühnheit. Endlich fand ich meine Sprache wieder und schrie sie an: »Wie grausam Sie sind!... Ich war schon immer überzeugt, daß Sie zu schön seien, um nicht eine Verkörperung der Grausamkeit zu sein, vielleicht, ohne es zu wissen. Aber das entschuldigt nichts!«...

»Reden Sie nur weiter«, sagte sie leise, »ich bin nicht hergekommen, um Schmeicheleien zu hören.«

»Was wollen Sie denn?«

Am liebsten hätte ich meine häßlichen Worte wieder zurückgenommen. Aber ich war wie toll. Und jetzt, wo es auf Nuancen ankam, jetzt, wo ein unerwarteter Fortschritt sich zeigte in ihrem Mut, verlor ich jeglichen Maßstab. Ohne ihre Antwort abzuwarten, überschüttete ich sie mit unsinnigen Vorwürfen, als ob ich irgendein Recht über sie hätte aufgrund ihres Verhaltens mir gegenüber.

Gut, ich hatte Gedichte gemacht, aber nur für mich. Sie waren für niemanden sonst bestimmt, nicht einmal für sie, die gekommen war, um sich über meine Einsamkeit und mein Elend lustig zu machen.

»Sie behaupten, mich zu kennen«, fuhr ich fort, »und beziehen sich auf nichts Besseres als meine schlechten Verse, während Sie bei mir eintreten. Wenn Sie wüßten, wie wenig ich mich selbst und alle anderen achte, hätten Sie sich nicht die Mühe gemacht, ein schlechtes Sonett von mir auswendig zu lernen, das ich bereits seit langem vergessen habe.«

Sie rührte sich nicht, aber als ich aufhörte zu reden, zitierte sie erneut Gedichte von mir und aus meiner Prosa. Seltsam. Bei welchem Bouquinisten auf den Quais hatte sie diese elenden Traktate entdeckt? Sie kannte mein ganzes Werk, mein ganzes armseliges, herzzerreißendes, blasphemisches, rührendes, empörendes Werk. Sie kannte es genauso gut wie ich, besser als ich, denn durch die Art, wie sie die Texte vortrug, erhielten sie einen Sinn, der mir bis dahin noch nicht aufgegangen war.

Christine besitzt eine einzigartige Klugheit. Das sage ich ganz naiv und aufrichtig. Denn meine Texte sind nur schwer zu verstehen. Sie ist vielleicht die einzige, die mich verstanden hat. Von dieser Entdeckung bin ich zutiefst erschüttert. Seit geraumer Zeit lebte dieses Mädchen, ohne daß ich eine Ahnung davon hatte, in meiner Gedankenwelt. Warum hat sie so lange gezögert, mir dies zu sagen? Warum heute und nicht gestern?

Sie hatte anscheinend keine Schwierigkeiten, in mir wie in einem aufgeschlagenen Buch zu lesen, denn sie antwortete, ohne zu zögern:

»Mein Herr, Sie haben mich vorhin gefragt, weshalb ich gekommen bin. Ich bin gekommen, um Sie um einen großen Gefallen zu bitten. Wir, mein Vater, mein Cousin und ich durchleben momentan eine große Krise.« (»So«, dachte ich sofort, »jetzt kommt's. Sie weiß, daß ich etwas weiß, daß ich etwas gesehen habe. Sie hat das Bedürfnis, alles zu erklären, sie bricht unter der Notwendigkeit, mit dem Nachbar von gegenüber Kontakt aufzunehmen, beinahe zusammen. Mal sehen, welche Märchen sie mir erzählen wird.«)

»Ja, eine große Krise«, wiederholte sie (und senkte den Kopf, ihre Augen ließen mich los, über den Raum fiel ein Schatten). »Wir sind ruiniert. Seit langer Zeit haben wir von dem gelebt, was ich von meiner Mutter geerbt habe. Was wir verdienen, ist nicht der Rede wert. Mein Herr, hinter Ihnen im Regal sehe ich ›Die philosophischen Übungen‹ von Balzac. Haben Sie sein Buch ›Auf der Suche nach dem Absoluten‹ gelesen? Natürlich haben Sie es gelesen. Ich weiß nicht, ob Sie genauso darüber denken wie ich. Aber zusammen mit ›Louis Lambert‹ ist es für mich das schönste Werk Balzacs, das edelste und dramatischste. Man kann sich kaum etwas Beängstigenderes vorstellen als diese bürgerliche, wohlhabende Familie, die ganz allmählich durch die Ideen eines Genies in den Ruin getrieben wird. Nichts kann der sublimen Manie des Erfinders widerstehen, die Kinder müssen den Untergang des alten Clais miterleben wie...

Sie verstehen mich, mein Herr. Nur gibt es beim alten Norbert von der Ile-Saint-Louis einen kleinen Unterschied... Die Kinder des Helden bei Balzac glauben nicht an sein Genie, genausowenig wie seine Frau (die in ihrer Zuwendung um so rührender erscheint), während die Kinder des alten Norbert – ich spreche von seinem Mündel und von mir – unbedingt an seine Idee glauben. Wir würden nicht zögern, ihn zum Bettler zu machen, wenn es notwendig wäre, wenn er zögerte.«

»Verflucht!« entfuhr es mir. »Das alles wegen des Perpetuum mobiles!«

»Dafür oder für etwas anderes, mein Herr.«

»Halten Sie mich bitte nicht für zudringlich. Ich wußte, wenn ich das Perpetuum mobile erwähne, daß ich Ihnen nichts Neues über die Gerüchte in den Hinterstuben erzähle.«

Christine hob den Kopf und lächelte. Sofort war alles wieder a giorno.

»Bleiben wir bitte ernst. Wir gehen bereits am Bettelstab. Ich werde Ihnen auch sagen, wovon wir leben. Ich habe Ihnen bereits bewiesen, daß ich Sie besser kenne, als Sie geahnt haben. Ich werde Ihnen nun beweisen, daß ich Sie als Freund betrachte (ihr Gesicht wurde sehr, sehr ernst), ja, ich werde zu Ihnen wie zu einem Freund sprechen, wie zu einem Bruder. (Na also, darauf hatte ich schon gewartet! Wie zu einem Bruder!... Diese Damen sprechen zu mir immer wie zu einem Bruder!)... Wir sind völlig in der Hand unseres Vermieters, des Grafen Coulteray. Wir schulden ihm schon einige Monatsmieten. Er kann uns, wenn es ihm gefällt, schon morgen vor die Tür setzen. Wenn er es bisher noch nicht getan hat, dann wegen mir. Der Graf von Coulteray macht mir den Hof.«

(Was, noch einer! Mir scheint, die Madonna der Ile-Saint-Louis hat reichlich zu tun mit ihrem Verlobten, dem toten Gabriel, dem Grafen und ihrem »Bruder«, dem Kunst-Buchbinder von der Ile-Saint-Louis. Ach Christine, immer undurchschaubarer werdendes Rätsel!... Auf sehr angenehme Art und Weise, jedenfalls bis jetzt.)

»Meine Anwesenheit gefällt ihm. Er behauptet sogar, er brauche mich. Ich verbringe täglich mehrere Stunden in seinem Palast, unter dem Vorwand, kleine Arbeiten für ihn zu erledigen... Zinnfiguren, Kunstschmiedearbeiten für alte Chorpulte, Ziselierarbeiten an Antiphonen... Seine Bibliothek ist einmalig!... Sie werden sehen...«

»So, ich werde sie sehen«, meinte ich, um überhaupt etwas zu sagen, völlig ratlos.

»Großer Gott, ich hoffe es wenigstens. Sonst hätte es keinen Sinn gehabt, daß ich Ihnen so viel erzählt habe...«

»Gut, gut, ich höre. Fahren Sie fort.«

»Am Ende dieser Bibliothek befindet sich ein kleines Kabinett, das der Graf für mich als Werkstatt eingerichtet hat, wo auch Sie arbeiten sollen... wenn Sie wollen. Wenn Sie meinen Vorschlag annehmen, den ich Ihnen vor ein paar Tagen gemacht habe. Benedikt Masson, ich habe Vertrauen zu Ihnen. Ich will Ihnen alles sagen. (Oh, wie gut Frauen lügen können!) Helfen Sie mir... Wenn ich es mit dem Grafen verderbe, verlieren wir nicht nur die kleine Pension, von der wir leben, er wird uns auch, da bin ich mir ganz sicher, vor die Tür setzen... Aber wir können unser Haus auf der Ile-Saint-Louis nicht verlassen, es gäbe eine riesige Katastrophe!«

Nur Ruhe, jetzt sind wir am richtigen Punkt angelangt. Es ist immer gefährlich, einen Ort zu verlassen, der noch blutige Spuren eines Mordes zeigt. Ein Leichnam hinterläßt immer Spuren, auch wenn man ihn durch den Schornstein gejagt hat. Die Berichte der Gerichte sind voller Beispiele. So dachte ich. Denn während sie mir diese neueste Variante auftischte, auf die ich nicht weiter achtete, dachte ich nur an das, was vorgefallen war. Ich hatte ja alles gesehen, an was sie sich scheinbar nicht mehr erinnerte. Aber, wie man bei Gericht sagt, wir kamen jetzt zum Wesentlichen, wenn man so in Bezug auf einen Toten sprechen darf. Aber ich irrte mich erneut. Gabriel spielte in unserem Gespräch weder direkt noch indirekt eine Rolle. Christine fuhr traurig fort:

»Eine wirkliche Katastrophe... für unsere Arbeit. Wir können unser Werk nicht verlagern. Das ist sowohl aus materiellen wie aus finanziellen Gründen unmöglich. Ein Umzug wäre das Ende für alles... das Ende unseres Lebens, vielleicht mit weitreichenden Folgen.«

Also, haben Sie das gesehen, haben Sie das gehört? Von Gabriel keine Rede! Sie glaubt, ich wäre völlig ahnungslos... Trotzdem weiß sie Bescheid. Aber das scheint sie nicht zu bekümmern. Doch was bilde ich mir eigentlich ein! Vielleicht verbirgt sie hinter ihrem Engelsgesicht und ihrer klaren Stirn, daß sie fortwährend daran denkt. Also ein Ungeheuer! Warum nicht? Mit ihr fahre ich in nie zuvor gekannter Geschwindigkeit vom Himmel zur Hölle. Wir sind Ungeheuer, die sich gut verstehen...

»Wenn ich Sie richtig verstehe, soll ich so bald wie möglich Buchbinder in der Bibliothek des Grafen Coulteray werden, weil Sie Angst haben, allein mit ihm zu sein...?«

»So ist es, mein Herr... Sie sehen, ich vertraue Ihnen.«

»Ausgezeichnet. Vertrauen!... Vertrauen... Gut. Aber der Graf wird in mir doch nur einen Widersacher sehen.«

»Nein, denn ich habe Bedingungen gestellt... Es ist wohl besser, wenn Sie alles erfahren... Ich gab vor, nie wieder zurückkommen zu wollen, denn er hatte mir Dinge gesagt, die mir nicht gefielen. Er ist ein großer Herr... unglaublich zuvorkommend, manchmal ungeheuer kühn. Er mußte glauben, daß ich nicht wiederkäme. Er hat mich angefleht... Ich habe ihm daraufhin erklärt, ich würde nur bleiben, wenn noch jemand bei uns wäre. Das hat er akzeptiert. Das Ganze ist erst kürzlich geschehen... heute morgen erst... Deswegen bin ich zu Ihnen gekommen. Ich habe sofort an Sie gedacht...«

»Richtig, an einen alten Freund oder Bruder... ich weiß. Aber«, fiel mir plötzlich ein, »was sagt die Gräfin dazu?«

»Die Gräfin«, erwiderte Christine und runzelte die Stirn, »die Gräfin hat mich ebenfalls gebeten zu bleiben, sie auch.«

(So ist das immer, dachte ich.)

Gräfin Coulteray

Christine kann mit mir machen, was sie will. Ich akzeptiere alles, was sie mir vorschlägt. Was für ein Riesenfeigling ich doch bin! Denn jetzt weiß ich, warum sie zu mir gekommen ist und warum er zuläßt, daß ich bei ihr bin... Ich bin häßlich.

Ich glaube es gern, daß sie sofort an mich gedacht hat, als es notwendig wurde, einen Dritten zwischen sie und ihn zu stellen. Bin ich nicht der ideale »Dritte«? Weder der eine noch der andere haben etwas von mir zu befürchten... Aber, unter uns gesagt, das Ungeheuer mag es nicht, wenn man es reizt.

Wir werden sehen. Zunächst jedenfalls lasse ich mich willig führen, ich kann nicht anders.

Jetzt befinden wir uns beide in der kleinen Straße zum Quai, in der normalerweise ein kleines Lüftchen weht. Aber heute morgen fegt ein wütender Wind über die Insel und reinigt sie von den Schlacken der vergangenen Nacht. Asche der Nacht, Leichengeruch! Alles reißt der Wind mit sich fort. In diesem Wind sehe ich nur Christines Beine in Seidenstrümpfen, sehe, wie die Louis-IV-Absätze das königliche Pflaster treten – »...meine große Freude – meinen Geist und mein Schicksal lege ich zu deinen zierlichen, in Seide gehüllten Füßen nieder.«

Es macht noch immer einen großartigen Eindruck, dieses altersschwache Gemäuer, das sich vor uns wie ein Schatten aus längst vergangener Zeit erhebt... Der Palast Coulteray gehört zusammen mit dem Palast Lauzun zu den schönsten Gebäuden der Ile. Die moderne Architektur hat noch keine Veränderungen an ihm durchgeführt. Er steht gut erhalten und original da.

Durch eine kleine Tür im Portal, das durch ein enormes Doppeltor verschlossen ist, betraten wir den Palast. Hinter dem Portal stießen wir auf einen vornehmen älteren Herrn (er trug eine Offiziersmütze auf dem Kopf), der uns wohl erwartet hatte. Das Türchen hinter uns fiel mit einem dumpfen Ton ins Schloß. Wir befanden uns im drückenden Schatten der Vergangenheit. Christine führte mich hastig durch den Ehrenhof, über dessen moosbewachsenes Pflaster nur sie ganz sicher gehen konnte.

Sie ließ mir nicht einmal Zeit, den harmonischen Schwung der Freitreppe zu bewundern. Schon befanden wir uns im Vestibül, wo wir von einer Art menschlicher Katze, die aus irgendeiner Ecke gesprungen kam, empfangen wurden. Auf dem Kopf aus polierter Bronze, in welchem zwei riesige Augen aus Jade blitzten, trug er einen Turban aus reiner Seide.

»Sing-Sing, der kleine Hindu-Diener des Grafen. Ein netter hilfsbereiter Junge, aber ein wenig lästig. Er rennt einem dauernd zwischen die Füße oder klettert auf dem Gesims herum oder balanciert über eine Tür, nur um einem angst zu machen und sich darüber zu amüsieren. Verscheuchen Sie ihn durch Händeklatschen, wie ein kleines Tier, das er ja auch ist... Verschwinde, Sing-Sing!«

Sing-Sing wendet sich von uns ab und ist mit drei Sprüngen in einer Art gepolsterter Nische, die einer Mischung aus Hundekorb und Schilderhaus gleicht. Auf seinen Decken denkt er über den nächsten Unsinn nach, während er auf Befehle wartet.

Christine stößt eine Türe auf. Wir durchqueren mehrere Salons mit unvergleichlich schönen Holzvertäfelungen, alten Vergoldungen, mit Hussen bedeckten Möbeln, von deren Füßen die Vergoldung abblättert. Glorreiche Vergangenheit, ruhmvoll und intakt. Aber warum taucht plötzlich in einer Tür im Stile Louis XV eine Statue aus dem Panjab auf, ein indischer Herkules, der uns kühl begrüßt und uns mit kaiserlicher Geste die Tür öffnet, die zur Bibliothek führt?

»Das ist Sanghor«, erklärt mir Christine, »der erste Kammerdiener des Grafen, sein Vertrauter. Sanghor tritt ein wenig wie ein Gott auf. Er erweckt den Eindruck, als käme er soeben aus einer Besprechung mit Buddha. Wenn er einem ein Glas Limonade bringt, macht er dazu ein Gesicht, als seien es alle Schätze Golcondes. Passen Sie bei ihm auf... Man kann ihn leicht für dumm halten, aber ich glaube, daß er sehr intelligent ist. Man weiß nie, ob er einen versteht, aber er errät alles. Außerdem ist er stark wie ein Karyatide.«

»Gibt es hier nur indische Diener?«

»Nein, Sie haben den Pförtner gesehen. Er ist Franzose. Der einzige. Die Dienerinnen der Gräfin sind Engländerinnen. Die Leute des Grafen sind Inder. Sie wissen ja, daß er in Indien geheiratet hat.«

»Ja, das weiß ich... Diese Bibliothek ist wirklich überwältigend, Sie haben nicht übertrieben.«

»Ich übertreibe nie...«

In der hellen Bibliothek mit ihren alten ausgebleichten Holzvertäfelungen und zerbröckelnden Gesimsen hinter ehemals vergoldetem Gitterwerk, das so leicht wirkte wie die ersten Schlingen an einem Korb, der für das Boudoir einer eitlen Dame bestimmt war, standen Tausende und Abertausende von Büchern in jahrhundertealten Einbänden. Auf den Tischen und Pulten erwartete ich Wunderwerke.

»Sehen Sie nur«, sagte Christine, »diese unschätzbaren Bücher! Seltenste Autographien, die nicht einmal im Arsenal zu finden sind. In diesem liliengeschmückten Kästchen befindet sich das Stundenbuch der Blanche de Castille, das sie ihrem kleinen heiligen Sohn vermacht hat. Hier sehen Sie den Psalter von Monseigneur Loys, der zu seiner Mutter floh. Er stammt aus den verstreuten Schätzen der Sainte Chapelle. Hier die Bibel Karl V., vom König eigenhändig geschrieben: ›Dies Buch gehört mir, dem König von Frankreich.‹ Hier ein Missale, jede Seite geschmückt mit einer wunderbaren Girlande, gemalt vom ›Meister der Blumen‹, man kennt seinen Namen nicht. Ach, lieber Kunst-Buchbinder, lieber Nachbar, welche Schätze, welche Aufgabe für Sie...! Hier in diesem Kästchen befindet sich ein Liebesbrief Heinrich IV., der darin ›Millionen mal‹ die Gräfin Verneuil umarmt. Der Graf möchte eine Autographie-

Sammlung zusammenstellen, falls er einen Buchbinder findet, der dazu in der Lage ist. Passen Sie gut auf, Benedikt Masson.«

Ich war völlig hingerissen. In mir lebte nur noch der Künstler... sogar der Liebhaber schien verschwunden zu sein... als plötzlich in diesem blaß beleuchteten Raum das Geschehen, das ich einen Augenblick verdrängt hatte, in Gestalt einer Phantasiegestalt, in weiße Pelze gehüllt, uns packte... Welches Geschehen? Das, dessen Zeuge ich geworden war, wenigstens teilweise. Oder ein Drama, das sich hier abspielte, und das ich noch nicht kannte? Vielleicht beide zusammen.

Tatsächlich, wenn ich mir die erste Stunde im altehrwürdigen Palast der Grafen Coulteray ins Gedächtnis zurückrufe, überwiegt der Eindruck, daß sich das erste Drama durch das zweite eines Tagen klären würde und daß beide Geschehen miteinander zusammenhingen. Die Mauer, die einst als Trennmauer errichtet worden war, trennte nicht mehr, seit Christine hier so leicht eintreten konnte.

Was war wahr an der Geschichte, die sie mir am Morgen erzählt hatte? Vielleicht erfuhr ich es aus dem Mund dieser bleichen Gestalt, die auf uns zukam. Es war die Gräfin. Ich erkannte sie wieder, obgleich sie mir jetzt noch blutleerer erschien als beim ersten Sehen. Ihr Erscheinen versetzte mich unwillkürlich in unbeschreibbare Träume, wie traurige, sanfte Musik, die durch die weite Stille wie ein fernes Wehen zu uns herübergetragen wird. Welcher Windhauch zauberte dieses zerbrechliche Bild zu uns herüber? Während Christine das Leben in idealer Form darstellte durch ihre Ähnlichkeit mit den anmutigsten Damen der italienischen Renaissance, glich das Gesicht der Gräfin einem Hauch, so durchsichtig, daß man fürchtete, es zu beschmutzen, wenn man es nur betrachtete. Christine konnte ich unverwandt anschauen. Aber vor dieser zarten Erscheinung mußte man den Blick senken, aus Furcht, sie sonst vielleicht zu verletzen. Vielleicht sogar aus Mitleid... Um so mehr, als diese flüchtige Erscheinung mit sanften traurigen, schmerzerfüllten Augen um sich blickte.

Es wurde mir sofort klar, daß man mich erwartet hatte. Denn kaum hatte mich Christine vorgestellt, als mir die Gräfin beinahe überschwenglich dafür dankte, gekommen zu sein. Fast etwas hastig, als befürchtete sie, überrascht zu werden... – Mit einer Stimme, die an das ängstliche Piepen eines aus dem Nest gefallenen Vogels erinnerte, sagte sie zu mir:

»Fräulein Norbert hat uns von Ihnen erzählt. Seien Sie herzlich willkommen. Der Graf braucht jemanden für seine Sammlungen, die ihm sehr viel bedeuten... Stellen Sie sich vor, Fräulein Norbert wollte uns verlassen!... Es ist so traurig hier!... Wenn sie mit einem Künstler von Ihrer Art zusammenarbeitet, wird sie wohl bleiben... Mir bedeuten Bücher auch sehr viel. Ich werde Sie von Zeit zu Zeit besuchen... Wenn Sie nur wüßten, wie sehr ich mich langweile! Sie müssen mir verzeihen... Ich bin in Indien aufgewachsen. Man darf mich nicht allein lassen. Man darf mich nicht verlassen!...«

Mit diesen Worten ging bzw. verschwand sie am Ende des Zimmers, als könne sie durch Mauern gehen. Dabei wiederholte sie immer wieder: »Man darf mich nicht alleine lassen.«

Christine hatte mich also nicht belogen. Vielleicht blieb sie eher wegen der Gräfin als wegen des Grafen, aus Mitleid. Hätte sie wirklich ein Verhältnis mit dem Grafen gehabt, hätte sie mir das sicher nicht erzählt. Sie murmelte: »Arme Frau!«

Einen Augenblick verharrten wir schweigend. Ich sah durch das Fenster auf den Garten hinaus, der sich hinter dem Palast erstreckte und mir etwas vernachlässigt vorkam.

Aber das war mir nicht unrecht. Der nahende Sommer zeigte sich bereits als Sieger in den verschiedenen Grüns der Blätter und des Rasens und in aufbrechenden Knospen. Ich wandte mich zu Christine:

»Die Gräfin scheint von zarter Gesundheit zu sein.«

Sie drückte die Stirn ans Fenster und erwiderte:

»Das ändert sich von Tag zu Tag. Mal glaubt man, sie hauche ihr Leben aus... Und dann, nach einigen kräftigen Fleischbrühen, kommt sie wieder zu Kräften... Dann sieht sie ganz normal aus...«

»Wieso normal? Was bedeutet das?«

»Nichts... Ich glaube nur, daß die Gräfin über viel Phantasie verfügt. Ja, an einigen Tagen hält sie sich für kränker, als sie wirklich ist... Das reicht bereits, um es auch sofort zu sein...«

Ohne Überleitung fuhr Christine fort:

»Benedikt Masson, ich wollte Ihnen noch etwas sagen. Sehen Sie da hinten im Garten die kleine Pforte? Sie führt auf die Straße, die wir entlanggegangen sind, als wir hierher unterwegs waren. Sie liegt nur etwa fünfzig Meter von Ihrer Wohnung entfernt. Er wäre für Sie viel bequemer, durch diese kleine Tür direkt in den Garten zu gelangen und von dort aus in die Bibliothek zu gehen, statt durch das Hauptportal zu gehen und auf die Gutmütigkeit des ›Schweizers‹, wie man ihn hier noch nennt, angewiesen zu sein. Ich werde also den Grafen bitten, Ihnen einen Schlüssel zu geben.«

»Sind Sie sicher, daß der Graf einem Fremden den Schlüssel übergibt?«

»Zunächst einmal, Sie sind kein Fremder für ihn. Zum anderen wird der Graf sich nicht weigern, Ihnen den Schlüssel zu geben, wenn ich ihn darum bitte. Wenn Sie den Schlüssel haben, geben Sie ihn bitte mir.«

»Ihnen?«

»Ja, mir. Schauen Sie nicht so erstaunt. Das zeigt, daß Sie

ganz schlecht von mir denken! Herr Masson, wenn ich diesen Schlüssel brauche, dann nicht, um heimlich hierher zu kommen, sondern um fliehen zu können, wenn es erforderlich ist.«

Ich glaubte, meinen Ohren nicht zu trauen.

»Der Graf ist also furchterregend«, bemerkte ich.

»Das werden Sie selber sehen.«

Wieder herrschte Schweigen... Ich werde ihn sehen, wenn ich will. Noch ist nichts entschieden. Aber ich hüte mich, dies vor Christine zu äußern. Es wäre sowieso nutzlos und unnötig, da ich gegen ihren Willen nichts ausrichten kann... Aber trotz allem kann ich meine Unruhe nicht verbergen. Seit einigen Minuten bin ich durch Christine und durch das Erscheinen der Gräfin in eine unschlüssige Stimmung versetzt worden. Die Tochter des Uhrmachers versteht mein Zögern:

»Es wird sich hier nichts anderes abspielen, als was ich Ihnen bereits gesagt habe. Nichts Außergewöhnliches...«

»Kommt der Graf nicht?«

»Heute vielleicht nicht... Ich hatte es gehofft... Aber er schämt sich noch wegen des Auftritts von heute morgen.«

»Ach ja, heute morgen...«

»Ja, er wollte mich umarmen... Das war alles zwischen uns... Es ist verzeihlich...«

»Wie!«

»Ich verzeihe ihm. Aber ich treffe meine Vorsichtsmaßnahmen für später, das ist alles...«

»Oh ja, der Schlüssel, ich...«

Sie hat meine Verwirrung verstanden. Doch dann ist diese verblüffende Geschichte passiert: Sie hat meine Hand in die ihre genommen, als sollte sie ihr gehören, mit einer Geste, durch die sie meine ganze Person in Besitz nahm, und sagte: »Seien Sie mein Freund... Ich wünsche es mir schon lange.«

Schon lange!... Und trotzdem hat sie monatelang, jahrelang, wenn sie an mir vorbeiging, nicht einmal mit den Wimpern gezuckt. Ihr Blick war kühl im unbewegten See geblieben.

Hilf mir! Hilf mir, Christine!... »Bring mich nicht zum Weinen!« heißt es in einem meiner armseligen Verse. »Ich bin Waise, ein Kind. Verbrenn mich nicht an deinem Feuer.«

Nichts konnte mich mehr zurückhalten. Vielleicht würdest du mir nicht so leicht verzeihen wie dem Grafen.

Ich war völlig stumm und bewegungslos aus Angst vor einer Katastrophe, vor einer Ungeschicklichkeit meinerseits, einem falschen Wort, einer Zärtlichkeit, die, auch wenn ich noch so zurückhaltend wäre, doch wie Gewaltanwendung gewirkt hätte, da sie von mir kam (ich hatte am eigenen Leib erfahren, was sich gehörte, das schwöre ich)...

Meine Hand schien sie zu verbrennen, denn sie ließ sie fallen wie glühendes Eisen. Doch für diese abrupte Geste fand sich eine rasche Erklärung: Die Gräfin.

Ich hatte nichts gehört. Doch die weißen Pelze waren tatsächlich zurückgekommen. Sie standen hinter uns, umhüllten eine unruhige, lächelnde, abwesend wirkende Gestalt, die aussah wie ein Pastellbild aus vergangener Zeit.

»Sie werden doch bei uns bleiben, Herr Masson?«

»Ja, ich bleibe. Ich bleibe bei Ihnen. Sie können beruhigt sein.«

Der Graf

1. Juni – Ich habe den Grafen gesehen. Er ist ein Lebemann. Aber zunächst habe ich nur Bilder von ihm gesehen. Diese sind mit einer äußerst seltsamen Geschichte verknüpft, die ich hier erzählen will. Denn in diesem Zusammenhang

zeigte sich zum ersten Mal die geistige Verfassung der Gräfin.

Christine war nicht da, und ich kam mir recht hilflos vor. Zum zweiten Mal war ich da, ohne ein menschliches Wesen anzutreffen, denn die Katze Sing-Sing und der Karyatide Sanghor zählten für mich nicht. Ich wagte noch nicht, irgend etwas anzurühren. Um mich abzulenken, studierte ich eingehend vier Porträts, die den Vater, Großvater, Urgroßvater und Ururgroßvater meines Auftraggebers darstellten, die Ahnenreihe der Grafen Coulteray bis zur Zeit Louis XV. ... Die anderen befanden sich wahrscheinlich in der Galerie im ersten Stock. Doch diese genügten für den Augenblick.

Alle vier Porträts waren gleichzeitig Darstellungen der jeweilig herrschenden Mode in den letzten 150 Jahren. Dabei fiel auf, daß die verschiedenen Anzüge die gleiche Person zu kleiden schienen, so sehr glichen sich die Angehörigen der Familie Coulteray.

Ich wage zu behaupten, daß sie sogar die gleiche Haltung, den gleichen Gesichtsausdruck hatten. Ob in Spitzen und Rockschößen aus der Zeit Louis XV., mit der Krawatte im Stil von Garat, im Anzug und mit englischen Gamaschen aus dem Jahre IX, im Gehrock mit breiten Kragen aus der Zeit Karl X. oder im Stil des Empire gekleidet, immer trug sie der gleiche Coulteray, mit lebhaften Gesichtsfarben, großer Nase, vollen Lippen, die aber nicht häßlich wirkten, und Augen voll geheimnisvollem, verwirrendem Feuer, mit hartem Kinn, etwas schmaler, aber eigensinniger Stirn und zusammengewachsenen Augenbrauen. Über allem der Ausdruck einer leicht anmaßenden Kühnheit, als ob er sagen wollte: ›Die Welt gehört mir!‹

Ich hatte den Grafen zu kurz gesehen, als er im Wagen schnell an mir vorbeifuhr, um sagen zu können, daß er aussah wie seine Vorfahren.

Ich bemerkte mit lauter Stimme:

»Hier fehlt das Bildnis von Georges Marie Vincent.«

Kaum hatte ich so meine Gedanken ausgedrückt, als hinter mir eine Stimme sagte:

»Aber er ist es ja.«

Ich drehte mich um. Die Gräfin stand hinter mir, vor Kälte zitternd, trotz ihrer Pelze. Ich verneigte mich.

»Sehen Sie es denn nicht?« fragte sie.

»Wo denn?« fragte ich, leicht erstaunt über die Art, wie sie es sagte, denn sie schien wie im Traum zu sprechen, ihre Augen waren weit geöffnet...

»Wo? Aber da!...«

Mit dem Finger zeigte sie auf die vier Gemälde.

»Welcher von Ihnen?« fragte ich. Meine Verwirrung wuchs.

»Irgendeiner«, flüsterte sie.

Als sei sie von schwerer Anstrengung völlig erschöpft, ließ sie sich in einen Sessel gleiten.

In diesem Augenblick öffnete sich die Tür, und der Graf trat herein.

Ich weiß nicht, ob er seine Frau bemerkte. Ich glaube nicht. Auf jeden Fall rührte sie sich nicht. Sie kauerte in ihrem Sessel wie ein kleines weißes, scheues Tier, das den Atem anhält...

Als der Graf so vor mir stand, begriff ich, was sie mit ›irgendeiner‹ gemeint hatte. Es stimmte, er glich jedem der vier Porträts.

»Ah, Sie sind sicher Herr Masson. Ich freue mich, Sie zu sehen. Fräulein Norbert hat oft von Ihnen gesprochen. Ich stehe völlig in Ihrer Schuld, da Sie mir ein wenig von Ihrer kostbaren Zeit opfern wollen. Sie sehen ja, mit was Sie sich befassen sollen...

Ach, Sie schauen sich die Coulterays an. Ein würdiger Betrachtungsgegenstand. Sehen sie nicht aus, als ob sie sich langweilten, die Burschen? Sie hatten immer einen sehr schlechten Ruf. Darum beneide ich sie nicht. Eine schöne Familie, nicht wahr? Und immer dem König treu ergeben. Sie kennen sicher unseren Wappenspruch: ›Stärker als die Vernunft‹.

Ein schöner Wappenspruch. Immer stärker als die Vernunft, im Guten wie im Bösen, im Krieg wie beim Vergnügen. Ich spreche von Zeiten, wo man sich noch amüsieren konnte. Diese Burschen haben ihre Zeit gut genutzt. Darum beneide ich sie. Heute haben wir nur noch ein wenig Zerstreuung, man kann nicht einmal mehr auf die Jagd gehen. Können Sie sich mich, Georges Marie Vincent, vorstellen, daß ich einen Dachdecker niederschlage, nur um mich zu trainieren? Nein, nicht wahr. Ich mir auch nicht. Trotzdem wurde zu der Zeit meines Ahnen kein Feldjäger gefunden, der gewagt hätte, ihm den Prozeß zu machen. Wirklich, dieser Louis-Jean-Marie-Chrysostomos war ein ganzer Kerl und außerdem Erster Stallmeister seiner Majestät.

Wir haben es zu gut, viel zu gut... Mein Herr, in allen Geschichtsbüchern, die von Speichelleckern herausgegeben werden, schimpft man über uns... denn die Speichellecker zu anderen Zeiten... Wir sind alle größere oder kleinere Schmeichler gewesen... Ich erinnere mich da... Die Geschichte ist meinem Großvater passiert, einem bedeutenden Edelmann unter Louis XVIII. ... Ich erinnere mich, an jenem Abend wurde viel gelacht... Es geschah anläßlich einer Einweihung. Mein Großvater erstach ›zur Rettung seiner Ehre‹ den neu Eingeführten, denn dieser war in die Stadt gekommen, um die Ehre einer Dame zu retten, und hatte unangenehme Pläne. Denn die Dame war sowohl die Geliebte des Königs als auch die meines Großvaters. Das war eine Tat. Der arme Junge ist zu Recht gestorben. Die Loge ist gegen Marie Joseph Gaspard aufgestanden, aber er hat es gut überstanden, wie man sieht.«

Bei den letzten Worten drehte er sich so, daß ich nicht recht wußte, wen er mit »... wie Sie sehen ...« meinte, das Bild des Marie Joseph Gaspard oder sich selbst.

Dazu lachte er, lachte aus vollem Hals, mit weit aufgerissenem Mund, in dem blendend weiße Zähne zu sehen waren. Die Eckzähne waren sehr spitz ...

»Haben Sie bemerkt, wie sehr wir uns gleichen? Die Familie lebt fort, sie lebt fort.« (Ich bin sicher, daß der Graf an diesem Tag getrunken hatte, um seinem Wahlspruch »Stärker als die Vernunft«, plus aequo, wie wir Lateiner zu sagen pflegen, die Ehre zu geben.) Auf jeden Fall war er keineswegs mysteriös und ließ keinen Gedanken an Gespenster aufkommen wie die Gräfin.

Mit seinen letzten Worten verließ er uns, Sing-Sing eilte voraus, um die Tür zu öffnen. Wir hörten ihn immer noch lachen. Sein Gelächter schien das einzige Geräusch in diesem alten, verschlafenen Palast zu sein.

Dann herrschte wieder Stille, alle Farben erloschen. Die kleine weiße Wolke hinter mir flüsterte:

»Finden Sie ihn nicht auch zum Fürchten?«

»Nicht im geringsten«, erwiderte ich lächelnd. »Der Graf befindet sich bei bester Gesundheit.«

»Er ist es. Er ist es«, hauchte sie. »Das gerade meinte ich ja. Er ist von furchterregender Gesundheit.«

Ich verstand immer weniger von dem, was sie sagte. Ihre Geheimnistuerei, mit der sie mit mir sprach, erschien mir albern. Was meinte sie mit ihrem ›Er ist es. Er ist es.‹?

Sie begann wieder zu sprechen, während sie fröstelnd den Pelz über ihre Schulter zog.

»Haben Sie bemerkt, daß der Graf, wenn er von diesem oder jenem Coulteray spricht, oft ›ich‹ sagt?«

»Doch, sicher, Gräfin. Er hat ›ich‹ gesagt im Sinne von ›wir, die Coulterays‹.«

»Nein, das ist nicht richtig. Er sagt ›Ich‹, ›Ich erinnere

mich...‹. Er erzählt die Geschichte, als hätte er sie selbst erlebt.«

Worauf wollte sie hinaus? Sie hatte noch immer riesige Augen, in denen sich Gedanken spiegelten, die sie allein kannte.

»Gnädige Frau, wenn der Graf sagte ›Ich erinnere mich‹, dann habe ich es so verstanden, daß er sagen wollte ›Ich erinnere mich, wie man mir erzählt hat...‹ Anders kann es nicht sein. Der Graf kann sich doch nicht an Dinge erinnern, die noch vor seiner Geburt geschehen sind.«

»Das ist es ja!« seufzte sie, »genau das ist es ja.«

Sie erhob sich.

»Er ist sofort wieder gegangen«, erklärte sie, »weil Christine nicht da war. Ich bitte Sie, Herr Masson, wenn Christine kommt, lassen Sie sie bitte keinen Augenblick allein... Auf Wiedersehen, Herr Masson... Oh, Sing-Sing hat uns belauscht...«

Ich drehte mich um. Die Jade-Augen des kleinen indischen Affen waren tatsächlich in der halboffenen Tür zu sehen. Ich verscheuchte ihn mit Handklatschen, wie Christine mir geraten hatte.

Die Gräfin gab mir, bevor sie ging, mit müder Geste die Hand.

»Ich habe größtes Vertrauen zu Ihnen, Herr Masson. Ich spreche zu Ihnen über Dinge, deren Bedeutung Sie erst später verstehen werden. Christine will mich nicht verstehen... Ich bin sehr froh darüber, daß Sie hier bleiben.«

Sie glitt davon und verschwand... Armes, kleines, fröstelndes Ding, und das an einem solch warmen Tag im Juni. Durch ein halboffenes Fenster drang der Garten mit seinen Blüten in die Bibliothek ein, wie das Leben in ein Mausoleum. Als Christine mit hochroten Wangen und blühenden Lippen hereintrat, brachte sie noch mehr Leben herein. Sie reichte mir beide Hände:

»Ich hoffe, Sie haben sich ohne mich nicht zu sehr gelangweilt.«

Ich erwiderte nichts. Was hätte ich auch sagen sollen. Daß Leben für mich nur in ihrer Gegenwart möglich war? Mein wild schlagendes Herz erstickte mich beinahe. Erkannte sie, wie verwirrt ich war? Ganz sicherlich. Aber sie schien keine Notiz davon zu nehmen. Sie löste ihren Hut mit anmutiger Geste, einer ihr eigenen Geste, indem sie ihre rosigen Arme wie eine Lichtkrone über ihren Kopf legte.

»An die Arbeit!« meinte sie. »Haben Sie die Gräfin gesehen?«

»Ja, und den Grafen auch... Er kommt mir nicht sehr kompliziert vor. Aber die Gräfin...«

»Hm, hat es schon begonnen? Erzählen Sie mir, was hat sie gesagt?...«

Ich berichtete ihr von unserem Treffen.

»Arme Frau«, seufzte sie. »Ist sie Ihnen nicht ein wenig – verrückt – vorgekommen?«

»Auf alle Fälle ist sie außergewöhnlich. – Wie kommt es, daß sie immer friert?«

»Ich habe Ihnen bereits erzählt, daß sie über große Phantasie verfügt. Sie bildet sich ein zu frieren... und friert... Kennen Sie schon ihre fixe Vorstellung? Die Idee, von der sie ganz durchdrungen ist? Die sie dazu bringt, durch dieses Dornröschenschloß wie eine Traumwandlerin zu laufen? Es ist kaum zu glauben... Ich hätte es nie geglaubt, wenn mir nicht der Graf die Augen geöffnet hätte über die Besessenheit seiner Frau... worunter er am meisten leidet, denn er hat seine Frau sehr geliebt... Also, lieber Herr Masson, die Gräfin bildet sich ein, alle Grafen, deren Bilder Sie hier an der Wand sehen, und der heute lebende Graf Georges Marie Vincent seien ein und dieselbe Person.«

»Oh, jetzt verstehe ich. Jetzt verstehe ich...«

»Sehen Sie, jetzt verstehen Sie ihr ›irgendeiner‹. Das hat

sie auch zu mir gesagt. Als ich zum Grafen darüber sprach, hat er mir voller Trauer alles erklärt.«

»Dann ist sie wirklich verrückt.«

»Ja, sie bildet sich ein, Graf Louis XV., den Sie da an der Wand sehen, der berühmte Louis Jean Marie Chrysostomos, sei nicht gestorben... genausowenig wie die anderen... und Georges Marie Vincent von heute sei wieder oder immer noch Louis Jean Marie Chrysostomos... Ich sage ›immer noch‹, denn sie ist überzeugt, daß er nicht mehr sterben kann, es sei denn...«

»Es sei denn was?«

»Nein«, sagte Christine, »das würde zu weit gehen. Damit würde ich Gedanken preisgeben, die ich noch nicht mit Ihnen besprechen darf. Der Graf, den Sie so fröhlich und lebenslustig gesehen haben, möchte nicht, daß sein ganzes Unglück bekannt wird. Wenn er überschäumend wirkt, denke ich mir, daß er nur versucht, alles zu vergessen. Ich habe Ihnen bereits gesagt, daß er seine Frau sehr geliebt hat... Ich bin sicher, er liebt sie immer noch... und liebt eigentlich nur sie.

Manchmal versucht er, mit mir darüber zu lachen, aber ich täusche mich nicht über seine falsche Fröhlichkeit.

›Schauen Sie mich an!‹ sagt er zu mir. ›Sagen Sie mir, sehe ich aus wie Cagliostro, der Graf von Saint Germain? Die Geschichte ist grotesk. Diese Vorstellung hat meine Frau ganz plötzlich überfallen. Nun kommt sie nicht mehr davon los... Bis dahin hat sie mich liebevoll betrachtet, jetzt kann sie mich nur voller Entsetzen anschauen. Das ist so komisch, Christine, daß ich Sie umarmen muß...‹

Das also ist die Geschichte, Herr Masson. Ich mag nur nicht, daß der Graf mich umarmt, denn ich, ich bin verlobt.«

»Ja, richtig. Sie sind verlobt. Ich glaube, schon recht lange.«

»Ja, schon sehr lang.«

»Und noch auf lange Zeit?« wagte ich zu fragen.

Sie antwortete nicht auf meine Frage, sondern kehrte zum ersten Punkt unserer Unterhaltung zurück.

»Die Gräfin ist eine kleine, sentimentale Engländerin, in Indien aufgewachsen, wo die ausgefallensten spiritistischen Ideen in den Salons verbreitet werden. Sie hat sicher an Sitzungen von Heiligen teilgenommen, die ein weiches Gemüt verunsichern können... Die Gräfin hat ein weiches Gemüt. Darüber hinaus liest sie sehr viel und vertieft sich in Romane über das ›Jenseits‹. Auf der anderen Seite hat der Graf, der von Leben überschäumt, nicht verstanden, daß er dieses zerbrechliche Wesen, das zwischen zwei Welten schwebt, mit äußerster Behutsamkeit behandeln muß. Um es kurz zu machen, jetzt ist der Bruch vollkommen... oder zumindest kurz davor. Es gibt tolle Geschichten über den berühmten Louis Jean Marie Chrysostomos, der wie alle Herren seiner Zeit an okkultische Dinge glaubte. Die arme Kleine hat diese Geschichten gelesen... Sie hat hier die vier Gemälde vor sich, die eine wirklich verblüffende Ähnlichkeit untereinander aufweisen. Na, Sie kennen ja jetzt die Gräfin. Versuchen Sie, sie von ihrer fixen Idee zu befreien, Herr Masson.«

»Ich möchte Sie noch etwas fragen, Fräulein Norbert. Ist die Gräfin eifersüchtig?«

»Nein, warum?«

»Bevor sie ging, sagte sie zu mir: ›Lassen Sie Christine unter keinen Umständen allein.‹«

»Ich weiß, warum sie das gesagt hat. Aber das hat nichts mit Eifersucht zu tun. Es ist ohne Bedeutung. Aber mir ist es auch lieber, daß Sie da sind, wenn ich hier bin.«

Noch hat mir Christine nicht erklärt, warum die Gräfin das gesagt hat.

Es wird noch einmal von Gabriel gesprochen

4. Juni – Als ob ich nur auf sie wartete!

Doch als erstes muß ich Ihnen natürlich erzählen, daß »mein Abenteuer« im Viertel ein kleiner Skandal war.

Nicht ohne Anteilnahme hatte die Ile-Saint-Louis zur Kenntnis genommen, daß Fräulein Norbert mich häufiger besuchte. Als man dann erfuhr, daß ich die Tochter des Uhrmachers zum Grafen Coulteray begleitete und daß wir gemeinsam stundenlang in seiner Bibliothek arbeiteten (eine kleine Indiskretion des vornehmen Alten mit der Offiziersmütze am Hauptportal), rumorte es in allen Läden von der Rue Le Reprattier bis zur Sully-Brücke und vom Quai D'Anjou bis zum Quai Béthune. Man wußte auch, daß ich kein Kirchgänger war. Also schloß man aus der Tatsache, daß ich eines Tages, unter dem Schutz der Familie Norbert, Saint-Louis-en-Ile betrat, daß ich verloren war.

Für alle war klar, daß die Erzherzogin mit ihrem vornehmen Gehabe mich völlig beherrschte. Sie hatte mich umgarnt. Ich aß nicht mehr, ich schlief nicht mehr, ich sprach nicht mehr. In Wirklichkeit hatte ich nur zwei- oder dreimal versäumt, auf verfängliche Fragen von Mutter Langlois zu antworten. Das war ein schweres Vergehen! Ich kann mir lebhaft vorstellen, daß man im Hinterzimmer von Fräulein Barescat nicht untätig blieb und Pläne schmiedete, um mich vor der Umgarnung der Familie des Hexenmeisters zu retten. Mich, einen ruhigen, ordentlichen jungen Mann, der stets pünktlich war und seine Haushälterin immer gut behandelte!

Mutter Langlois hatte sich vorgenommen, mir zu beweisen, daß sie auch noch da war... Und so verlief dann die Geschichte:

Gestern kehrte ich gegen elf Uhr morgens aus dem Palast Coulteray in meine Wohnung zurück. Christine war nicht gekommen, was mir die Laune gründlich verdorben hatte. Ein langes Gespräch mit dem Grafen, der ebenfalls auf Christine zu warten schien, änderte nichts an meiner Ungeduld.... In meiner Wohnung traf ich Mutter Langlois. Sie war sicherlich längst fertig mit ihrer Arbeit. Aber sie begann immer wieder von neuem. Mir war sofort klar, daß die gute Frau mir etwas zu sagen hatte. Die Art, wie sie die Türe hinter mir zumachte und ihre Arme in die Hüften stemmte, ihre aufgeregte Miene zeigten mir, daß sie Neuigkeiten für mich hatte. Ich hatte mich nicht getäuscht.

»Na«, meinte sie, »Ihre Prinzessin geht aber nicht gut mit Ihnen um. Heute ist sie nicht beim Grafen aufgetaucht, oder?«

»Verzeihen Sie, Mutter Langlois, ich denke, Sie reden von Fräulein Norbert. Nun, begreifen Sie ein für allemal, daß Fräulein Norbert tun kann, was sie will... Und ich sage Ihnen mit allem Nachdruck, daß das, was sie tut, mich in keiner Weise interessiert. Auf Wiedersehen, Mutter Langlois, und schöne Grüße an Fräulein Barescat.«

Die gute Frau wurde zuerst purpurrot, wechselte dann zu violett, biß sich auf die Lippen, fingerte am Brusttuch vor ihrem platten Busen und bewegte sich endlich auf die Tür zu... Aber bevor sie hinausging, wandte sie sich noch einmal um:

»Ich wollte Ihnen nur sagen, daß der schöne junge Mann wieder da ist.«

Ich mußte sie fragen:

»Welcher schöne junge Mann?«

»Der junge Mann im Mantel, mit den Stiefeln und dem Dreispitz.«

Um mich herum schwankte alles. Ich stotterte:

»Der...«

»Ja, genau der, von dem ich Ihnen kürzlich bei Fräulein Barescat erzählt habe... Ja, er ist zurückgekommen. Der schöne Gabriel ist wieder da.«

Ich sah sie verstört an.

Ich konnte meine Unruhe nicht verbergen. Mutter Langlois freute sich über die Wirkung ihrer Worte.

»Sehen Sie, nun jagen Sie mich nicht mehr weg. Wissen Sie, die Kleine braucht ihn. Die mit ihrem vornehmen Getue...«

Ich hätte die entsetzliche Frau am liebsten erwürgt. Ich mußte mich zwingen, ihr nicht an die Gurgel zu springen. Unter größter Anstrengung gelang es mir endlich, ihr mit fast normaler Stimme zu antworten, während ich mir den Schweiß abwischte, der mir die Stirn hinablief:

»Sie versetzen mich in Erstaunen, Mutter Langlois. Ich wußte, daß der junge Mann sehr krank war.«

»Ja, das ist wohl richtig, er sieht sehr mitgenommen aus. Aber jetzt kommt die schöne Jahreszeit, und unter der Pflege der jungen Dame ist er sicherlich bald wieder gesund.«

»Haben Sie gesehen, wie er zu den Norberts zurückkam?«

»Zurückkam? Nein, ich habe nicht gesehen, wie er zurückgekommen ist. Merkwürdig ist das da drüben!... Ich habe Ihnen ja schon gesagt, daß ich nicht weiß, woher er gekommen ist, nicht... Man könnte fast glauben, sie haben ihn dort versteckt... Vielleicht wird er von der Polizei gesucht. Ich hab's ja immer schon gesagt: Er ist sicherlich Ausländer, so wie der angezogen ist. Aber wenn Sie meinen, daß das alles normal ist... Seit drei Tagen arbeite ich nicht mehr da...«

»Aber Mutter Langlois, wenn Sie seit drei Tagen nicht mehr dort arbeiten, woher wissen Sie dann, daß...?«

»Woher ich das weiß? Ha, wenn Mutter Langlois etwas erfahren will, ist sie gescheiter als ein Wachtturm, das können Sie mir glauben. Es ist so, wie ich gesagt habe. Ich kann es beweisen... Als die mich hinausgeworfen haben, habe ich mir geschworen: ›Die da, die kommt nicht in den Himmel!‹ Ich verrate Ihnen ja wohl kein Geheimnis, wenn ich Ihnen sage, daß man von Ihrer Dachluke aus genau sehen kann, was da drüben passiert. Ich hatte mir das schon oft überlegt. Heute morgen sah ich den jungen Mediziner wie jeden Morgen zur Universität gehen. Dann verließ auch der alte Norbert das Haus. Als letzte erwartete ich Christine auf dem Weg zu ihrem Grafen, wo sie jetzt jeden Tag hingeht. Das wissen alle, Sie ja wohl auch, wenn ich das bemerken darf. Aber es vergingen Minuten, Viertelstunden... Christine kam nicht heraus. Ich fragte mich: ›Was macht sie nur da drin, so ganz alleine? Vielleicht zeigt sie einer neuen Zugehfrau, wie es geht.‹ Das muß ich sehen.

Ich habe nicht lange rumgemacht... Über eine kleine Stiege kam ich auf den Dachboden und stand vor der Dachluke. Und was sehe ich? Christine und den jungen Mann, die miteinander spazierengehen. Sie gingen langsam durch den Garten. Sie hatte ihn untergehakt. Dauernd ging es ›Gabriel hier‹ und ›Gabriel da‹...

Er machte nicht so einen forschen Eindruck wie beim ersten Mal. Er ging ganz gerade, so gerade, als hätte er einen Besenstiel verschluckt. Er wirkte ein bißchen benommen... Sie sprach sanft zu ihm, so wie man einen Kranken aufmuntert. Sie haben sich hinter dem Baum hingesetzt, er hat sich auf einen Holzstuhl fallen lassen und sie... ja, sie hat ihn umarmt.«

»Bei einem Verwandten«, sagte ich mit tonloser Stimme, »ist das doch nichts Ungewöhnliches.«

»Oh, sie hat ihn aber nicht wie einen Verwandten umarmt! Und sie hat eine Art, ihn anzusehen...!«

»Fräulein Norbert ist ein ehrenhaftes junges Mädchen, an deren Benehmen man nichts aussetzen kann!«

»Schon gut, schon gut ... Aber sie hat Ihnen doch sicher nicht gesagt, daß sie sich um besagten jungen Mann kümmerte, während Sie auf sie warteten. Einen Verwandten, von dem niemand weiß, woher er kommt!«

»Sie wird es mir sicherlich heute nachmittag erzählen. Keine Angst, Mutter Langlois, ich werde Ihnen sofort alles erzählen. Ich merke schon, daß man vor Ihnen nichts geheimhalten kann.«

»Ich glaube, Sie sind böse auf mich, Herr Masson.«

»Aber weshalb denn? Aber sagen Sie, sind die beiden lange im Garten geblieben?«

»Nein, nicht mal eine halbe Stunde. Sie ist als erste aufgestanden und hat zu ihm gesagt:

›Gehen wir! Papa wird gleich zurückkommen.‹

Er ist ganz brav! Dieses Frauenzimmer läßt die Männer nach ihrer Pfeife tanzen. Sie hat sich über ihn gebeugt ... Sie hat ihn beim Arm genommen, und dann sind sie ganz langsam rechts zum Pavillon gegangen. Sie wissen doch, die Tür zum Labor von Herrn Jacques ist auf dieser Seite, zur kleinen Allee hin, gegenüber von der Mauer. Da sind sie hineingegangen. Ich habe noch ein bißchen gewartet ... Nach ungefähr einer Viertelstunde ist sie herausgekommen ... und hat sich dann in ihrem Atelier eingeschlossen ...

Was führen die doch für ein merkwürdiges Leben, die da drüben.«

»Wieso? Der junge Mann ist krank und wohnt bei dem Mediziner, der ihn behandelt ... Und wenn er zur Familie gehört ...«

»Ja, ja, ich bin schon ruhig ... Bei der Familie ... so sieht er aus!«

Um keinen Zweifel an dem zu lassen, was sie sagen wollte, fügte sie noch hinzu:

»Wenn man bedenkt, daß sie verlobt ist! Viel Vergnügen,

Herr Masson! Ach ja, geben Sie mir doch etwas Geld, damit ich ›Brillant belge‹ kaufen kann.«

Und damit ist sie triumphierend abgezogen.

Also ist Gabriel nicht tot! Schön, für Christine ist es besser so.

Aus dem, was Mutter Langlois gesagt hat, ist zu schließen, daß er nur angeschlagen ist. Um ihn kümmern sich Christine und Jacques Cotentin, die ihn auch gerettet haben.

In jener Nacht hatte der Prosektor Christine und Vater Norbert wohl klargemacht, welche Folgen der Zornanfall des Uhrmachers haben würde, der sich wie ein Verrückter auf den geheimnisvollen Gast geworfen hatte.

Dann hatte man also am Tag danach unter der Plane keine Leiche nach unten gebracht, sondern einen Kranken, einen »Angeschlagenen«, den man noch erst versorgt hatte, bevor man ihn aus Christines Zimmer zum Prosektor brachte, wo er jetzt auch noch wohnte.

Und ich hatte mir solche Gedanken gemacht! Hatte sogar einen spezifischen Geruch festgestellt!

Die Vorstellung wandert weit auf falschen Wegen! ... Ich bemerkte dies heute nicht zum ersten Mal ... Henriette Havard ... die anderen, die alle nicht zurückgekommen sind ... Ich neige dazu, überall schreckliche Geschichten zu sehen, obgleich es sich, in den meisten Fällen, um Komödien handelt.

Was ich soeben erfahren hatte, brachte keineswegs Klarheit in die Geschichte um diesen merkwürdigen Gabriel, erklärte mir nicht, wie er in den Schrank kam, wie er zur Familie Norbert gelangt war, noch wie die Familie zu ihm stand. Auf alle Fälle konnte ich jetzt Christine wieder ansehen, ohne sie für ein rätselhaftes Ungeheuer zu halten, weil sie am Tag nach dem Geschehen so ruhig gewesen war, oder für eine herzlose, erbarmungslose Puppe, für eine kalte Verkörperung der Schönheit, die ich trotz allem verehrte, aber an die ich nicht ohne Schaudern denken konnte, wenn ich sie nicht unmittelbar vor Augen hatte.

Alles war in Ordnung... Nur... Nur Gabriel lebt und sie liebt ihn...!

Wie brannten meine Lippen, als ich sie am Nachmittag wiedersah. Ich war nahe daran, sie zu fragen: ›Geht es Gabriel wieder besser?‹ Aber am Rande des Abgrunds habe ich geschwiegen. Ich spürte genau, daß ich nicht das Recht hatte, den Namen ›Gabriel‹ auszusprechen. Das war ihr Geheimnis... Ihr Herzensgeheimnis. Wie es in Romanen heißt, es war ihr eigener Roman. Ich gehöre nicht hinein. Ich bin nicht in ihrem Herzen. Ich bin nur in ihrer Nähe. Wenn ich dort bleiben will, muß ich versuchen, Gabriel zu vergessen.

Und sie ist voller Freude... Daher rührt ihr Strahlen in den letzten Tagen. Gabriel geht es besser, Gabriel geht an ihrem Arm in den Garten... Ich will versuchen, Gabriel zu vergessen. Doch ich denke nur an ihn!

Glücklicherweise wurde ich durch ein weiteres Drama auf brutale Weise abgelenkt.

Christine und ich befanden uns in dem kleinen Kabinett, das man uns hinter der Bibliothek zur Verfügung gestellt hatte, als wir die Gräfin kommen sahen. Sie war so erregt, daß wir Mitleid mit ihr fühlten. Sing-Sing folgte ihr. Sie murmelte atemlos:

»Jagen Sie diese ekelhafte kleine Bestie fort!«

Ich verscheuchte Sing-Sing, der sich nicht wehrte.

»Was hat er mit Ihnen gemacht? Sie sollten sich beim Grafen über ihn beschweren.«

Sie lächelte matt.

»Sing-Sing tut nichts anderes, als mir überallhin zu folgen. Es gibt nichts, worüber ich mich beim Grafen beschweren könnte.«

Sie zitterte derartig, daß es grausam war, sie anzusehen. Sie drehte sich zu Christine:

»Ich flehe Sie an, mich zu schützen... Sie haben großen Einfluß auf den Grafen... Sagen Sie ihm, er solle mich in Ruhe lassen.... Mein armer Kopf ist schon ganz irr! Und dieser Arzt soll aufhören, mich vollends wahnsinnig zu machen.«

»Welcher Arzt?« fragte ich.

In diesem Augenblick öffnete sich die Tür, und der bronzefarbene Karyatide erschien auf der Schwelle. Der indische Herkules beugte Kopf und Schultern, als trüge er das ganze Haus. »Der Graf bittet Frau Gräfin, sich in ihre Zimmer zu begeben, wo der Arzt auf sie wartet.«

Ich beobachtete die arme Frau. Ihre Zähne schlugen aufeinander. Rodin konnte bei der Schaffung seiner Höllenqualen keine Figur bilden, in welcher die Angst vor dem, was auf sie zukam, solche tiefen Spuren der Angst hinterlassen hatte. Völlig vernichtet vor Grauen betrachtete sie uns mit irren Blicken. Ich wußte nicht, was ich tun sollte, denn ich hatte keine Ahnung, was hier vor sich ging. Ich fühlte ungeheures Mitleid mit diesem verletzten Vogel, der Zuflucht suchte.

Christine sagte mit trauriger Stimme zu ihr:

»Gehen Sie, gnädige Frau, Sie wissen doch, daß es gut für Ihre Gesundheit ist.«

Sie öffnete die blutleeren Lippen, sagte aber kein Wort. Ihr Zittern wurde immer heftiger... Sie sah mich mit riesigen leblosen Augen an...

»Mein Gott!« entfuhr es mir. »Mein Gott!«

Ich konnte nichts anderes sagen.

Sanghor wiederholte seinen Auftrag. Er krümmte seine Schultern noch stärker, als ob er unter dem Gewicht des Hauses zusammenbrechen würde. Je tiefer er sich beugte, desto herrlicher wirkte er in seiner Muskelkraft. Schließlich, der Auftritt schien nicht enden zu wollen, beugte er sich noch tiefer und streckte der Gräfin seinen Arm entgegen. Diese war sofort aufgesprungen, ein Bild des Schreckens vor dieser Demonstration der Kraft. Sie verschwanden alle beide. Hinter der Tür hörten wir Sing-Sing lachen.

Was ich soeben erlebt hatte, erschütterte mich zutiefst. Wenn ich nicht gesehen hätte, wie ruhig sich Christine verhielt, wäre ich sicherlich dazwischengetreten. Ich sah sie an, aber sie blieb stumm.

»Verflucht!« schrie ich. »Sie wissen, was man jetzt mit ihr macht! Warum dieses Entsetzen? Wer ist dieser Arzt, dessen Erwähnung ausreicht, um sie umzupusten?«

»Ohne diesen Arzt wäre sie bereits gestorben«, antwortete Christine. »Wenn Sie sie in acht Tagen wiedersehen, werden Sie sie nicht wiedererkennen. – Heute ist sie nur ein Schatten, völlig kraftlos und farblos. Sie werden staunen, wenn Sie sie lebensprühend und mit dem Charme der Jugend wiedersehen.«

»Was ist das für ein Zauberer, der dieses Kunststück fertigbringt?«

»Es handelt sich um einen indischen Arzt, der in England hochangesehen ist. Er kommt oft nach Paris, wo er in der Avenue d'Ilna eine Praxis hat. Er ist sehr berühmt. Sie müssen von ihm gehört haben, sein Name ist Dr. Saib Khan...«

»Ja, doch, ich glaube... Ist nicht kürzlich ein Bild von ihm im Royal Magazine erschienen?«

»Genau, das ist er.«

»Und was verschreibt er ihr?«

»Oh, ganz natürliche Dinge... Spritzen und Fleischbrühe...«

»Und damit die Gräfin ein wenig Fleisch zu sich nimmt, muß Dr. Saib Khan kommen, vor dem sie solche Angst hat?

Sie werden zugeben, Christine, daß die Geschichte immer unverständlicher wird...«

»Wieso? Wenn Sie sie in diesem Zustand sehen, dann weigert sie sich, irgend etwas zu sich zu nehmen. Und das mit einer Besessenheit, wie man sie nur bei Magersüchtigen kennt. Nur Saib Khan bringt sie zum Essen.«

»Und wie?«

»Er hypnotisiert sie... Sie kennen dieses Vorgehen. Man hat viel darüber gesprochen... Unter Einwirkung auf den Geist wird der Körper geheilt. Das ist nichts Neues, aber die Inder kennen seit Jahrhunderten Methoden der Seelenbehandlung, vor denen das Wissen unserer modernen Ärzte wie das Brabbeln eines neugeborenen Kindes erscheint. Tatsächlich muß Saib Khan bei einer solch schwierigen Patientin wie der Gräfin, die sich weigert... mit psychischer Gewalt vorgehen, von der ich mir keine Vorstellung machen kann. Zu Beginn hat er die arme Frau damit fast vernichtet. Jetzt verstehen Sie, nehme ich an, weshalb das Entsetzen der Gräfin bei mir nur Traurigkeit hervorruft, warum ich die Unglückliche noch ermuntere, warum ich ihr sage, es diene ihrer Gesundheit.«

»Und das alles, weil sie sich einbildet, verheiratet zu sein mit einem...«

Christine starrte mich an.

»Mit wem verheiratet? Sprechen Sie aus, was Sie denken!« drängte sie.

»Gut, also verheiratet mit einem Geist, der stärker ist als der Tod. Stimmt's?«

Sie schüttelte den Kopf, was mich nicht zufriedenstellte. Nun drängte ich: »Aber das ist doch verrückt... Sie kann sich das alles einbilden, aber deswegen muß sie doch nicht verhungern!«

»Was soll ich Ihnen darauf antworten?«

Ich begann von neuem:

»Wenn ich Sie richtig verstanden habe, kann Saib Khan sie immer nur für einige Wochen heilen...«

Ohne mich anzusehen, erwiderte Christine:

»Ja, es ist sehr merkwürdig, mit welcher Regelmäßigkeit die Gräfin vom Leben zum Sterben und vom Sterben zum Leben gleitet, und dann wieder zurückfällt. Nach einer gewissen Zeit überfällt sie wieder diese fixe Idee, die sie eines Tages töten wird, wenn man sie nicht davon befreit... Die einzige Hoffnung des Grafen ist Saib Khan.«

»Abgesehen von dieser Zwangsvorstellung ist sie normal?«

»Völlig normal und auffallend intelligent.«

»Es wäre also denkbar, sie mit dem Finger die Abwegigkeit ihrer Zwangsidee berühren zu lassen... Ich sage bewußt ›berühren‹, denn von allen Coulterays, angefangen bei Louis Jean Marie Chrysostomos bin zu Georges Marie Vincent hat man in real vorliegenden Büchern alle Geburten und Todesfälle registriert.«

»Nicht von allen. Das ist ja gerade das Unglück des Grafen. Es gibt zwei Coulterays, die im Ausland unter mysteriösen Umständen gestorben sind. Sie wissen ja, die Coulterays waren große Abenteurer. Einige wurden im Ausland geboren. Man weiß, daß einige Dokumente nicht hundertprozentig stimmen. Aber das war in Frankreich vor zweihundert Jahren nicht anders. Geburten, Eheschließungen und Todesfälle wurden besser als in Dokumenten durch Zeitgenossen bezeugt... Die Gräfin kennt diese Besonderheiten. Man hat ihr weder die Geburten noch die Todesdaten der Coulterays exakt nachweisen können. Das hat sie mir alles anvertraut. Der Graf seinerseits hat mir alle Unterlagen, die er besitzt, übergeben. Das ist der Stand der Dinge. Es ist leider nicht vorstellbar...«

»Gut, wenn sie zunächst völlig normal war, wie ist sie dann auf diese Idee gekommen?«

»Wie sie darauf gekommen ist?... Du liebe Güte, Herr Masson, das kann ich Ihnen nicht sagen. Darüber weiß ich nichts...«

Sie zögerte ein wenig mit ihrer Antwort. Ohne es zu ahnen, war ich auf diese andere Geschichte gestoßen, von der sie mir noch nichts erzählt hatte und die zu den zahlreichen Geheimnissen des Grafen gehörte, über die der Graf nicht zu jedermann sprechen wollte und über die er sich darüber hinaus hervorragend hinwegtröstete.

Während der letzten Worte hatte sich Christine über eine sehr feine Ziselierarbeit gebeugt und schien von den Gesichtszügen, die ihr Stift nachzeichnete, mit besonderer Freude erfüllt zu sein. Ich beugte mich über sie, um es sehen zu können.

Mit ihrer ruhigen, harmonischen Stimme sagte sie:

»Das hier mache ich für Sie. Dieses Blatt wird in die Dialoge des Sokrates eingefügt.«

Ich erkannte ein apollinisches Profil, mandelförmige Augen, die Linie des Mundes, das harmonische Oval, das vielleicht Alkibiades oder einem der anderen Schüler gehörte, die sich im Schatten des Gottes Academos ergingen. Es ähnelte wie ein Tropfen dem anderen dem Gesicht von Gabriel.

Dorja

8. Juni – Christine hatte wieder einmal recht. Ich habe die Gräfin wiedergesehen. Sie war nicht wiederzuerkennen. Drei Tage hatten genügt für diese Metamorphose. Nun ist sie wieder eine Frau voller Leben. Jedenfalls scheint sie wieder Gefallen an ihrem Leben zu finden. Sie geht aus... bzw. sie wird im offenen Wagen, einer Kutsche, ausgefahren. Mir scheint, daß sie Pferde besonders gern mag. Aus dem Bois kommt sie mit geröteten Wangen zurück. Aber ihr Blick ist

nach wie vor traurig und unruhig. Das Blut zirkuliert wieder durch die Adern. Aber der Geist bleibt krank, während es dem Körper besser geht.

Auf die Spazierfahrten begleitet sie ihre Kammerzofe. Sanghor dient als Kutscher. Neben ihm sitzt Sing-Sing. Besuch empfängt sie nie... Christine meint, sie wolle niemanden sehen. Sie lehne es ab, sich in die Gesellschaft einzufügen. Die Gesellschaft besteht nicht darauf. Es geht bereits das Gerücht um, die arme junge Frau sei nicht ganz richtig im Kopf... Dieses Schweigen, diese Besonderheiten... Ihre Zurückhaltung habe die Gesellschaft veranlaßt, sich nach und nach vom Grafen zurückzuziehen.

In den ersten Monaten nach seiner Rückkehr nach Frankreich hat der Graf großartige Feste in seinem Palast gegeben. Aber dann ist es am Quai Bethun mit einem Mal völlig still geworden. Man beklagt den armen Georges Marie Vincent. Doch seine Freunde bewundern ihn, wie er es schafft, die häuslichen Schwierigkeiten abzuwerfen.

Natürlich weiß ich all diese Einzelheiten von Christine. Sie ist sehr gut unterrichtet.

»Das Blut der Coulteray ist stärker als alles andere«, erklärt sie. »Die Familie hat noch ganz andere Dinge überstanden. Ein normaler Bürger wäre durch dieses Unglück längst am Boden zerstört. Aber er hat statt dessen seine Mätressen. Ich sollte auch zu dieser Sammlung gehören. Aber das hat nicht funktioniert. Doch er hat sich bereits anderweitig getröstet, ich hoffe es jedenfalls. Ich kann nur seine Freundin sein und die der Gräfin. Sie brauchen mich zwischen sich. Das ist das Geheimnis meiner Stellung hier.«

Während wir so sprachen, trat der Graf ein, ein Fläschchen und Silberbecher in den Händen.

»Sie müssen unbedingt kosten, was Saib Khan gerade erst für die Gräfin zusammengemischt hat. Sie hat bereits davon gekostet und findet es köstlich. Ich sage Ihnen, das ist ein Gebräu! Wissen Sie, woraus es zusammengesetzt ist? Aus Pferdeblut, Hämoglobin und was weiß ich noch allem! Probieren Sie mal. Das ist nicht fad, ganz im Gegenteil. Es schmeckt hervorragend und wärmt den Magen wie ein alter Armagnac. Das weckt Tote auf und macht Appetit!«

Wir tranken davon. Es stimmte tatsächlich.

»Damit, kleine Christine, werden wir die Gräfin in zwei Wochen wieder auf den Beinen haben…«

Er wandte sich an mich:

»Sie waren auch zugegen, als man sie zum Arzt brachte? Hat Christine Ihnen etwas erzählt? Sie sind ihr Freund. Das arme Kind. Wenn wir sie nur retten könnten! Ich hoffe nur, daß, wenn es dem Körper gut geht, der Geist bald folgen wird.«

»Jedes Mal ist es das gleiche«, meinte Christine. »Jedes Mal bildet er sich ein, seine Frau sei gerettet. Und während er darauf wartet, tröstet er sich mit Dorja.«

»Dorja?«

»Ja, mit der indischen Tänzerin.«

»Mir scheint, er ist noch gar nicht zurückgekehrt. Dieser Mann hat Indien noch gar nicht richtig verlassen.«

»Er hat sie zusammen mit seiner Frau hergebracht.«

»Sie sagten mir, er liebe nur seine Frau.«

»Sie sind naiv. Ein Coulteray kann seine Frau anbeten und gleichzeitig zehn Mätressen haben. Diese hier legt Ehre für ihn ein. Ganz Paris ist ihretwegen auf den Beinen.«

9. Juni – Ich habe Dorja gesehen. Ja, ich. Im Jahr gehe ich nicht häufiger als zehnmal vors Haus, wenn es Abend wird. Aber ich war so neugierig, die Tänze der schönen Inderin zu sehen, daß ich in die Musikhalle gegangen bin. Um mich im Stile des Theaterprogramms auszudrücken, es war eine glänzende Versammlung.

Ich erwartete eine halbnackte Tänzerin mit Schmuck auf der nackten Haut, Scheiben über den Brüsten, einem Metallgürtel und schweren Reifen an den Gelenken, die ein wenig Bauchtanz in indischem Dekor zeigte, halt dieses langweilige Zeug, das seit der letzten Ausstellung Europa überflutet hat. Doch ich erblickte eine wunderbare Erscheinung mit nur leicht getöntem Teint, in einer Robe, die der neuesten Mode entsprach.

Donnerwetter, der Graf liebt die Kontraste! Die Gräfin und Dorja, das ist wie Tag und Nacht. Hier ein fahler Abendhimmel mit den letzten Sonnenstrahlen im blassen Dämmerschein, dort die heiße, feurige phantastische Nacht, in der alle Feuer des Orients brennen. Aber heller als die Edelsteine, die sie trägt, heller als der Stirnreif glitzern ihre Augen in grausamer Wollust.

Der Orient in Kleidern aus der Rue de La Paix, die Beine der Göttin Kali in Seidenstrümpfen, die einen Shimmy tanzen, dem man in atemloser Stille zusieht.

Nach dem letzten Tanz, als der Saal wieder zu atmen wagte, gab es ohrenbetäubenden Applaus. Die Leute wollten noch mehr sehen. Aber die hübsche Tänzerin blieb verschwunden und kam nicht wieder...

Lichter zuckten über bleichen oder geröteten Gesichtern, je nach Temperament. Ich entdeckte den Grafen, mit scharlachrotem Gesicht, der mit Saib Khan eine Loge verließ.

Er war so huldvoll, mich zu erkennen.

»Haben Sie das gesehen?« rief er mir zu. »Na, haben Sie das gesehen! Welch ein Wunder...!«

Zu meiner großen Überraschung hakte er sich bei mir ein.

»Los, wir wollen sie beglückwünschen!«

Ich ließ mich mitreißen. Bald befanden wir uns vor ihrem Zimmer, das belagert wurde. Doch die Tür wurde nur für uns geöffnet. Sie stand nur halbbekleidet zwischen vielen Blumen.

Der Graf stellte mich vor:

»Herr Masson, ein bedeutender Dichter.«

Ich widersprach ihm nicht, ich wäre nicht in der Lage gewesen, auch nur ein Wort herauszubringen. Ich betrachtete sie heimlich, verschämt und mit bösem Gesicht... So bin ich häufig bei Frauen, um meine Scheu zu überspielen. Sie sah mich nur kurz im Spiegel an. Sie drehte sich nicht einmal um. Wir wechselten einige höfliche Floskeln. Sie fand mich sicherlich sehr schlecht angezogen. Sie verlangte Champagner und verschwand hinter einem Paravent. Ich lief davon, mit hochrotem Kopf und klingenden Ohren.

Ich empfand wilden Haß gegen den Grafen und alle reichen Männer, die sich nur zu bücken brauchten, um solche Frauen aufzusammeln!

Und ich, ich! Was würde ich jemals finden?!... Das Bild Christines in meiner Brust... ein anmutiges zartes Gemälde.

Tatsächlich, ich hätte Lust, mich wie ein Matrose oder wie ein Zuhälter zu tätowieren: Ein Herz mit einem Pfeil und der Inschrift: Ich liebe Christine. Wenn ich mich dann im Spiegel betrachtete, könnte ich meinen, es sei wahr.

Das andere

10. Juni – Der Anblick Dorjas hatte mich daran gehindert, den indischen Arzt näher zu betrachten, der zusammen mit dem Grafen in der Loge gewesen war. Ich konnte mich kaum an seine femininen Augen erinnern, die Augen einer Huri, mitten in einem mächtigen Bart. Aber der Graf erschien heute mit dem Arzt in der Bibliothek, ich hatte keine Schwierigkeiten, ihn mir genau anzusehen.

Saib Khan entspricht eher dem afghanischen Typus. Er ist sehr schön, wie die meisten in diesem Land. Er ist nicht so dunkel wie die indischen Prinzen von den Ufern des Ganges. Sein ernstes Gesicht wird umrahmt von einem schwarzen, sehr gepflegten Bart, der nach unten spitz zuläuft. Er ist von mächtiger Statur, die an Sanghor erinnert, mit breiten Schultern und schmalen Hüften. Seine wunderbaren Anzüge sind von untadeliger, einfacher Eleganz. Ich verstehe nun seine Macht über Frauen und die Aufregung, die sein Kommen verursacht. Er strahlt ein solches Selbstbewußtsein aus, daß es unmöglich scheint, vor seinen geheimnisvollen femininen Augen ungerührt zu bleiben.

Wo habe ich nur schon dieses gefährliche Lächeln, dieses Raubtiergebiß gesehen?... Natürlich, auf den Porträts!... Vor allem bei der Abbildung von Louis Jean Marie Chrysostomos, dem ältesten der vier, ist er mir aufgefallen. Dieses Lächeln, etwas abgeschwächt, aber immer noch wild, huscht ab und zu auch über die Lippen des Lebemanns Georges Marie Vincent.

Beide interessieren sich für meine Arbeit, die darin besteht, all die seltenen kostbaren Dokumente aufzulisten, die sich in völligem Durcheinander in einer Ecke der Bibliothek befinden. Nach einem Plan, den ich selber nach eigenem Gutdünken erstellen kann, sollen sie geordnet und gebunden werden.

Der Graf ist keineswegs ungebildet. Meiner Ansicht nach ist er kein echter Sammler, zu dieser Sammlung hat er selber nichts beigesteuert. Aber er ist ein wirklicher Gelehrter, der sich in der Literatur der beiden letzten Jahrhunderte bestens auskennt. Das muß ich zugeben, das kann ich nicht leugnen. Auf seinen Reisen hat er sich auch immer für Bibliotheken interessiert. Wir haben lange über die Bibliothek von Florenz, die Handschrift von Langus und den berühmten Tintenfleck von Paul-Louis gesprochen. Er tadelte Paul-Louis dafür, daß er eine solche Untat so leicht genommen habe. Es war mir neu, daß der Graf von Daphnis und Chloe sehr angetan war. Aber es ist ja auch nur Literatur. In der Wirklichkeit gibt es Dorja für ihn. So dachte ich, und ich glaube, Saib Khan auch, über dessen Raubtiergesicht ein Lächeln huschte.

Dann gingen sie und verließen wohl auch den Palast, denn kurz darauf hörte ich das Geräusch eines Wagens, der aus dem Ehrenhof fuhr.

Fast im gleichen Moment öffnete sich die Tür zur Halle, und die Gräfin trat ein.

»Wo hat er all das gelernt?« flüsterte sie mir zu. »Wo hat er das gelernt?... Können Sie mir das sagen? Georges Marie Vincent ist sehr nachlässig erzogen worden... zumindest erzählt er das selber. Er hat mir nie den Namen seines Hauslehrers nennen können. Also...«

Sie hatte hinter der Tür gelauscht. Es war also umsonst, daß sie sich wenigstens körperlich besser fühlte. Ihre fixe Idee war damit nicht verschwunden... Diese absurde Idee, die mich die Gräfin mit tiefstem Mitgefühl ansehen ließ. Sie war über meine Haltung keineswegs verärgert.

»Ich mache Ihnen Kummer, nicht wahr. Christine hat wohl Ihr Mitleid geweckt...«

Leiser fügte sie hinzu:

»Christine ist nicht da?«

»Nein, sie ist soeben fortgegangen.«

»Um so besser, dann können wir miteinander reden... Sie hat Ihnen sicherlich von meiner ›Zwangsvorstellung‹ erzählt. Sie halten mich hier alle für verrückt. Manchmal wünsche ich mir, ich wäre tot... Ja, tot. Aber ich fürchte mich sogar vor dem Tod!... Wirklich, manchmal fürchte ich den Tod noch mehr als alles andere... Ich werde Ihnen eines Tages auch sagen, weshalb..., wenn Sie es bis dahin nicht bereits erraten haben. Ich fürchte mich vor dem Tod. Ich habe Angst zu leben, ich habe Angst vor Saib Khan. Er ist allmächtig... Er erreicht alles, was er sich vornimmt. Wenn er meine Gedanken herausziehen könnte wie einen Zahn, wäre das längst geschehen... Ich habe ihn bereits in Indien gekannt... Er scheut vor nichts zurück... Warum ist er bei mir nicht erfolgreich?... – Weil es sich bei mir nicht um eine fixe Idee handelt, weil es die Wahrheit ist. Verstehen Sie... Es handelt sich bei mir nicht um Einbildung, die ein Mann wie Saib Khan behandeln könnte... es ist die reine Wahrheit..., gegen die er nichts ausrichten kann. Wenn Saib Khan einem Berg befehlen würde zu verschwinden, würde sich der Himalaya in seinen Wurzeln nicht bewegen. Genausowenig Macht übt er über den bis heute untrennbaren, unzerstörbaren Block der Coulteray aus... Verstehen Sie, was ich meine?... Verstehen Sie?...«

Sie legte ihre brennendheiße Hand auf die meine. Ich wagte nicht, sie anzusehen, um ihr nicht das tiefe Mitleid zu zeigen, das ich für sie empfand.

»Gnädige Frau, wie können Sie nur...! Sie, eine Dame von solch hoher Klugheit... Gräfin, reißen Sie sich zusammen. Es gibt nichts Schlimmeres als Wunderglaube in dieser Welt. In diesem Bereich haben sich die kühlsten Köpfe verloren. Er gibt Ideen, mit denen man nicht spielen darf.«

»Oh Gott, sehe ich aus wie jemand, der spielen will!« schrie sie mich an. »Ich spreche in vollem Ernst zu Ihnen. Es ist die Realität. Georges Marie Vincent hat überhaupt keine Erziehung genossen. Nur der älteste von den vieren, oder fünfen, wenn wir den jetzigen Grafen dazuzählen. Nur Louis Jean Marie Chrysostomos, einer der klügsten Herren am Hofe Louis XV., war so etwas wie ein Gelehrter.«

»Ich weiß«, erwiderte ich, »er war ein glänzender Redner, rivalisierte mit Duclos und stach bei Holback hervor. Er hat Artikel für die Große Enzyklopädie geschrieben.«

»Ich erzähle Ihnen also nichts Neues«, meinte sie zustimmend. »Er wurde auf Betreiben seines Onkels, des Erzbischofs von Fréjus, erzogen. Ich schwöre Ihnen, Herr Masson, das Gespräch, das Sie vorhin mit Georges Marie Vincent geführt haben, wäre unmöglich gewesen ohne diese Erziehung von Louis Jean Marie Chrysostomos.«

Ich stutzte.

»Aber, gnädige Frau, Sie erlauben mir, darauf hinzuweisen, daß zur Zeit Louis XV. Paul-Louis Courier noch nicht einmal die Tinte zu seinem Manuskript über Langus berührt hatte...«

Sie kniff die Lippen zusammen.

»Das fehlte gerade noch, daß Sie mich jetzt für eine Törin hielten!« zischte sie. »Ich habe damit sagen wollen, daß Georges Marie Vincent ohne diese Erziehung, ohne die Erinnerung an diese klassische Bildung sich kaum für die Schätze der Bibliothek von Florenz interessiert hätte.«

»Entschuldigen Sie, Gräfin... Da ist eine Sache, die mich tatsächlich in Erstaunen versetzt hat und auf die ich hier zu sprechen kommen möchte, nämlich die solide Basis dieser klassischen Bildung des Grafen.«

»Nicht wahr...«

Ihre Augen blitzten mich erneut an. Sie ergriff wieder meine Hand...

»Wenn Sie mein Freund sein wollten... mein Freund.«

Ich beteuerte in einigen Sätzen meine Ergebenheit. Ihre plötzliche Erregung beunruhigte mich... Ich bedauerte jetzt, allein mit ihr zu sein. Ich sehnte Sanghors Erscheinen herbei, selbst Sing-Sing wäre mir willkommen gewesen.

»Oh, ich fühle, Sie werden mich verstehen. Das ist notwendig, denn ich bin das unglücklichste Geschöpf auf dieser Welt. Ich kann nicht leben und nicht sterben. Weder Saib Khan noch Christine wollen mich verstehen. Christine hält mich für verrückt. Für Saib Khan bin ich nur krank... Er bringt mich wieder zum Leben... gegen meinen Willen. Ah, warum gibt er mir wieder Kraft? Warum läßt er mich für den anderen wieder leben? Ich hoffe nur, daß er nicht sein Komplize ist! Ich glaube es fast, denn schließlich... Ich scheue vor der Lebenskraft zurück, die Saib Khan mir wieder einflößt und die so viel Leiden enthält... Trotzdem ist es mir nicht gestattet zu sterben. Ach, mein Freund! Sind Sie jemals auf Schloß Coulteray gewesen? Die dazu gehörige Kapelle ist ein Meisterwerk, vergleichbar mit der Kirche von Brou... Aber ich versichere Ihnen, ich bin nicht von ihren gotischen Zinnen angezogen worden!... Oh nein, man muß in die Krypta hinabsteigen... Dort befinden sich die Grabstätten der Coulteray... Herr Masson, der Sarg von Louis Jean Marie Chrysostomos ist leer!... Leer! Ich schwöre es!... Verstehen Sie?«

»Nein, ich verstehe gar nichts.«

»Leer! Es ist der letzte Sarg der Coulteray. Danach kommt keiner mehr! In der Familie Coulteray stirbt man nicht...«

»Aber, Gräfin, die anderen sind im Ausland gestorben.«

»Sicher, natürlich! Aber ich sage Ihnen noch mal, dieser Sarg ist leer!«

»Ja, und? Die Revolution ist darüber weggezogen und wie viele Särge...

»Ach, das ist es doch gar nicht! Das nicht... Die Revolution hat damit nichts zu tun... Am Tag, nachdem man den Körper von Louis Jean Marie Chrysostomos bestattet hatte, fand man den Stein über dem Grab verrückt. Der Sarg war leer!«

»Und?«

»Was ›und‹? Dann kennen Sie die Geschichte der Coulteray doch nicht. Ich dachte, Sie seien besser informiert über Louis Jean Marie Chrysostomos. Sie sagten doch zu Beginn des Gesprächs, daß er für die Große Enzyklopädie Artikel geschrieben habe. Aber er hat nur einen Artikel geschrieben, nur einen einzigen... Wissen Sie nicht, wovon er handelt? Sie wissen nicht, worüber er geschrieben hat? Warten Sie hier auf mich, ich suche ihn für Sie heraus.«

Sie verschwand. Ich blieb allein zurück, wie betäubt von dieser ungewöhnlichen Unterhaltung, die mich durch ihre Zusammenhanglosigkeit schockierte. Für mich bestand in diesem Augenblick nicht der geringste Zweifel daran, daß diese Frau vollkommen verrückt war.

Einige Minuten später kam sie atemlos wieder.

»Schnell, schnell«, rief sie mir zu. »Bringen Sie das in Ihre Wohnung! Verstecken Sie das Paket... Lesen Sie es aufmerksam, dann wissen Sie Bescheid! Sing-Sing ist auf der Treppe... Sanghor kommt... Auf Wiedersehen!«

Vor mir auf dem Tisch lag ein kleines Päckchen, in ein Modejournal eingewickelt, mit einem schwarzen Band zusammengebunden. Ich ließ es in meine Westentasche gleiten und ging nach Hause... Ich war überzeugt, endlich zu erfahren, was es mit ›dieser anderen Geschichte‹ auf sich hatte.

Beten Sie für sie

Abends, hinter verschlossenen Läden in meiner Werkstatt, las ich immer noch... Jetzt weiß ich, was ›dieses andere‹ ist... In unserer Zeit kaum vorstellbar... Jetzt verstehe ich, warum sie mit so ängstlicher Miene immer wieder sagte: ›Ich habe Angst zu sterben...‹ Sie, die sich schon vor dem Leben fürchtet! Jetzt verstehe ich den Sinn des Satzes: ›Es ist mir nicht gestattet zu sterben!‹

Es klopfte an die Läden... Ich hörte Christines Stimme... Wie konnte sie es wagen, mich zu dieser Stunde zu besuchen?... Weshalb? Ich werde öffnen. Sie kommt in Begleitung ihres Verlobten Jacques Cotentin, den sie mir vorstellt. An diesem lauen Juniabend haben sie einen Bummel über die Quais gemacht und haben auf dem Heimweg Licht bei mir gesehen.

Deswegen ist sie gekommen, um mir schnell ›Guten Abend‹ zu sagen.

Sie traten bei mir ein wie bei einem alten Freund der Familie. Ich hatte den Prosektor noch nie so aus der Nähe gesehen und hatte bis jetzt auch nicht das Bedürfnis danach. Aber die Vorstellung, daß Christine ihn nicht liebte und ihn, zumindest moralisch, mit Gabriel betrog, machte ihn mir erträglich. Ich bemerkte, daß er große blaue, kurzsichtige Augen hatte, die sehr intelligent und nachdenklich dreinschauten. Seine Miene war recht mürrisch. Ich bin mir nicht sicher, ob er überhaupt wußte, daß er sich bei mir befand. Er schien völlig abwesend zu sein, wie viele Wissenschaftler, aber in seinem Alter war es vielleicht etwas Besonderes.

»Oh«, sagte Christine und setzte sich. »Sie hat Ihnen also das Päckchen gegeben. Sie haben es gelesen. Ich komme soeben vom Grafen, um Sie zu bitten, es bei sich aufzubewahren oder es zu vernichten. Sie sollen es ihr auf keinen Fall zurückgeben. Diese Papiere haben sie krank gemacht, die arme Frau! Sie wissen jetzt, woher alle ihre Zwangsvorstellungen herrühren?«

»Wenn ich mich nicht irre, meinen Sie das hier.« Ich legte eine Hand auf einen Artikel mit dem Titel: ›Die berühmtesten Broucolagues‹. ›Broucolagues‹ ist das Wort, das die Griechen benutzten, um das zu bezeichnen, was der moderne Aberglaube ›Vampire‹ nennt.

Der Artikel erschien während der Revolution in Paris. Er behandelt in wissenschaftlichem Ton die Wesen, die für tot gehalten werden, es aber nicht sind und des Nachts aus ihren Gräbern steigen, um sich vom Blut der Lebenden zu nähren, während diese schlafen. Einige dieser Vampire, deren Namen genannt wurden, kehrten gesättigt in ihre Gräber zurück. Dort hat man ein paar von ihnen, vor allem in

Ungarn und in Süddeutschland, überwinden können. Sie zeigten eine rosige Hautfarbe, ihre Adern waren noch gefüllt mit dem ausgesogenen Blut. Man brauchte sie nur anzustechen, dann floß das Blut so frisch wie bei einem Zwanzigjährigen... Andere kehrten nicht mehr in ihre Gräber zurück, vor denen sie sich fürchteten. Diese sind besonders gefährlich, weil man nicht weiß, wo sie sich aufhalten... Man kann sie nicht beseitigen. Sie mischen sich unter die Lebenden und ernähren sich von deren Blut, um so ihr Leben auf ewig zu verlängern.

Die einzige sichere Art und Weise, einen Broucolague zu vernichten, besteht darin, seinen Körper zu verbrennen, nachdem man zuvor den Kopf abgeschnitten hat.

Aber wie kann man erkennen, daß man es mit einem Broucolague zu tun hat, wenn man ihn nicht rosig in seinem Grab findet? Der letzte in diesem Artikel genannte Broucolague war Graf Louis Jean Marie Chrysostomos. Schon zu seinen Lebzeiten, vor allem in den letzten Jahren der Herrschaft Louis XV., war er der Schrecken für alle Väter von hübschen Töchtern gewesen. Diese braven Bürger hatten vergebens gehofft, mit dem Tod des Ungeheuers von ihm befreit zu sein. Denn am Tag nach der Bestattung von Louis Jean Marie Chrysostomos wurde berichtet, er sei aus dem Grab entwichen und nie wieder dorthin zurückgekehrt.

Zahlreiche Augenzeugen berichteten, ihn des Nachts gesehen zu haben, wie er um ihre Wohnungen schlich... Junge Mädchen und junge Frauen, die so unvorsichtig gewesen waren, bei offenem Fenster zu schlafen, traf man am folgenden Morgen in völlig aufgelöstem Zustand an. Der Beweis für den Besuch des Vampirs fand sich sogleich (eine kleine Wunde hinter dem Ohr).

Dem Artikel zufolge waren diese jungen Menschen zu beklagen, denn seit der Antike galt es als erwiesen, daß die Opfer nach ihrem Tod selbst zu Vampiren wurden.

Alle Artikel, die das mit einem schwarzen Band zusammengeschnürte Paket enthielt, behandelten das gleiche Thema. Es ging um ›Schreckliche, Schauder erregende Geschichten, die sich nach dem Tod eines Broucolague im Faubourg St. Marcel zugetragen haben‹, ›Gespenster, Geister und andere, die die Erde nicht verlassen wollen‹, es waren Artikel über ›Wie ernähren sich Vampire?‹, ›Abhandlung über das Leben der Broucolagues innerhalb und außerhalb ihrer Gräber‹. Schließlich auch der berüchtigte Artikel von Louis Jean Marie Chrysostomos, der in der ersten Ausgabe der Großen Enzyklopädie erschienen war. Darin berichtete der Autor mit so großer Sicherheit und so viel Wissen über Vampire, daß es einen erschrecken konnte, wenn man nicht darüber lachte...

Unter anderem stand darin:

»Wie man weiß, bezeichnet man einen Toten, der aus dem Grab aufsteht, um die Lebenden zu quälen, als Vampir. Er saugt ihr Blut... Manchmal packt er seine Opfer an der Kehle, wie um sie zu erwürgen. Jegliche Zuneigung, jegliche Zuwendung scheint bei Vampiren zerstört zu sein, denn sie verfolgen vorzugsweise ihre Verwandten und Freunde« etc., etc.

»Verstehen Sie jetzt, warum der Graf sich sehnlichst wünscht, daß die Gräfin sich mit anderer Lektüre befaßt? Jetzt kennen Sie das ganze Ausmaß seines Unglücks... Aber um Schlimmeres zu verhindern, bittet er Sie um strengstes Stillschweigen... Er will nicht ausgelacht werden.«

»Ausgelacht?«

»In unserer Zeit wäre in Paris ein Vampir ein herrliches Thema. Wenn man jemals erführe, daß die Gräfin glaubt, ihr Gatte sauge ihr nachts das Blut aus den Adern, würde man sich über Jahre in allen Salons, von Montmartre bis in die Revuetheater, köstlich amüsieren. Das können Sie mir glauben!... Deswegen wird sie so streng überwacht... Nur ein unbedachtes Wort, und Georges Marie Vincent muß nach Tibet zurückgehen...«

Da ich nichts erwiderte, fuhr sie fort:

»Hat sie Ihnen noch nicht die kleine Wunde am Hals gezeigt? Nicht?... Dann ist sie vielleicht inzwischen abgeheilt. Ich bleibe völlig ruhig. Beim ersten Pickel auf der Schulter würden Sie doch auch nichts tun, oder?

Mein Freund, Sie werden jetzt das gleiche durchmachen wie ich. Sie wird Ihnen den kleinen Stich zeigen, durch welchen der schreckliche Graf ihr Blut und ihr Leben aussaugt... Sie lachen ja gar nicht.«

»Du lieber Himmel, nein«, erwiderte ich. »Der Graf hat vollkommen recht, wenn er fürchtet, ausgelacht zu werden. Aber am meisten zu beklagen ist doch die Gräfin selber.«

»Da haben Sie recht«, sagte Christine und wurde sehr ernst. »Uns bleibt nichts, als für sie zu beten.«

»Ja, beten Sie für sie«, sagte da eine Stimme, die ich bisher noch nie gehört hatte.

Ich war überrascht von dem Ton, mit dem der Prosektor diese Worte aussprach.

»Sie glauben nicht an Vampire?« fragte ich lächelnd.

»Mein Herr, ich glaube an alles und an nichts«, antwortete Jacques Cotentin. »Wir leben in einer Zeit, in der das Wunder von gestern die Industrie von morgen schafft. In allen Bereichen stoßen wir auf widersprüchliche Hypothesen. Die Wissenschaft bewegt sich unsicher auf dem Gebiet der Fragezeichen, das unsere kleine Welt bildet. Gibt es mehrere Welten? Edgar Poe, einer unserer bedeutendsten Philosophen – das meine ich ernst –, hat mittels einer Serie von Gleichungen bewiesen, daß es noch andere Welten gibt und folglich auch verschiedene Gottheiten. Andere haben dagegen bewiesen, daß es nur einen Gott gibt, aber sie haben sich noch nicht auf den richtigen einigen können. Der

Gott bei Sokrates oder bei Descartes hat mit der Gottesvorstellung eines Spinoza oder eines Pascal nichts gemein. Theismus? Pantheismus? Wo liegt die Wahrheit? ... Und da fragen Sie mich, ob es Vampire gibt? Ob es möglich ist, daß ein einziger Coulteray seit 150 oder 200 Jahren lebt?«

»Davon habe ich keine Ahnung«, fuhr er leicht dozierend, mit einer von einer chronischen Halsentzündung rauh gewordenen Stimme fort. »Hier geht es um das Geheimnis von Leben und Tod, das wir noch nicht gelüftet haben, aber hinter das wir mit Sicherheit eines Tages noch kommen werden ... Wo beginnt das Leben? Wo beginnt der Tod? Überall! Nirgendwo! Es gibt weder Anfang noch Ende. Was sehen wir? Was beobachten wir? Wandlungen, Bewegungen, die immer wieder neu einsetzen ... die wir als ›Herzschlag Gottes‹ bezeichnen können. Die Erfahrung hat uns bereits gezeigt, ein Ding, welches wir für tot halten, ist nur Leben, welches schläft. Die Wissenschaft, mein Herr, wird eines Tages, vergleichbar mit der Elektrizität in der Flasche von Lyde, die Lebenselemente aus einem Reagenzglas in Gegenstände verpflanzen, die wir bisher für tot gehalten haben. An dem Tag werden wir das Leben neu schaffen. Wir können dann aus dem Tod das Leben gewinnen, so wie wir, rein theoretisch, aus diesem Tisch Radium gewinnen können. Während wir darauf warten, bitte ich dich, Christine: Bete! Bete für die Gräfin ... Bete für alle, die an nichts glauben ... Bete für mich und bitte, daß Jesus, die menschgewordene Güte, wie die kleinen Kinder sagen, Mitleid mit der ganzen Welt haben möge.«

»Beten Sie auch für mich«, bat ich Christine.

»Das will ich gerne tun«, antwortete sie und zeigte das gleiche fromme und ernste Gesicht wie sonntags, wenn sie zur Messe in Saint-Louis d'Ile ging.

Sie drückten mir die Hand und gingen.

Wirklich, nicht schlecht, dieser Verlobte. Der hat Köpfchen, dieser Mann. Was er sagt, ist von Bedeutung. Christine, so wie ich sie jetzt kenne, braucht sich nicht zu langweilen zwischen ihrem Uhrmacher-Vater, der das Perpetuum mobile sucht, und ihrem Verlobten, der auf seine Art etwas Ähnliches meint mit seinem ›Pulsschlag Gottes‹.

Und ich hatte sie bedauert! Sie führen sicher ein moralisch einwandfreies Leben von ungeheurer Intensität. Gabriel zählt jetzt nicht.

Jetzt nicht, aber ich denke trotzdem dauernd an ihn.

Gabriel – muß ich das noch erwähnen? – hat für mich eine ganz andere Bedeutung als die Gräfin. Sein Geheimnis berührt mich viel stärker.

Natürlich kann ich in Gedanken Gabriel und Christine nicht trennen.

Seit dem Bericht von Mutter Langlois habe ich versucht, die beiden zu überraschen, um wenigstens von weitem ihre keuschen Zärtlichkeiten mitzuerleben.

Aber ich habe umsonst gewacht.

Gabriel ist mir nur an der Spitze des Stiftes begegnet, mit dem Christine die Figur auf der Silbermünze liebevoll bearbeitet hat.

Ich bin es gewohnt zu leiden und daran, daß man es mir nicht anmerkt... Aber eines Tages werde ich es laut herausschreien. Ich muß es herausschreien...!

Lieber Gott, laß es so spät wie möglich geschehen, denn jetzt würde es das Ende bedeuten. Wirklich!

Seit zwei Tagen, seit die Gräfin mir die Artikel und Schriften über die Broucolagues gegeben hat, habe ich sie nicht mehr gesehen.

Ich bin darüber sehr froh...

Ich bedaure sie, aber sie fällt mir lästig.

Ich würde es begrüßen, wenn sie mich mit meinen Gedanken allein ließe, die um das Trio Christine, Jacques und Gabriel kreisen.

Ich versuche, die Rolle zu durchschauen, die Christine in dieser merkwürdigen blutigen Komödie spielt, die sowohl etwas von einer Posse als auch von einem Verbrechen an sich hat.

Aber ich bringe keinen Sinn in diese Geschichte.

Christine ist meiner Meinung nach sehr lieb zu Jacques und sehr zärtlich zu ihrem »Etwas von Gabriel«.

»Etwas von Gabriel«?

Und »Etwas von mir« (irgendwie).

Bin ich in ihrem Herzen? Ja, doch ... ich glaube schon. Es gibt Augenblicke, wo ich es fest glaube ... nur ein wenig, aber immerhin ... Ich bin nicht schwierig ... ich bin so anspruchslos ... Ich bilde mir ein, in dieser Geschichte eine Rolle zu spielen, nicht nur zuzuschauen.

Werde ich mir selbst untreu? Gerade habe ich noch geschrieben, daß sie gar nichts gemerkt hat ... daß ich eines Tages losschreien werde ... Also ...

Gut, wenn ich alles überdenke, wie soll ich es verstehen, daß ein so kluges Mädchen wie Christine überhaupt nichts gemerkt hat von dem Drama, das sich unter meiner Maske abspielt?

Schön, zugegeben. Aber warum arbeitet sie vor meinen Augen an dem Profil des anderen?

Was bist du doch für ein Trottel! ... Wie soll sie wissen, daß du ihn kennst, den anderen!

Was soll's ... Dieses schöne Profil deiner Häßlichkeit gegenüber, das sollte dich nicht zum Schreiben bringen?

In Ordnung, mein Guter. Vielleicht wartet sie darauf, daß du schreist.

Am Ende meiner Untersuchung stelle ich fest, daß ich

krank bin ... Ich wage nicht, ans Ende dieser Krankheit zu denken ... Ich vergifte mich mit größtem Vergnügen ... Ich weiß, daß Heilung unmöglich ist und daß ich sie auch gar nicht will. Ich kehre zurück in die Atmosphäre, in der sie lebt und die sie gerne mit mir teilt, wie ein Süchtiger, der zu seiner Droge zurückkehrt ... Wie oft bin ich schon als erster gekommen und habe auf sie gewartet, auf sie!

Ich habe sie den ganzen Tag noch nicht gesehen. Das ist ungeheuerlich!

Ich habe auch sonst niemanden gesehen.

Ich bin entschlossen, heute abend meinen Beobachtungsposten an der Dachluke einzunehmen ... Wenn ich Gabriel nicht entdecke, sehe ich vielleicht sie. Merkwürdig, bevor ich heute morgen weggegangen bin, habe ich den Uhrmacher nicht hinter seiner Schaufensterscheibe gesehen. Der Prosektor ist auch nicht herausgekommen. Ebensowenig Christine. Es ist niemand herausgekommen.

Erst gegen Abend, um neun Uhr, habe ich einen Fremden entdeckt.

Ich bin mir ganz sicher, daß ich diesen merkwürdigen Menschen zum ersten Mal sehe. Er ist untersetzt, stiernakkig und hat eine niedrige Stirn. Er gleitet an den Mauern entlang, als schäme er sich, die gleiche Luft einzuatmen wie die anderen.

Er trägt eine runde schirmlose Mütze und einen unförmigen Anzug, der wie ein Sack geschnitten ist.

Unter dem Arm schleppt er eine Kiste, die in einer Lederhülle steckt.

Er gleicht einem Henkersknecht.

Die Norberts schienen ihn erwartet zu haben, denn die Tür ging auf, ohne daß er klopfte, und schloß sich sofort wieder hinter ihm.

Sie können sich vorstellen, wie ich mich gestreckt habe, da oben.

Drüben schien man sehr beschäftigt zu sein. Einige Male sah ich Christine den Garten durcheilen. Sie trug einen weiten weißen Kittel wie eine Krankenschwester. Sie unterhielt sich lebhaft mit ihrem Verlobten, der ebenfalls einen Kittel trug.

Jacques schien sie zu trösten. Sie machte einen sehr aufgewühlten Eindruck.

Sie verschwanden rechts hinter dem kleinen Gartenhaus.

Ich konnte weder den Fremden noch den alten Norbert entdecken.

So verging eine Stunde in größter Stille. Von rechts, durch die Ritzen der Rolläden, drang Licht aus dem Erdgeschoß des Gartenhauses.

Plötzlich stieg wie an jenem anderen Abend aus dem Kamin der Rauch auf, der sich wie ein Grabtuch über die Insel gelegt hatte, und der gleiche abscheuliche Gestank drang zu mir auf den Dachboden.

In dieser Nacht wehte kein Wind. Die Hitze war zum Ersticken. Dieser verfluchte Gestank legte sich wie ein Alp auf mich und ließ mich vor Entsetzen fast ohnmächtig werden.

Plötzlich gingen im Erdgeschoß des Gartenhauses die Rolläden nach oben. In blutrotem Licht, in welchem sich Schatten wie auf einer Zeichnung Goyas bewegten, spielten sich vor meinen Augen Dinge ab, die ich nie vergessen werde.

Im großen Experimentierofen auf der rechten Seite schien ein Höllenfeuer zu brennen. Nicht weit davon stand an einem Tisch, auf dem Eingeweide ausgebreitet lagen, der untersetzte Mann. Er trug eine Schürze um den Bauch, das Hemd stand offen, die Ärmel waren bis zum Ellbogen hochgekrempelt. Die Arme waren rot, als habe er sie in die Eingeweide eingetaucht.

Der Prosektor beugte sich über den Ofen und brachte

Zangen zum Glühen, deren weißglühende Spitzen er von Zeit zu Zeit untersuchte.

Vater Norbert und Christine befanden sich in der Nähe des Fensters und beugten sich von beiden Seiten über einen Operationstisch, den ich ausschnittsweise erkennen konnte. Auf dem Tisch lag Gabriel, von dem ich nur die Stirn und die geschlossenen Augen sehen konnte, die er mir zuwandte. Der Rest des Gesichts verschwand unkenntlich unter Leinentüchern. Den Körper verdeckten der alte Norbert und Christine, so daß ich von meinem Beobachtungsposten nur ungenau einem chirurgischen Eingriff folgen konnte, der mir sehr ungewöhnlich erschien...

Ich sage ›ungewöhnlich‹, denn obgleich Gabriel offensichtlich betäubt war, hinderte ihn das nicht daran, sich häufiger halb aufzurichten und dann zwischen den Uhrmacher und dessen Tochter zurückzufallen, die ihn an Armen und Händen hielten und ihn in seine vorhergehende Lage zurücklegten.

Dreimal waren die weißglühenden Zangen benutzt worden. Aber wozu?

Es handelte sich nicht einfach um »ein bißchen Feuer«, auch nicht um etwas Ähnliches, wie man sich vorstellen kann. Ich hörte es an meinem Fenster knistern.

Dann warf Jacques seine Zangen fort und beugte sich, assistiert von dem Mann mit den roten Armen, eine Weile über Gabriel. Es kam mir wie eine Ewigkeit vor.

Christine wandte mir den Rücken zu. Aus der Art, wie sie sich hingestellt hatte und das Handgelenk des Patienten hielt, konnte ich mir unschwer vorstellen, daß sie den Puls des Patienten ablas, unabdingbare Voraussetzung bei einer solchen Operation, die sich meinem Gefühl nach über Gebühr hinzog.

Endlich richteten sich der Chirurg und sein Assistent wieder auf.

Sie waren rot von Kopf bis Fuß, ein grauenhafter Anblick. Jacques warf die Instrumente aus Stahl, die sowohl als Folterwerkzeuge wie der Gesundheit dienen, auf den Tisch, auf dem zuvor die Eingeweide gelegen hatten. Diese konnte ich nicht mehr sehen; sie wurden wohl im Ofen verbrannt, denn der grauenhafte Gestank war noch da.

Dann hörte ich ganz deutlich, wie Jacques sagte:

»Für heute ist es genug. Wir müssen all das Blut entfernen. Jetzt brauchen wir Serum, Serum und noch mal Serum.«

Bei diesen Worten drehte sich Christine um und verschloß die Fenster. Sie machte ein zuversichtliches Gesicht, und eine stille Freude leuchtete aus ihren Augen.

Vergeblich suchte ich in ihren geliebten Zügen nach Spuren, die die Angst während dieser schrecklichen Minuten zurückgelassen hatte. Nichts...

So beunruhigt sie vorher im Garten gewesen war, während der Operation, von der das Leben ihres Geliebten abhing, zeigte sie den Mut eines Chirurgen. Sie hatte bei dieser Tragödie mit Skalpell und glühenden Zangen wie eine gelernte Schwester assistiert.

Sie ist von Natur sehr ausgeglichen.

Sie befindet sich, physisch wie psychisch, im Gleichgewicht. Ich bin sicher, daß sie mit einem Lächeln aus diesem Abenteuer herausgegangen ist, das auch als Mord hätte enden können.

Gabriel wird wieder geliebt, Jacques geschätzt, und der alte Norbert lebt glücklich zwischen seiner Tochter und den beiden Männern, die das Glück dieses anmutigen Kindes ausmachen, und kehrt in aller Ruhe zu seinen quadratischen Zahnrädern zurück...

Und ich?... Ich!

Ich befinde mich auf den Spuren des Mannes mit den roten Armen und dem Stiernacken, der soeben hinausgegangen ist.

Vielleicht erfahre ich endlich durch ihn, wer Gabriel ist. Er schleppt wieder diesen Kasten in der Lederhülle mit undefinierbarer Farbe, den er schon bei seinem Kommen unter dem Arm getragen hat.

Er ging zur Cité hinauf. Ich wartete, bis er die Brücke überquert hatte, und folgte ihm. Dann ging er an der Morque entlang, den Kopf gesenkt, mit furchtsamer, scheuer Miene und schweren, festen Tritten.

Es ist eine schöne Nacht, Familien promenieren auf dem Platz vor Notre-Dame.

Er überquert die Seine, schlängelt sich durch die enge Rue des Bernardins, kommt am Boulevard Saint-Germain heraus, gleitet an den Mauern von Saint-Nicolas de Chardomet vorbei und biegt nach links in die Rue Saint-Victor.

Dort betritt er den Laden eines Weinhändlers. Sobald er auf der Schwelle erscheint, höre ich von innen einige Stimmen, die ihn mit den Worten: »Hallo, Vater Macchabée« (Wasserleiche) begrüßen.

Beim Wirt gibt es auch etwas zu essen. Die Kundschaft ißt zu Abend... Stammkundschaft, sicherlich... Mein Erscheinen wird Aufsehen erregen... Ich bin keine elegante Erscheinung... Was soll's. Man wird mich für einen neu angekommenen Medizinstudenten in diesem Viertel halten.

Die Hauptsache ist, Vater Macchabée nicht aus den Augen zu verlieren.

Er hat übrigens nichts zu diesem schändlichen Spitznamen gesagt, sondern hat sich an einen Tisch in der Ecke gesetzt. Nun trete ich ein. Die Gruppe der Speisenden verstummt. Dann eine Stimme:

»Hallo, mein Alter.«

Ich höre ersticktes Lachen.

Daran bin ich gewöhnt. Ich achte gar nicht mehr darauf... – Mein Leben wäre sonst nur noch ein Boxkampf...

Ich falle nicht durch meine ›relative‹ Eleganz, sondern durch meine Häßlichkeit auf. Damit nur kein Zweifel aufkommt:

»Sag mal, Charlot, deine Frau sucht doch einen Liebhaber...« Diesmal wird schallend gelacht.

Nur Charlot, der Wirt, bleibt ruhig. Er kommt und fragt nach meinen Wünschen.

Ich habe noch nichts gegessen... Ich weiß nicht, wie ich lebe... Ich weiß nicht, ob ich Hunger habe, ich weiß nicht, ob ich etwas essen kann... Ich bestelle, ebenso wie Vater Macchabée, ein Stück Käse, Brot und eine Flasche Bier.

Die »fröhlichen Lacher« versuchen mehrmals, mit meinem Mann ins Gespräch zu kommen:

»Na, Vater Macchabée, war heute Verteilertag?«

Vater Macchabée wird schließlich nervös, faltet die Zeitung zusammen, die er während des Essens gelesen hat, und sieht den Fragesteller von oben bis unten an, als ob er seinen Wert abschätzte, und erwidert mit sanfter Stimme, die im Gegensatz zu seinem wilden Aussehen steht:

»Für dein Gestell würde ich beim Verteilen nicht mal zehn Francs ausgeben, ich würde dich nicht mal zum Marktpreis nehmen.«

Kein Zweifel, Vater Macchabée arbeitet in der Klinik oder irgendwo dort.

»Sei nicht böse, Baptiste«, sagt der andere und steht auf. »Ich wollte doch nur einen Spaß machen.«

Ich warte, bis Baptiste hinausgegangen ist. Aus den Gesprächen der »fröhlichen Zecher«, die in irgendeiner Form auch an den Kliniken der Rive Gauche arbeiten, erfahre ich, daß Baptiste ein Brummbär ist, nie zu Späßen aufgelegt. Er scheint ein ehemaliger Gärtner zu sein, den Hagelschlag und Wucherer ruiniert haben und der von Jacques Cotentin aufgenommen wurde (dessen Name wird im Tone höchster Hochachtung ausgesprochen). Jacques hat Baptiste bei praktischen Arbeiten hinzugezogen und läßt sich bei Privatpatienten von ihm helfen. Er ist es, der dem Prosektor die Teile aus der Anatomie besorgt, die dieser für seine eigenen Projekte benötigt. Die Fakultät hat dem Prosektor einen Pavillon für eigene Studien zur Verfügung gestellt, wo ihn niemand stört. In diesen Pavillon schließen sich der Prosektor und Vater Macchabée ein ... Alles am Rande der Legalität. Aber niemand beschwert sich ... Jacques Cotentin ist alles erlaubt. Ist er ein Genie?

Eine geheimnisvolle Wunde

25. Juni – Nein, ich werde Baptiste (Vater Macchabée), dessen Adresse ich herausgefunden habe, nicht nach Gabriel fragen.

Ich werde ihn weder nach Gabriel noch nach sonst irgendwas fragen.

Zum einen, weil die Möglichkeit besteht, daß er selbst nichts weiß; zum anderen, weil ich ziemlich sicher bin, daß er mir nichts sagen würde.

Er muß Jacques Cotentin völlig hörig sein, wenn dieser ihn bei seiner Arbeit assistieren läßt, auch wenn er nur Hilfsdienste leistet, wo er sonst nicht mal einen Assistenten duldet.

Die Gestalt von Jacques Cotentin, eigentlich nichts Besonderes (Sie wissen doch, er ist nicht mal häßlich), hat für mich an Bedeutung gewonnen. Ich habe einige seiner Artikel, die er hin und wieder in der Neuen Zeitschrift für Anatomie und Physiologie herausbringt, gelesen. Sie sind bemerkenswert in ihrer Weitsicht und Kühnheit. Sie gehen weit über althergebrachte Theorien hinaus. Früher hätte er sicher die ganze alte Schule gegen sich gehabt, aber heute begeistert man sich für das Unbekannte. Der Krieg ist darüber hinweggefegt und hat einen Graben gerissen zwischen dem Gestern und Morgen, bzw. hat ihn zugeschüttet, wenn Sie so wollen.

Vor mir liegt ein Artikel über die »Herabsetzung der Energie im Lebewesen«, wo analog zu den sehr interessanten Theorien von Bernard Brunhes folgende Sätze stehen, deren letzter mich elektrisiert hat:

»Bei einer gewissen Thermodynamik könnte man Körper finden, die sich in bestimmter Weise verändern, dahingehend, daß die klassische Thermodynamik ihre Ausgewogenheit oder ihre Umwandlung im entgegengesetzten Sinne anzeigt. Ein System könnte sich bei isothermischer Umwandlung günstig auf den Verlust verwendbarer Energie auswirken. Das Perpetuum mobile wäre demnach nicht mehr unmöglich.«

M. Duhern hat am Ende seiner Arbeit über die Viskosität, Reibungen und falsche chemische Ausgewogenheit nichts Aufregenderes geschrieben… Wir befinden uns vor der Verwirklichung von Helmholtz' »Hypothese, daß verwendbare Energie auf Lebewesen übertragen werden kann«.

Damit wäre der Tod überwunden!

Eine dauernde Bewegung erreicht.

Also werden beide, der alte Uhrmacher und der junge Prosektor, von der gleichen Idee angetrieben, der eine in mechanischer Hinsicht, der andere im physiologischen Bereich.

O ja, es wird viel gedacht hinter dieser Mauer, an der ich auf und ab gehe, während ich auf Christine warte. Diese Mauer trennt die beiden Dramen voneinander, die ich beide noch nicht entschlüsselt habe.

Während ich warte, schließe ich mit dem Schlüssel die kleine Pforte zum Garten auf und gehe hinein. Der Graf hat nichts dagegen gehabt, mir den Schlüssel zu geben. Ich war nicht dabei, als Christine ihn darum gebeten hat... – Er hat ihn mir überreicht, als sei es das Natürlichste der Welt:

»Sie können kommen und gehen, wie Sie wollen. Fühlen Sie sich ganz wie zu Hause.«

Das war gestern... Heute muß ich Christine den Schlüssel übergeben... Aber es ist bereits fünf Uhr nachmittag, und sie ist noch nicht erschienen... Seit einigen Tagen ist sie nur selten da. Ich nehme an, Gabriel nimmt sie voll in Anspruch. Gesundheitlich muß es dem geheimnisumwobenen lieben Jungen besser gehen, wenn ich dem guten Aussehen von Christine Glauben schenken darf.

Der chirurgische Eingriff hat ihn wohl wieder völlig hergestellt. Ich rechne fest damit, ihn bald wieder im Garten der Norberts am Arm seiner schönen Pflegerin spazierengehen zu sehen.

Unglaublich! Ich habe das Gefühl, Christine bald zu hassen. Und weshalb? Oh, du rätselhaftes, menschliches Herz...! wie es so schön heißt... weil sie wegen dieses Adonis einen Jacques Cotentin betrügt.

Seit ich ein wenig hinter diese Stirn geschaut habe, kommt mir Christine nur noch wie eine hassenswerte, erbärmliche, widerwärtige Puppe vor. Wenn sie ihn nicht liebt, sollte sie ihm auch nichts vormachen, bzw. wenn sie ihn nicht liebt, sollte sie es ihm sagen. Aber so einen Mann betrügen!... Aufgepaßt, da kommt sie... Wie jung sie ist... Bei einem solchen Lächeln an seinem Bett kann Gabriel nur gesund werden. Diese schöne Hand ließe einen Toten aus dem Grab erstehen!

Apropos, Toter aus dem Grab, ich habe die Gräfin noch nicht wiedergesehen. Infolgedessen habe ich mir auch noch keine Ausrede ausgedacht, um ihr die kleinen alten Geschichten über Vampirismus nicht zurückgeben zu müssen. Ich habe noch weiter darin geblättert. Schließlich hat mich ihre Stumpfsinnigkeit abgestoßen.

Christine hat sie sicher gesehen. Wo? Wann? Ich weiß es nicht. Sie hatte mir erzählt, die Gräfin sei wieder krank und werde fast täglich von Saib Khan behandelt.

»Sie kommen spät«, sagte ich zu Christine und sah ihr dabei in die Augen.

»Warum schauen Sie mich immer so an?« fragte sie und vertiefte ihr Lächeln. »Man könnte meinen, Sie hätten immer etwas an mir auszusetzen.«

»Nun gut, ich werfe Ihnen vor, daß Sie selten da sind. Das ist doch ein Grund, oder?«

»Wie galant Sie sind«, erwiderte sie ein wenig spöttisch über die Schulter weg, während sie auf die Bibliothek zuging.

Ich war bis zu den Haarwurzeln rot geworden. Das habe ich nun davon, ich, Benedikt Masson. Solche geistlosen Komplimente! Meinst du, sie hält dich für einen Adonis?

In der Bibliothek überreichte ich ihr den Schlüssel. Sie meinte:

»Nun sind wir ganz unter uns. Wir können durch den Garten kommen und gehen, wann wir wollen. Wir haben mit dem vornehmen Alten in der Uniform eines Schweizers nichts mehr zu tun. Vor allem müssen wir nicht mehr durch den ganzen Palast laufen und die neugierigen Blicke Sanghors oder Sing-Sings ertragen.«

»Das gilt nur für Sie«, erwiderte ich. »Ich habe keinen Schlüssel.«

»Morgen lasse ich einen für Sie anfertigen. Der Graf weiß Bescheid. Er legt Wert darauf, daß wir ungestört bleiben.«

»Ach so?«

»Er legt so viel Wert darauf«, fuhr sie fort, während sie auf die Tür zuging, die von der Bibliothek in die kleine Halle führte, »daß diese Tür verschlossen bleibt. Er ist der einzige, der hier hereinkommen kann.«

»Wirklich?« fragte ich, ein wenig erstaunt. »Das sind ja richtige Vorsichtsmaßnahmen.«

»Er möchte nicht, daß die Gräfin Sie noch einmal belästigt.«

»So! Ich verstehe.«

Ich hätte mich über die Zurückgezogenheit, in der man uns, Christine und mich beließ, freuen sollen. Aber die undurchsichtigen Umstände, unter denen sich alles vollzog... und der Gedanke an die andere Einsame, die da oben litt, völlig verstört durch abwegige Phantasien, verursachten in mir ein Unwohlsein, das ich nicht hätte beschreiben können, aber das häufig anzutreffen ist, bevor sich ein Unglück ereignet, das man nur vage ahnt. Tatsächlich geschah einige Minuten später so Schlimmes, daß ich es nicht beschreiben kann.

Wir hatten gerade mit der Arbeit begonnen. Das Fenster zum Garten stand weit offen. Plötzlich ertönte ein Schmerzensschrei, der den ganzen Palast erfüllte.

Christine und ich waren aufgesprungen, beide totenblaß. Wir hatten die Stimme der Gräfin erkannt...

Dann hörten wir Stöhnen, Rufe, gutturale Rufe von Sanghor, das Miauen Sing-Sings und über allem kurze, sich wiederholende, zornige Anweisungen des Grafen:

»Lauft! Lauft doch endlich!«

Dann gab es im ganzen Haus, in der Halle, auf den Treppen ein Rennen und Laufen, Möbel wurden gerückt und umgestoßen...

Ich stürzte zur Tür, die aber nicht nachgab. Christine rief mir zu:

»Durch den Garten!...«

Wir eilten durch den Garten, der durch eine kleine Allee mit dem Ehrenhof verbunden war. Dort blieben wir stehen...

Vor dem Hauptportal, das verschlossen war, stand der

Schweizer. Er schien sehr nervös zu sein und war wie festgebannt, ohne sich bewegen zu können.

Sobald er uns erblickte, schrie er:

»Mischt euch da nicht ein! Haltet euch raus! Die Gräfin hat nur wieder einen Anfall...«

Aber wir liefen an ihm vorbei, ohne auf ihn zu achten, und rannten, mehrere Stufen auf einmal nehmend, die Treppe zum Palast hinauf.

Der Lärm hatte sich in den ersten Stock verzogen.

Durch das Geräusch einer berstenden Tür wurden wir in einen Flur geleitet, der zu den Zimmern der Gräfin führte. Die Tür hing nur noch in den Angeln, zerschmettert wie von einem Geschoß. Das Zimmer der Gräfin...

Die Unglückliche klagte und schrie in den Händen des Grafen... Die Kleider hingen in Fetzen an ihr herab... Die Pelze, die sie ständig trug, lagen am Boden zu ihren Füßen, wie ein Teppich aus Schnee. Sie war genauso weiß wie ihre Pelze, so weiß wie Schnee.

Sing-Sing, dessen Jadeaugen unerträglich glänzten, war dem Grafen behilflich, die Gräfin festzuhalten.

Sobald sie uns erblickte, schrie sie los, von einer irren Hoffnung belebt:

»Diesmal in den Arm. Schauen Sie!« schrie sie.

Sie hob ihren Arm, und wir sahen unterhalb der Schulter eine kleine Wunde, aus der ununterbrochen Blut floß.

»Ach, Sie sind da!« rief der Graf. (Seine Worte berührten mich. Er hatte anscheinend nicht damit gerechnet, daß wir im Palast waren.) »...Um so besser. Dann können Sie mir helfen, sie zu beruhigen... Es ist nichts... überhaupt nichts. Sie hat sich ein wenig verwundet... Ich wette, sie hat sich an einer Dorne gestochen... Und dann macht sie so ein Theater!«

Während er so sprach, flehte die Gräfin immer wieder: »Verlaßt mich nicht... Laßt mich bitte nicht allein.«

Da kam Sanghor angerannt... Er schien ebenso überrascht zu sein wie der Graf, als er uns sah. In der Hand hielt er ein Fläschchen, auf dessen Etikett ich las ›Natronlauge‹.

Sobald der Graf das Fläschchen sah, schrie er Sanghor an: »Dummkopf, doch nicht diese Flasche! Ich habe doch Kalziumchlorid gesagt!«

Sanghor verbeugte sich, verschwand und kam kurz darauf mit dem verlangten Kalziumchlorid wieder. Das Blut versickerte bald, nachdem die Wunde damit behandelt worden war. Der Graf sprach sanft und beruhigend auf seine Frau ein, während er sie versorgte. Sie schien außer sich zu sein.

Ich betrachtete die Wunde, die nicht größer als ein Nadelstich war.

Unterdessen war Saib Khan eingetreten. Der Graf sagte zu ihm:

»Sie hat sich am Arm verletzt... Und schon wieder ein Anfall.«

Daraufhin bat uns Saib Khan, ihn mit der Kranken allein zu lassen.

Bei diesen Worten öffnete die Gräfin die Augen und sah uns bittend an, so daß ich mich ganz elend fühlte. Aber unter den Blicken von Saib Khan und dem Grafen fand sie nicht die Kraft, etwas zu sagen. Ihren zitternden Lippen entglitt nicht ein Wort. Wir mußten sie verlassen.

Der Graf machte uns schon ungeduldig Zeichen. Wir gingen hinaus, Sanghor und Sing-Sing folgten uns nach.

Der Graf wies auf die zerschmetterte Tür und meinte:

»Wie Sie sehen, mußte ich die Tür eintreten. Während ihrer Anfälle darf man sie nicht allein lassen. Sie würde sich etwas antun, aus dem Fenster springen oder sich den Kopf an den Wänden einschlagen.«

»Wie konnte das geschehen?« fragte Christine.

Ich stellte keine Fragen. Ich war schrecklich aufgewühlt und wagte kaum, den Grafen anzusehen, so sehr fürchtete ich, er könne meine Gedanken lesen, meine noch zögernden, aber sehr beunruhigenden Gedanken.

Er führte uns in einen kleinen Salon im Erdgeschoß, der zu den Räumen der Gräfin gehörte. Das Fenster zum Garten stand noch offen. Vor diesem Fenster wuchs eine Kletterrose.

»An diesem Fenster ist sie gestanden, um die frische Abendluft zu atmen«, erklärte der Graf. »Ich hatte es gar nicht bemerkt. Aber Sing-Sing, der in dem Moment aus der Garage kam, sah sie dort, als sie ihren Anfall bekam und schrie. – Gleich darauf eilte sie mit einem Klagelaut, den ich schon lange nicht mehr bei ihr gehört hatte, in den ersten Stock, wo sie sich in ihrem Zimmer einschloß. Ich befand mich in meinem Büro, als das Ganze hier begann. Ich brauchte nicht zu fragen, was hier vor sich ging. Ich wußte bereits alles... Wir liefen alle hinter ihr her... Wir mußten die Tür aufbrechen... So, nun wissen Sie genauso viel wie ich«, fügte er hinzu, wobei er sich an mich wandte. »Nun gibt es niemanden mehr, der mein Unglück noch nicht kennt.«

Christine und ich kehrten in die Bibliothek zurück. Sie war sehr bedrückt. Ich war aufs äußerste erregt.

»Was halten Sie davon?« fragte sie mich.

Ich fragte: «Haben Sie das Gesicht des Grafen gesehen, als wir eintraten?«

»Nein, ich hatte nur Augen für die Gräfin.«

»Ich habe den Grafen beobachtet... Er bot keinen schönen Anblick, wahrhaftig nicht! Seine blutunterlaufenen Augen schienen fast aus den Höhlen zu springen, wie zwei Rubinperlen. Sein Mund stand offen und ließ ein wildes, gieriges Gebiß erkennen. Sein ganzes Gesicht glich einer japanischen Maske, die die Feinde abschrecken soll. Ich habe noch nie ein solches Gesicht gesehen. Es lag ein Ausdruck wilder Freude darauf wie bei der Büste des Grafen Gonzaga. Diese hat man vorsichtshalber in einem kleinen Saal im Erdgeschoß des Patio Museums von Mantua untergebracht. So soll der Graf ausgesehen haben am Abend vor Fornoue, dem Tag, an dem er für den Kopf des ersten Franzosen, der von seinen Straßenräubern getötet wurde, zehn Dukaten bezahlte und dem Mann, der ihm den Kopf brachte, einen Kuß gab... Er war zwar kein Vampir, aber auf seine Art auch ein Blutsauger...«

»Drücken Sie sich genauer aus«, bat Christine mit schwerer Stimme. »Glauben Sie wirklich, wir hätten unseren Grafen am Vorabend von Fornoue erwischt?«

»Das wäre so entsetzlich, daß ich aus diesem Grund nicht genauer sein möchte.«

»Vielleicht war ja alles nur Einbildung«, fügte ich rasch hinzu.

»Jedenfalls«, murmelte sie, »wurde Gonzaga am Tag von Fornoue ziemlich enttäuscht, nachdem er am Abend zuvor geschafft hatte, in unserem Blut zu baden...«

»Ja, es kam etwas dazwischen, was das Fest gestört hat.«

»Ich hatte auch den Eindruck«, stimmte sie zu, »daß wir sie alle gestört haben... Wenn wir mal davon ausgehen, daß alles völlig natürlich war, brauchen wir uns nicht zu wundern, daß der Graf unangenehm überrascht war von unserem Erscheinen.«

»Und wenn es wahr wäre?« fragte ich.

»Was? Wenn was wahr wäre? Was?« fragte sie mehrmals.

»Gut. Lassen wir mal die ganze restliche Geschichte beiseite. Man muß nicht schon 200 Jahre gelebt haben, um sich wie ein wildes Tier aufzuführen.«

»Dann glauben Sie...? Sie können glauben...?«

»Hören Sie zu, Christine. Erinnern Sie sich, daß Sanghor, als er das erste Mal ins Zimmer kam, ein Fläschchen brachte?«

»Ja, ein Fläschchen mit Natronlauge, nicht wahr.«

»Genau das.«

»Der Graf befahl ihm, es zurückzubringen und Kalziumchlorid zu holen.«

»Genau. Und was hat er mit dem Kalziumchlorid gemacht? Wissen Sie es noch?«

»Er hat das Blut gestillt.«

»Richtig. Aber, Christine, wissen Sie, wozu man Natronlauge braucht?«

»Nein...«

»Also, mit Natronlauge bringt man das Blut zum Fließen.«

»Man bringt es zum Fließen?« fragte sie.

»Ja, man bringt es zum Fließen. Man verhindert damit, daß sich Krusten bilden, die die Wunde schließen würden. Wenn man eine Wunde oder einen Einstich mit Natronlauge einreibt, fließt wieder Blut aus der Ader wie Wasser aus dem Hahn. Aber das ist noch nicht alles. Wenn man seinen Mund mit dieser Lauge einreibt und dann an der Wunde saugt, braucht man keine Angst zu haben, daß das Blut gerinnt, womit man sonst immer rechnen muß...«

»Aber das ist ja entsetzlich, was Sie da sagen! Woher wissen Sie das?...«

»Aus Medizinbüchern. Haben Sie nicht auch zu Hause den illustrierten Labosse? Als Buchbinder, der sich nicht nur für die Einbände interessiert, erfährt man viel...«

Sie starrte mich immer noch an und war nun mindestens so aufgeregt wie ich. Sie wiederholte:

»Aber das ist ja entsetzlich! Die Wissenschaft im Dienste des Vampirismus...!«

»Heutzutage«, faßte ich zusammen, »kann der Vampirismus, wenn es ihn wirklich gibt, nur wissenschaftlich betrieben werden.«

Wir ertappten uns dabei, wie wir die vier Porträts der Coulteray betrachteten, die uns von da oben, von der Wand, rätselhaft und beunruhigend anlächelten. Es dämmerte schon, und die Dinge verloren ihre scharfen Umrisse, alles war pastellfarbig verschwommen.

»Sie sind sich tatsächlich erstaunlich ähnlich, sehr ähnlich«, sagte Christine.

»Wenn es wirklich der gleiche sein sollte«, meinte ich betont ironisch und frech, »hat er die Zeit gut genutzt, um seine Methoden zu vervollkommnen.«

Aber wir hörten sofort wieder auf, uns lustig zu machen. Denn das Stöhnen über uns hatte noch nicht aufgehört.

Bei dem anhaltenden Jammern konnten wir uns eines Schauders nicht erwehren.

»Trotzdem wäre es nützlich zu erfahren, wie sie sich verletzt hat«, sagte ich. »Der Graf kann uns viel erzählen!«

Wache

Es war bereits spät, die Abendbrotzeit war längst vorüber. Wir konnten uns nicht entschließen, diesen Ort zu verlassen, in welchem jener rätselhafte Schmerz lebte... Man mußte glauben, wir wären bereits gegangen...

Wir hatten keineswegs vor, uns zu verstecken. Das wäre unter unserer Würde gewesen. Aber vielleicht brauchte man uns in dieser Situation noch einmal. Jedenfalls konnten wir das sagen, wenn sich jemand darüber wundern sollte, uns noch hier zu finden.

In unserem Arbeitszimmer hatten wir die kleine elektrische Stehlampe angemacht, die in den nächtlichen Garten ein hell erleuchtetes Viereck warf.

Im Palast herrschte tiefe Stille, die uns schwerer bedrückte als das monotone und trostlose Jammern, das uns bin dahin mit großer Angst erfüllt hatte.

So verging eine halbe Stunde. Nach außen hin arbeiteten wir an irgend etwas, während wir uns Gedanken hingaben, die wir uns beide nicht zu gestehen wagten. Endlich fragte ich Christine:

»Und Sie, Christine, läßt der Graf Sie jetzt in Ruhe?«

Meine Worte ›Und Sie ...‹ hatten sie überrascht.

»Wie, und ich? Warum, und ich?« fragte sie bestürzt.

»Glauben Sie, es gibt eine Verbindung zwischen dem Geschehen da oben und dem, was hier passiert ist?«

»Hat er seinen Annäherungsversuch nicht wiederholt?«

Sie zögerte einen Augenblick und sagte dann:

»Ich habe meine Vorkehrungen getroffen.«

»Tatsache ist, daß der Graf sich Ihnen gegenüber völlig korrekt verhält, soweit ich das beurteilen kann. Man könnte fast sagen, er traue sich nicht, Sie anzusehen, auch dann nicht, wenn er mit Ihnen spricht.«

»Wahrscheinlich schämt er sich ein bißchen«, antwortete sie einfach, »daß er sein Temperament nicht gezügelt hat, wenn ich es mal so ausdrücken darf. In dem Moment hat er auch nicht besonders schön ausgesehen. Ich hätte nicht sagen können, ob er mich küssen oder beißen wollte.«

»Sie beißen ...?« wiederholte ich und sah sie dabei an.

»Achtung!« sagte sie lächelnd. »Das ist nur eine Redewendung. Ich glaube nicht an Vampire ... Aber er hat mir trotzdem Angst eingejagt.«

»Um so unerklärlicher für mich, daß Sie geblieben sind, Christine.«

»Ich habe Ihnen bereits erklärt, weshalb, Benedikt Masson.«

Diese Antwort kam so scharf, als hätte ich sie beleidigt.

Sie unterbrach die peinliche Stille, die ihren Worten gefolgt war.

»Sagen Sie, stimmt es, daß Sie ein hübsches Häuschen auf dem Lande besitzen?«

Auf diese Frage war ich so wenig gefaßt, daß ich völlig verwirrt stotterte:

»Warum fragen Sie das, warum?«

Sie sah mich erstaunt an.

»Warum sind Sie so verstört? Meine Frage ist doch ganz normal.«

»Weshalb erwähnen Sie mein Landhaus?«

»Herrje, wenn ich gewußt hätte... Sie sind ja ganz blaß geworden. Der Graf hat mir gesagt: ›Herr Masson besitzt ein nettes Landhaus. Mich wundert, daß er Sie noch nicht eingeladen hat...‹«

»Woher weiß er, daß ich ein nettes Landhaus besitze, Christine? Christine, mein Haus auf dem Lande ist nicht nett, es ist die traurigste, melancholischste Bleibe, die man sich zwischen einem Wald und einem schwarzen, schlammigen Teich mit bleifarbenem Wasser vorstellen kann. Christine, ich würde Sie nie dorthin einladen... Kommen Sie nie dorthin!«

Sie schaute sehr verdutzt.

»Was für ein merkwürdiger Junge Sie doch sind... Wenn ich gewußt hätte, wie heftig Sie reagieren... Schon gut, lieber Freund, ich frage nicht weiter.«

»Hat Ihnen der Graf nicht erzählt, wie er von meinem Haus erfahren hat?«

»Oh, doch. Er hatte einmal vor, riesige Ländereien bei Corbillères les Eaux zu kaufen... Da steht es doch, oder?«

»Ja... ich, mein Haus steht an einem Teich... ganz nahe am Teich, am schwarzen Teich...«

»Gut, der Graf hat das Gebiet besichtigt und hat sich

nach den Eigentümern der Gebiete erkundigt, die er kaufen und zu einem großen Besitz vereinigen wollte. Der Graf fand Ihr Häuschen nett, das ist alles...«

Ich war so aufgeregt, daß ich zum Fenster gehen und es aufreißen mußte. Ich brauchte frische Luft! Ich versuchte, mich zu beruhigen. Ich war äußerst unzufrieden mit mir, weil ich mich nicht besser beherrscht hatte.

In diesem Augenblick glitt ein weißes Etwas, leicht und lautlos wie ein Gespenst über den Rasen durch das helle Viereck vor mir.

Ich hatte nur noch Zeit, zur offenstehenden Gartentür zu laufen und dieses arme, leidende Wesen in meinen Armen aufzufangen, das bereits so leicht wie ein Schatten war. Sie atmete heftig, ihre blutleeren Lippen waren geöffnet.

Ihr Gesicht war noch schöner geworden. Der Tod schien dieses filigrane Bild bereits gezeichnet zu haben, das Licht in ihren abgrundtiefen Augen gehörte schon nicht mehr in diese Welt.

Während sie Dinge sah, die uns verschlossen waren, da wir noch nicht auf der Schwelle ins Nichts standen, meinte sie zu uns beiden (Christine war genauso wie ich zur Tür gestürzt):

»Na, sind Sie jetzt überzeugt? Jetzt haben sie mir nur noch meine Seele gelassen.«

Mit höchster Vorsicht setzten wir sie in einen Sessel. Ihr Kopf, der auf der Rückenlehne ruhte, war schön wie eine Marmorbüste auf einem Grab. Sie schien ein letztes Mal (diesmal ohne Angst, da sie hoffte, ihm zu entgehen, indem sie die Pforten der Todes durchschritt) das Ungeheuer auf den vier Porträts zu betrachten, das uns oben von der Wand unermüdlich böse anlächelte.

Mit einiger Anstrengung sagte sie:

»Heute, als er mein Leben aussaugen wollte, haben Sie sein fünftes Gesicht gesehen. Sagen Sie, hat er Sie nicht erschreckt? ... Jetzt ist er fort ... fort mit meinem Blut ... Und ich werde sterben, denn jetzt habe ich keine Angst mehr vor dem Tod ...

Ich habe mit Sanghor eine Abmachung getroffen. Er tut alles, solange es nicht gegen seine Religion verstößt ... Nach meinem Tod wird er zu meinem Grab kommen und mir den Kopf abschneiden. Dann besteht keine Gefahr, daß ich zurückkomme wie dieses Ungeheuer und den Lebenden das Blut aussauge.

Die Lebenden können völlig beruhigt sein, völlig ruhig.

So soll es sein ... Es ist das einzige Mittel, mich vor dem Leben und vor dem Tod zu schützen.

Ich bin so glücklich! Auf Sanghor kann ich mich verlassen. Er wird mir den Kopf abschneiden, wie es im Buch beschrieben ist, um ein Wiedererstehen zu verhindern ...

Herr Masson, Sie haben doch meine Bücher gelesen. Sie wissen genausogut wie ich, daß man mir den Kopf abtrennen muß. Auf Sanghor kann ich mich verlassen. Ich habe ihm eine herrliche Perlenkette geschenkt.«

Sie stieß die Sätze heraus, als sei jedes Wort ihr letztes. Ich wollte unbedingt, solang noch Zeit dazu vorhanden war, eine Frage stellen und nutzte einen Augenblick, als sie schwieg und sich mit geschlossenen Augen zurücklehnte, wobei sie ihre Kehle vorstreckte, als wolle sie sich bereits jetzt schon dem Messer Sanghors darbieten.

Ich sagte:

»Der Graf berichtete, Sie hätten am Fenster gestanden und frische Luft eingeatmet, als Sie sich an den Dornen des Rosenstrauchs, der dort wächst, stachen und dann diesen Schrei ausstießen.«

»Ich habe mich keineswegs an einer Dorne gestochen! Ich stoße doch keinen Todesschrei aus, wenn ich mich an einer Rose steche ... Ich habe geschrien, weil er mich gebissen hat.«

»War er denn bei Ihnen im Zimmer?«

»Aber nein...«

»Dann war er im Garten?«

»Nein... Ich weiß nicht, wo er war.«

»Wie? Er war nicht bei Ihnen und hat Sie doch gebissen?«

»Ja doch! Er beißt, wann und wie er will! Ich hülle mich vergeblich in Pelze.«

»Aber er kann doch nicht aus der Entfernung beißen!«

»Doch!...«

Hier gab es nichts weiter zu sagen. Die Sache war klar.

Wir drei saßen da, jeder in eigene Gedanken vertieft, als Sanghor eintrat.

Auf seinen kräftigen Armen trug er die Unglückliche fort. Ihr Kopf rollte an seiner Schulter hin und her. Ich sah ihn bereits vom Rumpf getrennt wie in einem wahnsinnigen Alptraum.

Mir stand alles in entsetzlichen Farben vor Augen. Überall, auch in Christines Augen, entdeckte ich Ratlosigkeit. Ich fragte sie erneut:

»Nun, was sagen Sie dazu?«

Merkwürdig, zum ersten Mal sagte sie nicht, wenn wir von der Gräfin sprachen, ›Sie ist verrückt‹.

Die Katastrophe

30. Juni – Es ist aus! Alles ist aus! Es ist meine Schuld! Wie heißt es immer in billigen Romanen? Ich werde noch lange heiße Tränen darüber vergießen.

Ich habe Christine verloren und befinde mich jetzt im Exil in meinem kleinen, unheimlichen Haus bei Corbillères, am Rande des Teiches mit seinem bleifarbenen Wasser.

Corbillères, Leichenzug... Ich verbringe meine Zeit damit, meinen letzten Illusionen und meiner unglücklichen Liebe das letzte Geleit zu geben.

Dieser letzte, abgeschmackte Satz dreht mir das Herz um. Illusionen? Unglückliche Liebe? Ob ich mit diesem Rosenwasser aufschreiben kann, was geschehen ist? … In Christines Nähe bin ich zu einem verzauberten wilden Tier geworden. Ich muß vorausschicken, daß wir bereits seit acht Tagen allein im Palast waren, als sich die Katastrophe ereignete. Der Graf hatte die sterbende Gräfin auf sein altes Schloß Coulteray gebracht, wohl deshalb, weil sich dort die Gruft befindet, die sie aufnehmen soll.

Die Dienerschaft war mitgefahren.

Allein, mit Christine!

Und nun das, was sich dann ereignete:

Es geschah abends, nach dem Essen. Christine und ich trafen uns, ohne uns verabredet zu haben, im Garten.

Seit den Ereignissen im Palast, die wir beide miterlebt hatten, waren wir uns auf geheimnisvolle Weise näher gekommen, jedenfalls bildete ich mir das ein. Denn nie zuvor war Christine mir gegenüber so offen, so klar, so nah gewesen.

Es war ein Abend voll unsäglicher Süße nach der großen Hitze des Tages … Ich war überglücklich. Wir saßen nebeneinander. Die gleiche Stimmung – bei Christine war es vielleicht, leider, nur die äußere Ruhe – ließ uns schweigen. Ich wurde sehr romantisch … Die grauen Mauern um uns herum verschwammen in der Stille … Eine einsame Eiche rührte sich sacht und beugte sich über den dunklen Abgrund unserer Herzen … Ich nahm – völlig unbewußt – ihre Hand. Sie zog sie nicht zurück.

Ach, wenn ich an diesen köstlichen Augenblick zurückdenke, wende ich mich liebevoll an dich, Nacht, gnädige Dunkelheit, heiliger Vorhang, hinter welchem meine Häßlichkeit in Vergessenheit geriet. Da Christine ihre Hand in meiner liegen ließ, glaubte ich nur zu gern, daß ihr meine Anwesenheit nicht unangenehm war. Das war schon ein bedeutender Erfolg in meinem Leben.

In diesem Augenblick fragte sie mich im Tone selbstverständlicher Vertrautheit:

»Ist sie wirklich verrückt?«

»Wer?« fragte ich, reichlich verärgert darüber, daß sogar in einem solchen Moment ihre Gedanken weit von mir entfernt waren und ich sie nicht erreichen konnte.

»Nun, die Gräfin...«

»Ich muß gestehen«, erwiderte ich, immer noch ärgerlich, »daß ich nicht mehr an die Unglückliche gedacht habe. Warum fragen Sie?«

»Weil...«

»Weil was? Waren wir uns hierin nicht einig? Können wir etwas anderes für sie tun als sie beklagen?«

»Ja, sie beklagen...«, wiederholte sie mit träumerischer Stimme. »Sie hat nicht widerstehen können. Sie hat dieser Stimmung nicht widerstehen können.«

»Was wollen Sie damit sagen? Erklären Sie es mir, Christine.«

»Mein lieber Benedikt, ich werde Ihnen nun etwas erzählen, dem ich bislang keine Beachtung schenken wollte. Aber wegen dieser Ähnlichkeit, die mich, ich schwöre es Ihnen, sehr beunruhigt, erzähle ich Ihnen davon.«

»Sie machen mich neugierig, Christine...« (Während wir so sprachen, ruhte ihre Hand noch immer in der meinen, was es mir äußerst schwer machte, ihren Worten zu folgen.)

»Gut, also ich bin auch gestochen worden.«

»Großer Gott!... Sagen Sie mir alles, Christine, alles!«

»Ja, ich habe mich auch am Rosenstrauch gestochen... Es ist schon einige Zeit her... Auch am Arm, wie sie, im gleichen Raum wie sie... Noch vor ihr!...«

Ich versuchte, ihr ins Gesicht zu sehen, aber sie hatte den Kopf geneigt und sich von mir abgewendet.

»Tatsächlich! Nein wirklich, ein bedeutsames Ereignis!« erklärte ich ziemlich kühl. »Sie hat sich da gestochen, Sie haben sich am gleichen Rosenstrauch verletzt! ... Wirklich außergewöhnlich!«

»Nein«, erwiderte sie, immer noch mit diesem träumerischen Ton in der Stimme, »nein, es ist wirklich nichts Außergewöhnliches ... Aber stellen Sie sich vor, nach diesem Stich fühlte ich, wie ich erstarrte, fühlte mich wie vergiftet. Mir war so schwindlig, daß ich mich, nachdem ich in die Bibliothek zurückgekehrt war, auf den Diwan legte. Gerade noch rechtzeitig, denn mir fielen sofort die Augen zu, und ich träumte einen scheußlichen Traum.«

»Was für einen Traum?«

»Ich sah den Grafen auf mich zukommen, mit diesem wilden Gesicht, das Sie kürzlich an ihm bemerkten, als wir nach dem Unfall ins Zimmer der Gräfin eilten. Er näherte sich mir ... Trotz aller Anstrengung, ihn von mir fernzuhalten, ergriff er meinen Arm, legte seine Lippen auf meine Wunde und saugte mein Blut, mein Leben aus ...«

»Das haben Sie wirklich geträumt?«

»Ja ...«

»Hatte Ihnen die Gräfin bereits von den Vampiren erzählt?«

»Ja ...«

»Und Sie hatten sich unter den Porträts der vier Coulteray auf den Diwan gelegt?«

»Genauso war es.«

»Dann können Sie doch Ihre eigenen Schlüsse daraus ziehen, Christine!«

»Ich habe es ja getan. Ja, ich habe meine Schlüsse daraus gezogen. Aber das war, bevor ich die Gräfin sah, genauso in den Arm gestochen wie ich, die sich aus dem gleichen

Fenster gelehnt hatte wie ich. Es war, bevor ich sie wie ein Gespenst zu uns eilen sah und schreien hörte: ›Nun, sind Sie jetzt überzeugt? Sie haben mir nur die Seele gelassen.‹«

»Ach so. Aber Christine...«

»Genau! Ach so, aber... Das sage ich mir auch...«

»Nun, und wie ist die Sache ausgegangen?« fragte ich, wieder ein wenig ungehalten über den klagenden, fragenden Ton, mit dem sie ihren Traum erzählte.

»Das Ganze endete damit, daß ich erwachte...«

»War der Graf bei Ihnen?«

»Nein, mein Blick fiel als erstes auf die vier Porträts oben an der Wand, in ihren Rahmen.«

»Wie fühlten Sie sich?«

»Wie zerschlagen.«

»Was haben Sie dann gemacht?«

»Ich habe den Grafen aufgesucht und ihm erklärt, die Atmosphäre in seinem Hause bekomme mir nicht... Da ich mich nicht wohlfühlte, würde ich sein Haus für einige Zeit nicht mehr betreten.«

»Was meinte er dazu?«

»Daß seine Frau alle verrückt mache... Er empfahl mir, mich für ein, zwei Wochen aufs Land zurückzuziehen. Bei dieser Gelegenheit erwähnte er zum erstenmal Corbillères-les-Eaux.«

Ich erbebte, aber sie schien es nicht zu merken.

»Aber Sie sind nicht aufs Land gefahren?«

»Nein. Ich konnte meinen Vater und Jacques (und Gabriel, dachte ich) nicht allein lassen.«

Stille.

Dann begann sie erneut zu sprechen:

»Sie halten mich sicherlich für eine Törin. Vielleicht habe ich einen Fehler begangen, als ich Ihnen zeigte, wie sehr mich dieses Haus mit seinen eigenartigen Bewohnern und seiner geheimnisvollen Atmosphäre beunruhigt … seit dem Unfall vor einigen Tagen …«

»Dennoch sind Sie vorher nie so oft hergekommen«, murmelte ich und rückte näher zu ihr (unsere Hände lagen noch ineinander).

»Ach Christine, armes kleines Herz … Jedes Haus, jedes Herz hat sein kleines Geheimnis (hier erbebte sie). Ich schwöre Ihnen, Christine, dieser Stich am Rosenstrauch, aus dem Sie geblutet haben, ist nichts im Vergleich mit anderen entsetzlichen Wunden, aus denen bis zum letzten Tropfen das Leben einer Seele fließt. Warum werden Vampire als Abbild des Todes dargestellt? Der größte Vampir auf dieser Welt ist ein kleines Kind mit rosigen Bäckchen, es trägt Pfeil und Bogen … und heißt Amor.«

»Sie haben recht, mein Freund«, seufzte Christine und senkte den Kopf.

Tiefes Schweigen folgte diesen letzten Worten!

Sie saß schweigend neben mir. Endlich wagte ich, ihr etwas ins Ohr zu flüstern, den Beginn eines Gedichts von mir, das sie besonders zu schätzen schien, da sie es auswendig kannte: »Oh süße Dame! Wie bist du hierhergekommen? Deine Augen sind fremd. Dein Gewand ist fremd. Dein langwallendes Haar ist fremd …«

Sie ließ mich nicht weitersprechen. Nervös drückte sie meine Hand. Aber dieser Händedruck erregte mich derart, daß ich zu ersticken meinte.

»Beruhigen Sie sich, lieber Benedikt«, sagte sie zu mir, stand auf und ließ meine Hand los. »Sie haben kein Recht, mir all diese schönen Dinge zu sagen. Mein Kleid ist nicht fremdartig. Sie haben mich auch noch nicht mit herabhängenden Haaren gesehen, denn ich bin weder kokett noch exzentrisch. Wenn ich häufiger herkomme als vorher, dann nur deswegen, weil der Graf nicht mehr da ist.«

Mit diesen Worten kehrte sie in die Bibliothek zurück. Ich

fiel, niedergeschlagen, auf die Bank nieder. Erst ein paar Minuten später stand ich schwankend auf, bereit, sie zu beschimpfen. Ich fand Christine in unserem kleinen Arbeitszimmer. Sie weinte.

Ich vergaß meinen Zorn und wollte mit einigen wohlgesetzten Worten die ganze Schuld auf mich nehmen. Da bemerkte ich, daß ihre Tränen auf das gravierte Bild des schönen Gabriel tropften (das mir schon so viel Kummer bereitet hatte).

Erneut fühlte ich einen Strom größter Erbitterung in mir aufsteigen, von dem ich einige Tropfen fallen ließ:

»Natürlich«, meinte ich, »wenn ich genauso hübsch wäre wie er...«

Ich hatte geglaubt, sie damit in Verlegenheit zu versetzen. – Welch ein Irrtum! Sie sah mich mit unleugbarer Zuneigung an und sagte ohne Zögern:

»O ja... Wenn Sie genauso hübsch wären wie er...«

Ich hätte mich ausschütten mögen vor Lachen, wenn ich nicht so verliebt gewesen wäre und wenn ich nur eine Sekunde hätte vergessen können, daß ich das eigentliche Opfer in dieser Situation war.

Das Schlimmste daran war, daß mir vieles erst klar wurde durch Christines Versuch, diesen Platz einzunehmen (des eigentlichen Opfers).

»Ach, lieber Freund, ich bin ja so unglücklich...«, schluchzte sie.

»Und ich«, schrie ich, »glauben Sie, ich schwebe im Paradies?«

»Ihnen geht es viel besser als mir«, erklärte sie mit jener aus dem Augenblick eingegebenen, naiven und unwiderlegbaren Logik, die man bei fast allen Frauen findet. »O ja, Sie sind nicht so beklagenswert wie ich, denn Sie sind ja erst durch mich unglücklich geworden... Und nicht nur Sie allein.«

»Ja, natürlich«, erwiderte ich, meine Erregung wuchs. »Da ist noch der Prosektor... Warum heiraten Sie ihn eigentlich nicht?«

Ich empfand eine finstere Freude daran, sie und mich aufs heftigste mit Füßen zu treten, zumal wir uns jetzt am Rande des Abgrundes bewegten.

»Weil ich ihn nicht liebe«, bekannte sie mit einem tiefen Seufzer, während ihre Tränen weiter auf das Bild tropften, das ich so verabscheute.

»Und wieso haben Sie ihm dann die Ehe versprochen, wenn Sie ihn nicht lieben? Können Sie mir das erklären, Christine?«

Ganz aufrichtig erklärte sie:

»...Jacques lebt nur für mich, seit frühester Kindheit. Das Wenige, was Sie bereits von ihm wissen, erlaubt Ihnen, meine Worte zu begreifen, ohne zu lachen, wenn ich Ihnen nun sage, daß er auf dem Wege ist, einer der bedeutendsten, wenn nicht sogar der bedeutendste Wissenschaftler dieses Jahrhunderts zu werden. Jacques macht sich nichts aus Reichtum, Ehre und allem, was zu so einem Leben gehört. Er lebt nur für mich! Dieser geniale Mensch, dem man nur zehn Minuten zuhören muß, um ganz von ihm überzeugt zu sein, hat nur ein einziges Ziel: Mich in seine Arme zu schließen und zur Mutter seiner Kinder zu machen. Und da wollen Sie, daß ich diese Flamme mit einem Wort auslösche?! Daß ich das Labor in Asche lege, aus welchem vielleicht das neue Leben erstehen wird?! Oh nein... Ich gehöre ihm... Er weiß es. Daraus bezieht er seine Kraft. Wenn er wollte, wäre ich längst die Seine. Aber er hat seine eigenen Vorstellungen, seinen Stolz, er auch... Er möchte etwas zur Aussteuer beitragen, etwas, was noch nie in einen Hochzeitskorb gelegt wurde: Die goldene Kette, an welcher die Menschen, die zu Schöpfern des neuen Lebens geworden sind, nun den besiegten Gott führen werden.«

»Ein hübschen Spielzeug«, erwiderte ich, ohne besondere Erregung. »Aber es wird lange dauern, sie zu schmieden. Da Sie den Schmied nicht lieben ...«

»Benedikt Masson, Sie sind der einzige auf der ganzen Welt, dem ich gestanden habe, daß ich ihn nicht liebe. Aber das heißt nicht, daß ich seinen Geist nicht bewundere. Es heißt nur, daß ich ihn nicht so liebe, wie er es verdient. Sie wollen meine Gefühle nur für sich, Sie sind dabei, mein Vertrauen zu mißbrauchen.«

Diese Schläge, die sie mir links und rechts versetzte, wobei sie aussah, als wolle sie mich streicheln, machten mich benommen. Ohne auf die Richtung des Kampfes zu achten, stieß die Bestie in mir heraus:

»Sie empfinden Gefühle für ihn. Für mich auch! Aber den da küssen Sie!«

Zuerst verstand sie mich nicht. Aber sie spürte, daß sich über ihr etwas Entsetzliches zusammenbraute. Sie wandte mir ihr tränenüberströmtes Gesicht zu. Das arme, in Tränen aufgelöste Kind erregte mein Mitleid ... Aber er war schon zu spät, sie vor den Qualen zu schützen, die ich ihr bereiten wollte. Mit der Hand wies ich noch immer auf Gabriels Bild, der genauso weinte wie sie ...

Als sie endlich begriff, gefroren ihre Gefühle, die sie vor mir als Freund hemmungslos gezeigt hatte, zu Eis. Sie stand zitternd auf und versteckte sich im Dunkel der Bibliothek, wohin ich ihr zunächst nicht zu folgen wagte ...

Ich könnte nicht sagen, wie viele Minuten so vergingen.

Ich war mir ziemlich sicher, daß sie in ihrer Einsamkeit nur an ihn dachte. Wenig später wurden meine Annahmen bestätigt.

Sie rief mich zu sich. In ihrer Stimme lag keine Feindseligkeit. Klang sie normal? Überwand sie sich, weil sie mich etwas fragen mußte? Ich machte nicht einmal einen Versuch, diese Fragen zu beantworten. Ihre Nerven waren aufs äußerste gespannt, meine auch ... Sie hätte mich in meiner Ecke stehen lassen sollen ... Sie hätte begreifen müssen, daß es gefährlich ist, in bestimmten schweren Stunden voller unerträglicher Wollust einen Dichter zu sich zu rufen, vor allem, wenn ihre Stimme süßer klingt als Honig ...

Ich setzte mich ans andere Ende des Diwans, sozusagen als letzte Vorsichtsmaßnahme. Ich hoffe, dies wird mir bei der Beurteilung der entsetzlichen Szene, durch die mir Christine für immer geraubt werden sollte, mildernd angerechnet.

»Mein Freund«, sagte sie und seufzte, wobei all ihre Liebe (nicht zu mir, selbstverständlich) und all ihre Ängste mitschwangen ... »Mein Freund, sind Sie eifersüchtig auf ein Bild?«

»Hören wir doch auf, uns etwas vorzumachen!« fuhr ich sie an. »Ich liebe und hasse Sie wie ein Verdammter, der weit entfernt von Gott ist und dessen Qual erst endet, wenn der Schöne und der Häßliche aufeinandertreffen, um sich zu vernichten. Was uns angeht, so sind wir noch nicht soweit. Ihre süße Stimme macht mich krank vor Zorn, wenn Sie mich damit nur locken wollen ... aber weicher als Herkules vor Orphale, wenn in ihr Zärtlichkeit mitschwingt, wie ich es einige Male zu hoffen wagte und wie ich es auch heute glauben will.

Sie können mich nun mit rauhen Worten wegschicken oder Mitleid mit dem Verdammten haben.

Oh, ich verstehe, Sie haben einem Mann, den Sie nicht lieben, Jungfräulichkeit geschworen. Seien Sie ganz unbesorgt. Aber wenn Sie etwas für mich empfinden (naiver Ausdruck, volkstümlich und nett; er besitzt die Süße der Rose auf dem Rost, auf welchem sich der Aztekenprinz windet), hören Sie auf, mich zu belügen.

Christine, ach Christine, das war nicht dieses Silberportrait, das Sie geküßt haben vor meinen Augen. Dieses schöne Bild trägt einen Namen. Es heißt Gabriel.«

Die Wirkung meiner Worte bestürzte mich. Christines Schatten am Fenster straffte sich. Sie trat so nah an mich heran, daß ihr keuchender Atem auf meiner schweißbedeckten Stirn zu spüren war.

»Woher wissen Sie das?«

Ich gestand ihr alles. Ich wollte nichts von meiner beschämenden Spionage auslassen. Ziemlich schonungslos beschrieb ich ihr alles, was ich beobachtet hatte.

Sie ließ mir kaum Zeit, Luft zu holen. »Weiter«, drängte sie, »weiter. Und dann?«

Ich erzählte ihr, wie ich den geheimnisvollen Fremden für tot gehalten hatte, wie er als Genesender wieder vor mir erschien..., ich beschrieb ihr den Schrecken vor der Operation, seine Zuneigung zu ihr, seine Ängstlichkeit...

»Ich hoffe«, schloß ich im Ton trostloser Ironie, »daß er jetzt außer Gefahr ist.«

Sie antwortete nicht. Sie hatte sich ganz dicht neben mir auf den Diwan geworfen. Dieses Mal legte sie ihre Hand auf die meine (beide Hände brannten). Meine Angebetete schien völlig verstört zu sein. Mühsam brachte sie heraus:

»Was haben Sie gedacht, als Sie meinen Vater sahen?«

»Ihr Vater«, erwiderte ich, »war gewalttätig. Ich war fest überzeugt, daß er Gabriel umgebracht hatte... Trotzdem war diese wilde Handlung zu entschuldigen. Dagegen das junge Mädchen, das nach außen so tugendhaft auftritt, aber den schönen Gabriel im Wandschrank versteckt...«

»Genug!« flüsterte sie. »Genug! Wenn Sie nicht wollen, daß ich Sie hasse, hören Sie auf mit diesem unglaublichen Zeug. Schwören Sie mir, daß Sie alles, alles vergessen, was Sie gesehen haben... Sie dürfen nicht einmal darüber nachdenken, was Gabriel bei uns macht, und über den tieferen Sinn all dessen, was Sie bei uns beobachtet haben. Auch nicht über das, was der Gast oder unsere Zugehfrau berichtet haben. Ich weiß wohl, daß bei Fräulein Barescat viel geredet wird. Neuerdings glaubt man, er sei ein verfolgter Ausländer, aus der eigenen Partei ausgestoßen, die er verraten haben soll... Gerüchte... Wir sind niemandem Rechenschaft schuldig, außer der Polizei, wenn sie uns fragen sollte. Aber ich gebe offen zu, daß wir daran interessiert sind, daß die Polizei so spät wie möglich zu uns ins Haus kommt. Wenn sie wirklich kommt, werden wir sie bitten, das Geheimnis zu hüten bis zu dem Tag... bis zu dem Tag, mein Freund, der vielleicht schon ganz nah ist, an dem ich Ihnen alles sagen darf. Kann ich auf ihre Verschwiegenheit rechnen?«

»Aber wie? Dieser Mann ist trotz allem nicht zu bedauern, auch wenn Ihr Vater ihn recht hart angefaßt hat. Ich wäre gern an der Stelle des Eingesperrten.«

»Sie hören nicht auf, mich zu quälen, Benedikt. Mit einem Wort könnte ich Sie zum Schweigen bringen. Aber das Geheimnis gehört nicht mir... ich habe Jacques geschworen...« (Sie verstummte, ich sollte nie erfahren, was sie Jacques geschworen hatte.) »Jetzt noch zu Gabriel... Ich kann Ihnen, lieber Freund, versichern, daß meine Gefühle für ihn nie die Grenzen der Freundschaft überschritten haben. Es stimmt, mein Kopf hat an seiner Schulter gelegen... Ich habe mit meinen Lippen seine Wangen berührt... Ich habe seinen schönen Körper umarmt. Aber auch ihn kann ich leider, leider nicht lieben. Er besitzt nur seine Schönheit, sein Kopf ist leer. Verstehen Sie?«

»Die Dummköpfe haben großes Glück!« sagte ich mit teuflischem Lachen. »Verflucht, Christine, Sie brauchen, um glücklich zu sein, einen Mann mit dem Profil des pythischen Apoll, mit dem Intellekt eines Jacques Cotentin...«

»... und dem flammenden Herzen eines Benedikt Masson«, beendete sie meinen Satz mit halblauter Stimme.

»Und das alles in einem Mann vereinigt!« fuhr ich fort.

Ich wurde immer zorniger. »Meine Liebe, wir sind alle noch nicht im Paradies, weder die einen noch die anderen...«

»Benedikt, Benedikt, beruhigen Sie sich doch! So haben Sie noch nie zu mir gesprochen... Sie erschrecken mich.«

»Ich beneide den Mann mit dem leeren Kopf!« schrie ich und schluchzte dabei wie ein zehnjähriges Kind.

Nun beging sie einen großen Fehler, sie rückte näher zu mir heran, einem Impuls folgend, der nichts anderes war als Mitleid, nichts anderes sein konnte. Aber mich versetzte sie damit in eine Stimmung, die dem Wahnsinn im wahren Sinne des Wortes gleichkommt, eine Haltung, die hinter allem Flitter und Talmi den tiefen Schmerz einer armseligen Kreatur verbirgt, deren Mund noch nie von den Lippen einer Frau geküßt wurden.

Sollte sie mir doch weiter erzählen von zärtlicher, scheuer Hingabe an der Schulter des Schönen mit dem leeren Kopf!

In der Schule hatten wir die Geschichte einer Frau gelesen, einer Königin, sowohl ihrem Rang nach als auch wegen ihrer Schönheit und Klugheit, die den Dichter küßte, während er schlief, weil er so häßlich war. Und ich trug Christine Alain Chartier vor, hinter dessen glanzvollen Worten ich, so gut ich konnte, meine eigene Furcht verbarg.

Für die einen bin ich ein bedeutender Dichter, für die anderen ein Gaukler. Ich selbst halte mich für einen Bettler. Hinter meinem rhetorisch aufgeblasenen Schluchzen wird die Frau, die mich liebt, sofort zwei Worte entdecken: Umarme mich.

Denn das ist das Elend meines Lebens, ich kann diese Worte nicht aussprechen!

Aber Christine hat sie trotzdem verstanden. Nun beugt Sie sich über mich, die Göttliche. Ihr Atem, ihr Hauch bringen mein Blut in Wallung. Ihr Herzmund öffnet sich leicht über dem meinen. Werde ich nun vor Freude sterben, mit einem Schlag mich auflösen, verzehrt von der heiligen Flamme? Warum habe ich meine Augen nicht geschlossen? Alain Chartier schlief. Ja, aber Marguerite hat ihre Augen vor dieser verborgenen Häßlichkeit nicht verschlossen, die sie mit einem königlichen Kuß ehrte.

Warum hast du deine Augen geschlossen, Christine? Ist die Nacht noch zu hell? Geschieht es aus Scham? Ich will es wissen, Christine...

Öffne die Augen und küsse deinen Dichter, nur Mut!

Gib dich zufrieden, Benedikt Masson. Sie hat deinen dummen Wunsch gehört und die Augen geöffnet, deine Christine. Und hat vor Ekel geseufzt.

Sie hat getan, was ihr möglich war, und du... hast dich wie ein elender Hund benommen. Daß du sie nicht erwürgt hast, ist dein Glück... Sie ist unter deinen Schlägen gestürzt, und du bist hierher geflohen, bis zu den Ufern des kleinen unheimlichen Teichs mit seinem bleifarbenen Wasser.

Es ist das erste Mal, daß du eine Frau mißhandelt hast. Dafür gibt es nur eine Entschuldigung. Du hast nie eine Frau so geliebt wie sie!«

Das Landhaus des Benedikt Masson

Hier enden die Tagebuchaufzeichnungen von Benedikt Masson.

Durch diese Aufzeichnungen war es uns möglich, Einblick zu nehmen in dieses innere Drama, das von der Häßlichkeit vorgegeben war. Das war notwendig. Denn mit dieser Fackel, die er selbst entzündet hat und in deren Schein wir diesen Ausgestoßenen, den Häßlichen, betrachten konnten, werden wir Licht in das äußere Geschehen bringen, dessen schrecklicher Held er gewesen ist.

Schauen wir zunächst einmal auf das, was sich in seinem kleinen Landhaus abspielt. Was wir darüber bereits wissen, ist keineswegs angenehm.

Corbillères-les-Eaux liegt ungefähr eine Stunde von Paris entfernt (wenn man mit dem D-Zug fährt). Man steigt an einem winzigen Bahnhof aus, von dem aus man sofort auf den Marktplatz des Fleckens kommt, der höchstens 800 Einwohner zählt. Vor ungefähr zwanzig Jahren existierte hier noch nichts außer der Bahnhaltestelle. Daraus entwickelte sich dann dieses Dorf, mitten in dieser sumpfigen heimtückischen Ebene, deren Anblick keinerlei Ähnlichkeit aufweist mit der lieblichen, von Baumgruppen bestandenen Landschaft der Ile-de-France. Hier gibt es nur Moor und Morast, Teiche, in welchen Wasserpflanzen wuchern, bewacht von vereinzelten Weiden und niedrigem Gebüsch. Die Gegend ist reich an Wild und Fischen, wird aber nur selten besucht von Jägern und Anglern aus Paris, die das Ambiente und die Fröhlichkeit der Vorstadtkneipen von Paris vorziehen.

Um zum Haus von Benedikt Masson zu gelangen, mußte man vom Bahnhof aus zuerst auf der Landstraße weitergehen. Dann bog man in einen schmalen Pfad ein, der selbst bei großer Hitze feucht und morastig blieb. Nach etwa einer halben Stunde, vorbei an Rosenhecken, hinter denen sich im Morast Seerosen versteckten, gelangte man zu einem runden Platz, der von einem Hügel überschüttet wurde und dessen Gipfel sich im schwarzen Wasser eines Teiches spiegelte.

Das Haus befand sich in der Mitte zwischen Teich und Wald. Es hätte recht hübsch ausgesehen mit seinen Ziegeln und dem schiefergedeckten Dach, wenn es nicht so verwahrlost ausgesehen hätte und der Garten mit den Gemüsebeeten gepflegt gewesen wäre. Seit der junge Benedikt Masson das Haus geerbt hatte, hatte er sich nicht darum gekümmert. Er weigerte sich, Reparaturen durchführen zu lassen, er wollte niemanden um sich haben, nicht einmal eine Zugehfrau.

Sein Vater hatte ihm dieses Haus vermacht, ein begeisterter Jäger und Angler. Dieser hatte sich eine Bleibe in einem Gebiet errichtet, das für ihn ein Paradies war. Dort verbrachte er seine Ferien, dorthin zog er sich zurück, sobald er nur einen Tag frei hatte.

Benedikt Masson der Ältere hatte als gewöhnlicher Buchbinder ganz gut verdient und konnte seinem Sohn eine stattliche Summe hinterlassen, welche dieser benutzt hatte, um als Künstler durch die Welt zu reisen. Er hatte sich so in seine eigenen Vorstellungen hineingesteigert, daß er als komischer Kauz angesehen wurde. Dabei war er doch ein Poet. Von seinen Reisen war er ohne einen Heller zurückgekehrt. Wir wissen, wie er lebte.

Er hatte das Haus in Corbillère behalten, weil ihm seine Einsamkeit und sein Verfall gefielen. Mehrfach hatten Großgrundbesitzer aus der Umgebung, die alle Jagdgebiete und Angelplätze im Sumpfgebiet gepachtet hatten, angeboten, das Haus zu kaufen als Bleibe für einen Jagdaufseher. Aber er hatte alle Angebote ausgeschlagen.

Wenn er die Ile-de-Saint-Louis verließ, zog er sich in die Wildnis zurück, in der er gerne lebte. Ab und zu arbeitete er auch an kostbaren Einbänden, die viel Aufmerksamkeit erforderten und für die er unbegrenzt Zeit brauchte, oder an Mosaiken, auf denen er häufig Frauen abbildete, die, vor allem in der letzten Zeit, Christine sehr ähnlich waren. Etwa so, wie in Christines Arbeiten immer wieder das Gesicht Gabriels auftauchte.

Doch dann gefiel ihm auf einmal sein Werk nicht mehr. Er warf es zornig fort oder vernichtete es sogar in seiner kleinen Werkstatt, die er sich dort eingerichtet hatte. Dann rannte er hinaus, gekleidet wie ein Büffeljäger, und träumte

Tag und Nacht vom Leben in der Prärie, von dem er als Kind in den Büchern von Gustave Airmand gelesen hatte. Er briet Fleisch zwischen zwei Steinen über einem Feuer aus Weinranken. In der Nacht hing er eine Hängematte zwischen den Bäumen auf, die er aus einem Wurfnetz seines Vaters gebastelt hatte.

Aber merkwürdig, dieser Büffeljäger ging weder auf die Jagd noch zum Angeln. Er trug kein Gewehr oder sonst eine Waffe bei sich ... In seinen Taschen hatte er nur ein Heft und einen Stift und schrieb Gedichte ... Liebesgedichte. Denn er dachte nur an die Liebe.

Als häßlicher Mann scheute er sich vor den Frauen und begehrte sie doch alle ...

Die erst kurz zurückliegende Geschichte mit Christine, die gar nicht erst richtig begonnen hatte, hatte ihn in seinen Phantasien etwas gezügelt. Aber bis dahin hatte er jedesmal, wenn ihm eine Frau begegnet war, den Drang verspürt, sie gleichzeitig zu beißen und zu umarmen, und zwar sofort ...

Aber nach eigener Aussage hatte er noch nie eine Frau berührt, weil eine Furcht ihn lähmte und ihn daran hinderte, die kleinste Bewegung zu machen.

Das, was wir in seinen Tagebüchern über ihn erfahren konnten, stimmt mit diesem Benedikt Masson überein. (Abgesehen von dem letzten Zusammentreffen mit Christine. Die darin aufgetretene Brutalität erwähnt er in seinen Aufzeichnungen nur ganz kurz.) Zu seinem Unglück gab es diese anderen sechs Frauen in seiner Einsamkeit, die man nie wieder gesehen hat.

Die siebte

Das kurz aufeinanderfolgende Verschwinden dieser Frauen hatte mehr als einen im Umkreis beunruhigt. Zuerst hatte man darüber gelacht; dann hatte man hinter verschlossenen Türen darüber gesprochen. Schließlich hatte man wieder über anderes geredet, da sich Benedikt Masson monatelang nicht sehen ließ. Aber einen gab es, der ununterbrochen an die verschwundenen Mädchen dachte, das war Vater Violette (Veilchen). Vater Violette war Jagdaufseher, soweit man ihm die Ehre gab, ihn mit den entsprechenden Aufgaben zu betrauen. Unglücklicherweise hatte die Gesellschaft seit Jahren kein Interesse mehr an der Jagd im Sumpfgebiet von Corbillères. So geschah es, daß Vater Violette zum Wilddieb wurde. Er kannte sich sehr gut aus. Wer mit ihm unterwegs war, traf mit Sicherheit auf Wild.

Vater Violette hatte nichts an sich, das an die Frühlingsblume erinnerte, deren Namen er trug, weder ihre Frische noch ihren Duft, schon gar nicht ihre Bescheidenheit. Er erzählte die längsten Jagd- und Anglergeschichten im Umkreis. Danach gehörte ihm das ganze Land. Man konnte nicht durch den Sumpf gehen, ohne daß er dem Kühnen folgte, der wagte, sein Gebiet zu betreten.

Er war immer gleich gekleidet: alte Cordhosen von undefinierbarer Farbe, Stiefel und eine Weste, die nur aus Taschen zu bestehen schien, aus denen er endlos lange Schnüre zog oder eigenartige Angelvorrichtungen. Dazu trug er eine Jagdtasche über der Schulter, auch wenn er kein Gewehr dabei hatte (aber man konnte sicher sein, daß er es ganz in der Nähe versteckt hatte). Zwischen den ausgedörrten Lippen unter dem gelblichen Schnauzbart steckte ein Zigarrenstummel, der eher einem Stück Kohle glich. Er hatte ein grobes Gesicht mit großen Ohren, mit denen er wackeln konnte; die Nasenflügel schienen immer den Wind aufzunehmen, wie bei einem Jagdhund; mit den kleinen grünen Augen unter weißen Brauen schien er unendlich weit sehen zu können.

Keiner konnte so wie er das Wurfnetz auswerfen. Keiner war so geschickt wie er, Wildgänse vom Anstand aus zu Boden zu schlagen, die er in klaren Nächten zur Zeit der großen Vögelzüge mit seinen Holzködern anlockte.

Er bewohnte eine kleine, von Kopfweiden umgebene Hütte, die ihre gekrümmten, kurz geschnittenen Stämme über den Sumpf beugten. Er lebte dort teils auf dem Wasser, teils auf dem Land zwischen Gladiolen, Pfeilkraut und Rosen. Hier lag sein Fährboot und sein mit einem Zaun versehener Fischteich, in welchem Barsche ihre Bahnen zogen und silbrige Weißfische in großen Schwärmen herumschwammen.

Vater Violette konnte Benedikt Masson aus mehreren Gründen nicht leiden. Am meisten wurmte ihn, daß ihm wegen Benedikt Masson die Möglichkeit verwehrt worden war, wieder ein angesehener Mann zu werden, ein Jagdaufseher mit einem richtigen Haus... einem Häuschen, wie es einem richtigen Jagdaufseher zustand. Denn dieser hatte sich schlichtweg geweigert, sein Haus zu verkaufen an einen der reichen Männer, der das ganze umliegende Land zur Jagd und zum Angeln gepachtet hatte. Dieser hätte Vater Violette als Jagdaufseher eingestellt, sicherlich bis ans Ende seiner Tage, denn Graf Coulteray (um diesen handelte es sich) schien bereits Pläne für diese Gegend gemacht zu haben.

Wie ein großer Herr aus vergangenen Zeiten war er bemüht, seinen Besitz mit niemandem zu teilen. Seine Besitztümer lagen jenseits des kleinen Teiches, auf der anderen Seite des Waldes. Dort veranstaltete seine Geliebte, Dorja hieß sie und war allem Anschein nach eine berühmte indische Tänzerin, jedes Jahr an festgelegten Tagen rauschende Feste, zu denen die Leute von weit her kamen, sogar aus England...

Aber dieser starrköpfige Benedikt Masson, der von nichts eine Ahnung hatte, hatte glattweg abgelehnt. Vater Violette hatte ihn eines Tages besucht, um ihm auf den Zahn zu fühlen, und war bei der Gelegenheit wie ein Einbrecher vor die Tür gesetzt worden. Dabei hatte er nur den Namen des Grafen genannt und nicht einmal zehn Sätze sagen können. Schon bald hatte der Graf sein Interesse verloren. Der alte Aufseher hatte ihn nicht wiedergesehen.

Aber dies war nicht der Hauptgrund für Vater Violette, Benedikt Masson nicht leiden zu können. Der eigentliche Grund war, daß dieser junge Mann, häßlich wie die sieben Hauptsünden, ihn beim Wildern störte. Es ging nicht darum, daß er so häßlich war, sondern darum, daß Vater Violette nicht verstehen konnte, zu welchem Zweck der andere überhaupt hier herausgekommen war.

Schon lange vor dem rätselhaften Verschwinden der jungen Frauen – was Vater Violette aufgrund des Schreckens, den dieses häßliche, von der Natur benachteiligte Wesen einflößen mußte, ganz natürlich fand –, schon lange vorher war Benedikt Masson der rätselhafteste Mensch auf dieser Welt. Lange Zeit hatte der ehemalige Aufseher, der zum Wilderer geworden war, Benedikt Masson mit wachsender Beunruhigung beobachtet. Er ging nie ohne Schaudern an ihm vorbei, wie an einem gefährlichen Irren, dem man alles zutrauen konnte... Man mußte bedenken, Benedikt Masson lebte im Sumpf wie ein Wilderer, so wie Vater Violette, nur noch ärmlicher gekleidet (wenn keine Frau da war), schlief unter freiem Himmel, saß oft stundenlang völlig bewegungslos zwischen den Rosen und ging weder zur Jagd noch zum Angeln... Er war ein wahres Rätsel.

Vater Violette wurde richtig krank, wenn er an ihn

dachte. Nie ein Netz, nie ein Gewehr, nie eine Schlinge, nie eine Angelrute... Was bedeutete das? Was hatte er vor, wenn er sich Tag und Nacht da draußen herumtrieb und herumschnüffelte, mit den Händen in den Hosentaschen, oder plötzlich stehenblieb mit starren Augen, als ob er auf etwas wartete, als ob er etwas jagte oder angelte. Dabei ging er nie zum Jagen oder Angeln!

Manchmal sprach er, ganz laut, mit sich allein... Vater Violette hatte ihn schon gehört.

Was hatte er also vor, dieser »wilde Vogel«, wenn er nicht verrückt war? Er konnte nur ein Verbrecher sein!...

Das hatte Vater Violette eingeleuchtet. Von dem Augenblick an, in dem Vater Violette festgestellt hatte, daß Benedikt Masson in einem Gebiet wie diesem, in dem man wildern mußte, nicht zum Wilddieb wurde, war er überzeugt: Dieser Kerl ist mit Sicherheit ein Verbrecher.

Wenn man diese Vorgeschichte kennt, ist es leicht zu verstehen, wie das rätselhafte Verschwinden der Frauen, die nacheinander beim Buchbinder aufgetaucht waren, auf Vater Violette wirkte.

Es war bereits mehr als eine Woche verstrichen, seit Benedikt Masson nach Corbillères zurückgekehrt war und wieder als melancholischer Buschläufer herumlief. An diesem Abend betrat Vater Violette die Küche des Gasthauses »Zum grünen Baum«. Dieses lag am Hang, jenseits des Hügels. Von dort blickte man über eine Landschaft, die in nichts an das Sumpfgebiet von Corbillères erinnerte. Zwischen grünenden Büschen wurde hin und wieder die lange Mauer sichtbar, die den Park von »Deux Colombes« (Zwei Tauben) umgab, dem Besitz, den Graf Coulteray seiner Mätresse Dorja geschenkt hatte, ein wahrhaft nobles Geschenk...

Das Gasthaus stand am Waldrand und zeigte gen Westen. Im Norden wurde es von einer herrlichen Buche beschützt

(Zum grünen Baum). Das Anwesen bestand aus einer Vorhalle, einem Hof, einem Pferdestall und einer Remise, die als Garage diente. Weiter gehörte ein mit einem Zaun umgebener Garten dazu, in welchem Gemüse und Kartoffeln mit großer Sorgfalt gezogen wurden und in welchem einige Obstbäume standen. Über der Tür rankte sich Weinlaub mit noch grünen Trauben. Ein nerviger Rebstock wuchs an einem Brunnenhaus empor und schenkte ihm Schatten. Das ganze gehörte Mutter Mouche, einer guten Wirtsfrau, weit ausladend und immer guter Laune, seit der Tod sie von ihrem Ehemann befreit hatte. Dieser hatte nichts anderes getan, als sein Gut zu versaufen, und war daran schließlich auch zugrunde gegangen.

Hier wurde Vater Violette immer freundlich aufgenommen. Er war der geheime Lieferant für köstliche Mahlzeiten, bei denen verzehrt wurde, was nach Gesetz und Recht verboten war. Man kam von weit her, um im »Grünen Baum« zu feiern. Spezialität des Hauses waren Fischragout, Kaninchenfrikassee und vor allem in Sud gebackener Hecht, der noch ein wenig wild schmeckte. Diese Köstlichkeiten hatten den Ruf von Mutter Mouche begründet. Hinzu kam ihre Verschwiegenheit. Man konnte mit einer Dame erscheinen, ohne daß nach dem Ehevertrag gefragt oder an der Tür gelauscht wurde. Das paßte nicht zu diesem Haus.

Als Vater Violette eintrat, war Mutter Mouche am Ofen beschäftigt. Er sagte weder guten Tag noch guten Abend, er sagte gar nichts. Er ließ sich auf eine Bank fallen, an der Ecke vom Ofen, zündete seine Zigarre mit einem Kohlenstück an, das er mit einer Zange herausholte, dann spuckte er ins Feuer und betrachtete die Flammen.

»Nun«, fragte Mutter Mouche endlich und drehte sich zu ihm um, »hat dich Benedikt Masson endlich von den Brettern gerissen?«

Bretter! Ein merkwürdiger Ausdruck für Wilderei in Corbillères. Aber Mutter Mouche nahm es damit nicht so genau. Man konnte ihr daraus keinen Vorwurf machen, denn sie wußte nichts von Wilderei! Sie hatte nie etwas bemerkt. Man hatte ihr berichtet, die Gegend, aus welcher Vater Violette so gute Sachen herbeischaffte, sei unbeschreiblich häßlich. Deswegen hatte sie nie den Mut gehabt, durch den Wald bis auf den Gipfel des Hügels zu steigen, um nachzusehen, wie es dort aussah.

Seit Jahren hörte sie, wie man von einem Menschen sprach, der gegen den Willen von Vater Violette das gleiche Gebiet wie dieser bewohnen wollte... Der Aufseher versäumte nicht, ihr die Häßlichkeit dieses Ungeheuers zu schildern, das sich in die Einsamkeit zurückgezogen hatte, um Frauen zu sich zu locken und sie dann zu töten. Das war Vater Violettes Ansicht. Unter dem Siegel der Verschwiegenheit hatte er sein Geheimnis Mutter Mouche anvertraut. Diese hatte darüber nur gelacht. Sie lachte über alles, seit Vater Mouche gestorben war.

»Was machst du für ein komisches Gesicht, Violette?« begann sie erneut. »Gibt es was Neues? Du siehst ganz mitgenommen aus. Ein Glas Wein, he, dann geht's gleich besser!«

»Dann bring mal was zum Runterspülen. Ich will dir alles erzählen, Mutter Mouche. Die siebte ist nämlich gekommen.«

»Welche siebte?«

Vater Violette zuckte mit den Schultern.

»Sie machen sich nur lustig über mich. Sie wissen genau, wovon ich spreche. Mensch, ich werde krank bei dem Gedanken, daß es der Kleinen da genauso geht wie den anderen... und daß nicht mehr von ihr gesprochen wird, als habe sie nie gelebt. Aber diesmal ist sie nicht allein... ich werde da sein!«

Mutter Mouche lachte erneut.

»Klar, du bist da. Du bist ja überall! Vielleicht sollte er dich noch um Erlaubnis bitten, du alter Narr!«

Sie goß ihm ein Glas ein, aber er schob es brüsk beiseite.

»Mal sehen, ob Sie noch so kichern, wenn ich Ihnen den Beweis bringe... einen einzigen Beweis... der wird sich schon finden!«

»Natürlich«, antwortete sie, »irgendwo muß er sie ja hinbringen, wenn er sie nicht frißt.«

»Sie spotten! Aber ich schwöre Ihnen, keine von denen da ist mit dem Zug zurückgefahren. Das ist schon der erste Beweis...«

»Ach was! Sie sind über die Straße zurückgegangen. Seit du mir beschrieben hast, wie häßlich er aussieht, kann ich gut verstehen, warum sie nicht länger in seinem Dienst bleiben, schon gar nicht an einem solch abgelegenen Ort. Vielleicht haben sie auch Angst bekommen und sind davongelaufen.«

»Angst! Das glaube ich gern, daß sie Angst hatten!«

»Haben sie dir das gesagt?«

»Die letzte hat es mir gesagt.« (Bei diesen Worten zog er das Glas zu sich hinüber und leerte es in einem Zug, als wolle er sich Mut machen oder Ordnung in seine Gedanken bringen.) »Die letzte, die fast drei Wochen bei ihm war. Ja, mit ihr habe ich gesprochen. Und sie hat mir von Benedikt Masson erzählt.«

»Sie hatte Angst und ist drei Wochen geblieben?«

»Gerade deswegen ist sie ja geblieben.«

»Sie ist aus Angst da geblieben?«

»Wenn ich es Ihnen doch sage! Das war ein merkwürdiges Mädchen. Man hätte glauben können, die beiden seien füreinander geschaffen... Na ja, sie ist verschwunden, genauso wie die andern. Davongeflogen. Verdünnisiert. Es ist unglaublich!«

»Vielleicht ist sie nach Paris zurückgegangen?«

»Nein, ich habe mich erkundigt... Ich wußte ihren Namen und habe erfahren, wo sie gewohnt hat. Man hat sie dort nie wieder gesehen. Sie hieß Katarina Schön. Und schön war sie wirklich... Ein Traumweib. Wenn sie gewollt hätte, hätte ich sie von ihrem Benedikt Masson befreit, aber ich habe ihr keine Angst eingejagt. Ich sage Ihnen, es ist unglaublich!... Das erste Mal habe ich sie an einem Abend gesprochen... Ich befand mich in der Nähe des Hauses. Da erblickte ich einen Schatten, der davonrannte. Die Tür öffnete sich und Benedikt Masson erschien. Mit bittender Stimme rief er: ›Katarina! Katarina!‹

Aber Katarina rührte sich nicht. Sie hielt sich hinter der Rosenhecke versteckt, nur wenige Schritte von mir entfernt. Sie ahnte nicht, daß ich in der Nähe war. Nun rief Benedikt mit zorniger Stimme nach ihr. Als sie sich nicht rührte, schloß er wütend die Tür.

Jetzt erst erhob sich Katarina und rannte in Richtung Bahnhof. Ich folgte ihr und trat zu ihr, als sie sich in der Dunkelheit verlaufen hatte.

›Haben Sie keine Angst‹, sagte ich zu ihr. ›Ich bin ja da. Ich bin's, der Aufseher, Vater Violette... Was hat Ihnen der Elende getan?‹

›Nichts, nichts‹, sagte sie zu mir. ›Ich, ich habe nur Angst vor ihm... Ganz im Gegenteil, er ist sehr nett zu mir gewesen...‹

Ich lachte.

›Sie sind die sechste, zu der er nett gewesen ist. Und alle laufen sie davon.‹

›Das hat er mir erzählt.‹

›Sie laufen alle davon, nach vierundzwanzig Stunden, zwei Tagen oder drei... Sie sind bereits seit acht Tagen bei ihm... Sie haben Geduld...‹

›Das hat er mir auch gesagt...‹

›Und warum sind Sie noch bei ihm?‹

›Weil er so unglücklich ist... Der arme Junge ist zu bedauern... Er weint... Ich habe Mitleid mit ihm gehabt.‹

›Und jetzt reicht's Ihnen?‹

Sie antwortete mir nicht...

›Warum sind Sie in der Dunkelheit geflohen?‹

›Weil er mich umarmen wollte.‹

›Er hat keinen schlechten Geschmack‹, meinte ich. ›Aber Sie, bei Ihnen kann ich verstehen, daß Sie ein wenig...‹

Sie schwieg. Sie war stehengeblieben. Deswegen meinte ich:

›Wenn Sie den Zug um 10.40 Uhr noch erreichen wollen, müssen Sie sich beeilen.‹

›Nein‹, antwortete sie mit rauher Stimme, ›das wäre kindisch. Ich gehe zurück.‹

›Wohin?‹

›Na, zu ihm.‹

›Zu Benedikt Masson?‹

›Ja.‹

Ich war verblüfft.

›Hören Sie‹, begann ich, ›...Sie begehen einen großen Fehler. Sie begehen einen ganz großen Fehler. Ich sag Ihnen, Sie werden es noch bereuen. Dieser Bursche ist ein Verbrecher...‹

Sie überlegte einen Moment und meinte dann:

›Sie haben recht, ich habe mir das auch schon mehrmals gesagt.‹

›Und trotzdem gehen Sie zurück?‹

›Ja, mal sehen... Ach was, das endet immer mit Tränen... Im Grunde genommen ist er nicht sehr gefährlich.‹

Und dann ging sie zum Haus zurück. Was ich zu ihr gesagt hatte, war in den Wind gesprochen. Es machte ihr Spaß, daß er ihr Angst einflößte... Wirklich, bei euch Frauen lernt man nie aus!

Wie Sie sich denken können, lag ich in den folgenden Tagen auf der Lauer, um meine Turteltäubchen zu beobachten. Es war zum Totlachen... Der Herr machte sich fein... Es machte sich schön, das Ungeheuer. Es trug seine Stadtkleidung, Krawatte, Hut... und redete und redete...

Ganz offensichtlich hatte sie ihre Freude dran, auch wenn sie Angst hatte. Sie wollte wohl erfahren, wie weit diese Geschichte gehen würde. Ich glaube, sie hat sie bis zum Ende durchgelebt. Ihre Neugierde hat ihr kein Glück gebracht. Zehn Tage später war er wieder allein, lief mit gräßlichem Gesicht durch den Sumpf, warf sich in seine Hängematte und brummte wie ein wütendes Tier und biß auf Seilen herum... Das ist doch kein Christenmensch, dieser... Ich hätte ihn am liebsten mit dem Gewehr erschossen.«

»Vater Violette, nur keine Dummheiten!« unterbrach ihn Mutter Mouche. »Und wie ist die Kleine, die jetzt gekommen ist?«

»Ein Kind!... Sie ist nicht älter als siebzehn... Aber diese darf er nicht anrühren, sonst ruf ich die Polizei! Lachen Sie nicht, Mutter Mouche, dieses Mal werde ich ihn beim ersten Verdacht anzeigen. Er soll mal die Karten auf den Tisch legen!«

»Und woher kommt die Kleine?«

»Sie soll aus Berriche kommen, vom Land. Sie sagt Onkel zu ihm.«

»Ist er tatsächlich ihr Onkel?«

»Kann sein... Jedenfalls hat er nichts dagegen gesagt. Aber er benimmt sich nicht wie ein anständiger Mann. Er behandelt sie wie eine Magd und schickt sie zum Einkaufen. Der Metzger liefert keine Ware mehr... Es kommt überhaupt niemand mehr ins Haus. Er hat sogar den Schmutzfink entlassen, der täglich für zwei Stunden gekommen ist, um das Haus in Ordnung zu bringen. Sie leben ganz allein, die zwei, weit weg von allen anderen, sicher, daß niemand sie stört... Die Kleine ist weder hübsch noch häßlich. Sie heißt Annie.«

»Hast du schon mit ihr gesprochen?«

»Ja, erst kürzlich. Ich habe sie gefragt, ob es ihr bei uns im Sumpf gefällt, und sie hat gesagt:

›Warum sollte es mir hier nicht gefallen? Mein Onkel ist so nett...‹

Wortwörtlich!

›Um so besser für dich‹, habe ich zu ihr gesagt. ›Er ist nicht immer so zu denen gewesen, die vor dir da waren und die wohl sonst noch da wären.‹

Sie schien überrascht zu sein von dem, was ich ihr sagte, und ist ganz nachdenklich weggegangen, ohne noch etwas zu sagen. Ich habe ihr noch nachgeschrien:

›Frag doch deinen Onkel, wohin sie verschwunden sind!‹

Da ist sie davongerannt und hat erst vor dem Haus angehalten.«

»Das wird noch böse enden zwischen euch«, bemerkte Mutter Mouche. »Du mischst dich in Dinge ein, die dich nichts angehen, und hast dazu kein Recht, Vater Violette.

Na, nun trink deinen Becher aus.«

»Teufel noch mal, da kommt er!«

»Wer?«

»Unser Pfarrkind!«

Vater Violette sprang zu seinem Stecken, als wolle er sich gegen ein unheimliches Tier verteidigen.

Mutter Mouche steckte ihre Nase zum Fenster hinaus.

»Du liebe Zeit!« entfuhr es ihr. »Der ist tatsächlich nicht besonders hübsch.«

Benedikt Masson durchquerte den Hof. Seine Erscheinung in der hereinfallenden Dämmerung war nicht besonders vertrauenerweckend. Er kam aus dem Wald wie ein

Tier aus seinem Bau. Die Art, wie er sein Gesicht nach allen Seiten drehte, als suche er eine Beute, um sie zu verschlingen, ließ einen erschauern.

Er bemerkte die Wirtsfrau und den Aufseher sofort, sie völlig entsetzt, der Aufseher in seiner üblichen feindseligen Haltung.

Ohne Zögern betrat er die Küche.

»Sie! Ich muß mit Ihnen sprechen«, wandte er sich ohne Umschweife an den Aufseher. »Bitte kommen Sie mit mir. Es dauert nicht lange.«

Vater Violette setzte sich wieder auf die Bank und machte eine geringschätzige Miene.

»Ich habe Ihnen nichts zu sagen«, erklärte er.

Mutter Mouche fühlte sich nicht recht wohl... Sie mußte noch das Abendessen für die Herrschaften von Deux Colombes zubereiten, die am Abend in das Haus ziehen wollten, in dem noch nichts vorbereitet war. Insgeheim wünschte sie die beiden Männer zum Teufel. Davon abgesehen hatte sie Angst vor Benedikt, wie so viele andere auch.

»Sprechen Sie doch im Brunnenhaus miteinander«, schlug sie den beiden vor. Aber Vater Violette widersetzte sich und verlangte sogar ein weiteres Glas Wein.

»Hören Sie zu, Violette«, begann Benedikt Masson von neuem. »Wenn Sie mit mir trinken wollen, nichts leichter als das... – Aber wir müssen uns mal aussprechen! Das Gebiet ist groß genug für uns beide. Wir können nicht so weitermachen und uns gegenseitig stören.«

»Ich störe Sie also...«, fuhr der andere auf.

Benedikt Masson setzte sich auf einen Schemel und erwiderte, den Kopf gesenkt, dunkel und verschlossen:

»Ja.«

»Ich soll also verschwinden, ich auch?« schrie der Aufseher in aufsässigem Ton.

Aber er verstummte sofort wieder, denn er hatte den Satz

noch nicht ganz beendet, als der andere den Kopf hob und ihn mit brennenden Augen ansah. Dann erlosch das Feuer in seinen Augen … der Kopf fiel wieder auf die Brust, und Benedikt sagte mit scheuer Stimme:

»Ich weiß, was Sie überall erzählen … Hören Sie auf damit, Vater Violette! Ich habe die Schnauze voll.

Ja, sie sind weggelaufen … Ich darf nicht einmal eine Arbeiterin ansehen. Ich darf niemanden ansehen! Alle haben Angst vor mir. Erst gerade eben habe ich die Wirtin erschreckt. Doch, doch, lassen Sie mich aussprechen, liebe Frau! Es tut mir so gut, mich bei Ihnen auszusprechen. Vielleicht können Sie Vater Violette dazu bewegen, seine Zunge im Zaum zu halten. Es gibt keine Geheimnisse in meinem Leben … Ich habe niemandem etwas zuleide getan … Man braucht mich nur anzusehen, um zu begreifen, warum sie davonlaufen. Ich bin nicht hergekommen, um mich als Bösewicht aufzuspielen, sondern um Vater Violette folgendes zu sagen: Ich habe wieder ein Mädchen bei mir, noch ein Kind, eine kleine Nichte. Sie ist Waise, ich habe sie bei mir aufgenommen. Sie ist nicht sehr erschrocken vor mir. Sie möchte gern als meine Haushälterin bei mir bleiben … Sie war sehr unglücklich. Sie ist noch ganz jung und mir sehr dankbar für alles, was ich für sie tu … Vater Violette soll sie nicht auch gegen mich aufhetzen!«

»Das geht mich doch überhaupt nichts an!« raunzte der Aufseher.

Die Wirtin hatte Benedikt Masson ein Glas zugeschoben.

»Der Herr hat recht«, erklärte sie und leerte den Rest des Topfes ins Glas. »Es bringt nichts Gutes, im gleichen Gebiet zu leben, wenn man sich nicht leiden kann. Trinkt miteinander, gebt euch die Hand, dann ist alles wieder in Ordnung.«

Aber Vater Violette wiederholte eigensinnig:

»Das geht mich nichts an. Das geht mich alles nichts an.«

Benedikt Masson schob sein Glas zurück, erhob sich, stellte sich vor den Aufseher und sagte mit heiserer Stimme:

»Wenn Sie das alles nichts angeht, dann halten Sie gefälligst den Mund, wenn die Kleine Ihnen begegnet! Hüten Sie Ihre schnelle Zunge, Vater Violette. Denn das sage ich Ihnen, wenn die Kleine da davonläuft, wie die anderen, die vielleicht auch wegen Ihrer Hetzreden weggelaufen sind, dann mache ich Sie dafür verantwortlich. Das Leben ist mir völlig gleichgültig, ich werde Sie dann wie einen Hund umbringen.«

Mit diesen Worten ging er hinaus, nachdem er zuvor der Wirtin zugenickt hatte. Er durchquerte den Hof und verschwand dann in der Dunkelheit des Waldes.

»Jetzt haben Sie ihn gehört. Jetzt haben Sie diesen Wüstling selbst gehört«, ließ sich Vater Violette vernehmen, als der andere schon weit weg war.

»Hör zu«, erwiderte Mutter Mouche. »Dieser Mann scheint am Ende zu sein. Ich hoffe um deinetwillen, daß die siebte bleibt.«

Neues von der Gräfin

»Meine liebe Christine, ich schreibe Ihnen, weil Sie meine letzte Hoffnung sind, Sie und Benedikt Masson. Leider eine schwache Hoffnung!

Wie soll ich Sie jetzt aus der Entfernung von meinem nur zu realen Unglück überzeugen, da Sie mir nicht einmal geglaubt haben, als ich vor Ihren Augen getroffen wurde.

Nein, Christine, ich bin nicht verrückt, ich bin keine Monomanin, die an einer Zwangsvorstellung stirbt, wie Sie lange Zeit angenommen haben und sicherlich heute noch glauben. (Sonst hätten Sie mich nicht fahren lassen, sonst hätten Sie und Benedikt Masson mich nicht meinem Henker überlassen!) Ich bin das ärmste Wesen, dem man täglich, in jeder Nacht, Tropfen für Tropfen das Leben stiehlt. Ich bin das Opfer eines Ungeheuers, dem schon Generationen zum Opfer gefallen sind, das seinen unendlichen Hunger aus meinen leergesaugten Adern stillt.

Lächeln Sie nicht, Christine, wie ich es so oft gesehen habe. Warum glauben Sie mir nicht? Sie haben mich doch gesehen! Warum sehen Sie in meinem Tod nicht den Beweis dafür?

Als ich das erste Mal zu Ihnen davon sprach, war es nichts als ein vages Gespenst, das meinem kranken Hirn entsprungen war... Und doch... und doch war es da, unter uns, in Fleisch und Blut!

Christine! Vampire gibt es wirklich! Ich gebe zu, daß sie nach und nach von der Erdoberfläche verschwunden sind, verfolgt und gehetzt bis in ihre dunklen Gräber. Aber warum geben Sie nicht zu, daß wenigstens eines dieser verfluchten Ungeheuer überlebt hat?

Manchmal berichten Matrosen, die über die fernen Ozeane gefahren sind, von Erscheinungen, von Ungeheuern, die vor ihnen aus der Tiefe des Meeres aufgestiegen sind. Denn analog zur Geschichte der Natur haben sie zu Beginn der Weltgeschichte die Meere bewohnt. Die Schlange in der Bucht von Along ist vielleicht eines der letzten dieser entsetzlichen Monster, ebenso wie derjenige, den Sie auch kennen, einer der letzten Vampire ist, die aus dem Grab ausgespuckt wurden.

Sein Grab, sein leeres Grab, aus dem er vor zweihundert Jahren entschwunden ist, um sich vom Blut der Lebenden zu nähren, ich wollte es sehen. Ich habe es gesehen. Ich habe die Grabplatte hochgehoben... Begleitet war ich von einem sehr braven Mann, der Mitleid mit mir empfindet, der Ihnen auch heimlich diesen Brief zukommen läßt. Mit ihm bin ich in die Krypta der Kapelle von Coulteray hinabgestiegen. Dieser Mann ist dort Wächter.

In der Krypta befinden sich die Grabstätten der Familie. Der erste Grabstein in der zweiten Reihe gehört zu seinem Grab...

›Hier ruht Louis Jean Marie Chrysostomos, Erster Stallmeister Seiner Majestät...‹

Dann gibt es noch eine weitere Tafel, auf der steht:

›Die sterblichen Überreste des Louis Jean Marie Chrysostomos wurden während der Revolution verschleppt.‹

Verschleppt, verschleppt! Ich weiß, wo sie sich befinden, die sterblichen Überreste des Louis Jean Marie Chrysostomos. Christine! Sie wollen mir nicht glauben, aber eines Tages werden Sie es sehen. Es geht ihnen gut!

Diese Krypta, was für ein Anblick! Dieses leere Grab fasziniert mich... Irgend etwas in mir sagt mir, daß ich eines Nachts unter dieser Grabplatte erwachen und mich erheben werde, um neues Leben zu suchen. Gott bewahre mich vor diesem Schicksal! Sie wissen, um welchen Preis, Christine. Sie wissen, was man mit unseren Leichen machen muß, damit wir nach unserem Tod keinen Schrecken verbreiten. Wenn nur meine Qualen mit meinem Tode enden!... Sanghor hat mir versprochen, mich nicht zu schonen, wenn ich tot bin. Wenn ich tot bin, hat er keinen Grund, mich zu betrügen. Es liegt auch in seinem Interesse, daß er mich mit dieser letzten Tat für immer von den gräßlichen Fesseln dieser Welt befreit. Ich habe bereits dafür gesorgt... Sie werden glauben, ich sei noch verrückter als früher. Christine! Ich hoffe, Sie bald von dem überzeugen zu können, was sich hier abspielt... Ihnen einen entscheidenden Beweis liefern zu können... unwiderruflich... und dann werden Sie und Benedikt Masson sofort herkommen, nicht wahr. Sie werden mich retten, wenn es noch möglich ist...! Der Graf läßt mich nicht mehr allein... Seit ich nur ein Schatten bin, hat er mich nie so geliebt! Vorbei ist es mit der relativen Freiheit, die ich in Paris genossen habe... Er verzichtet darauf, mich mit seiner tödlichen Liebe zu mißbrauchen. Er versucht nicht mehr, irgendwen zu betrügen. Mir einzureden, ich sei krank! Diese Phase liegt hinter uns. Ich bin die Gefangene meines Ehemanns, der mich verschlingt... – Seine Lippen werden mich erst loslassen, wenn ich den letzten Seufzer von mir gegeben habe. In aller Ruhe und ohne Gewissensbisse kann er mein bleiches Blut trinken, das durch die teuflische Kunst von Saib Khan noch immer durch meine Adern fließt. Es ist mir ein Rätsel, daß ich mich immer noch bewegen kann... Diese Hindu-Medizin könnte Tote zum Leben erwecken!

Christine, ich werde Ihnen erzählen, wie sehr ich gewünscht habe, die Kräfte zu nutzen, die er mir durch seine Zaubereien zurückgegeben hat, um auf unserer letzten Reise zu fliehen... Aber genug für heute... Genug, sie kommen... Ich höre sie bereits. Sie kommen von einem Spaziergang zurück und werden sich an meiner Gesundheit stärken! Sing-Sing öffnet ihnen schon die Tür.«

2. Brief

»Meine liebe Christine, Sie wissen, wie man mich aus Paris entfernt hat, nach welchem Auftritt, den Sie und Benedikt Masson miterlebt haben. Man hatte nicht mit Ihnen gerechnet. Das können Sie mir glauben. Man glaubte, allein im Palast zu sein.

Als Sie auf meine Schreie hin herbeieilten und das Zimmer betraten, als ich bereits sein Opfer war und mich vergeblich gegen seinen Biß wehrte, beugte er sein Gesicht über mich, bereits trunken von meinem Blut. Sein Gesicht war entsetzlich verzerrt. Für mich stand fest: Sie sind verloren. Aber ich war es, die verloren war. Sie, Sie hat man zurückgelassen. Es hätte schwerwiegende Folgen nach sich ziehen können, Sie verschwinden zu lassen. Es hätte alles nur sehr kompliziert gemacht... Zudem, was hatten Sie schon Außergewöhnliches gesehen? Nichts. Was hatten Sie schon gehört? Den Schrei einer Irren. Immer wieder die Irre! Meine früheren vertraulichen Mitteilungen Einbildungen eines kranken Hirns?

Aber nach einer solchen Szene mußten auch die größten Skeptiker stutzig werden. Das hat man begriffen. Man mußte die Geschichte mit mir beenden, bis auf weiteren Durst...

Dann hat man mich fortgeschleppt...

Ich wußte genau, das war das Ende. Die Angst vor einem solchen Tod, dem noch Schlimmeres folgen würde, hat mir noch einmal die Kraft verliehen, mich zu Ihnen zu schleppen, als man glaubte, ich sei nicht mehr fähig, mich zu bewegen. Christine, mir kam es bei unserer letzten Begegnung so vor, als sei Ihr ruhiger, ach viel zu ruhiger Geist in Unordnung geraten. Ich habe in Ihren Augen nicht nur das gewohnte Mitleid entdeckt, das mich verzweifeln ließ, sondern noch etwas anderes, was ich vielleicht folgendermaßen umschreiben könnte: ›Wenn die Irre nun doch recht haben sollte?‹ Bei Benedikt Masson habe ich ebenfalls etwas Neues entdeckt. Ach, kommt, eilt herbei! Eilt herbei, so schnell Ihr könnt, wenn Ihr mich nicht als Tote wiedersehen wollt!

In meinem letzten Brief hatte ich geschrieben, daß ich während der Reise fliehen wollte... Ja, das hatte ich vor. Ich war dazu entschlossen, selbst auf die Gefahr hin, in eine Gummizelle, in ein Irrenhaus gebracht zu werden, was mir mehr als einmal angedroht worden war. Ich wollte nicht länger in Agonie verkommen. Aber sie haben meine Gedanken gelesen. Sie erraten alles. Sanghor und Sing-Sing erraten jede Bewegung, die ich machen werde. Saib Khan, der uns auf der Reise begleitete, wie Sie sich vorstellen können, errät jeden meiner Gedanken. Der Graf kann ganz ruhig sein: Sein Opfer wird gut bewacht!...

Trotzdem habe ich das Unmögliche versucht!

Solange wir im Auto waren, konnte ich nichts unternehmen. Noch in Paris verwandelte sich der Wagen in einen eisernen Käfig. Die Jalousien und Vorhänge hatte man heruntergelassen. Nun konnte ich schreien!

Aber ich habe nicht geschrien... Ich wartete auf eine sich bietende Gelegenheit... die dann auch kam... In der Morgendämmerung hatten wir eine Panne... Am Wagen mußte etwas repariert werden. Ich stellte mich schlafend, fast leblos. Man brachte mich in das Hotel, das an den Hof grenzte, in welchem der Wagen repariert wurde. Auf der anderen Seite ging es auf einen Garten hinaus, an den die Felder angrenzten... Einige hundert Meter entfernt begann der Wald. Wenn ich es nur bis dahin schaffte!... Mich unter den Bäumen, den Blättern, in der Erde verstecken könnte.

Von meinem Bett aus, auf das man mich gelegt hatte, überblickte ich die kleine Entfernung, die ich zurücklegen mußte. In Gedanken rannte ich bereits befreit in den rettenden Wald!... Aber in Wirklichkeit, wie sollte ich es schaffen? Vor meiner Tür wachte Sanghor. Etwas weiter entfernt ging der Graf mit Saib Khan spazieren, während die Mechaniker, die man aus den Betten geholt hatte, sich beeilten, den Wagen instand zu setzen. Im Garten unter meinem Fenster befand sich Sing-Sing. Ich wußte, daß er gerne stibitzte, herumschnüffelte und nicht ruhig an seinem Platz bleiben konnte. Im Palast hatte man ihn manchmal wie einen Wachhund in seinem Winkel angekettet. Darin lag meine Hoffnung... Ich hatte gesehen, daß er bereits geschmeidig wie eine Katze auf einen der Bäume geklettert war und dort irgendeine noch grüne Frucht gepflückt hatte. Was erblickte er von seinem Baum aus? Jedenfalls sprang er von einem Ast zum anderen zu einem der Fenster im ersten Stock und verschwand im Hotel.

Im gleichen Moment sprang ich auf und öffnete das Fenster. Seit langem hatte ich mich nicht so stark gefühlt. Ich wog nicht mehr als eine Feder... Meine Beine hingen bereits zum Fenster hinaus, ich sprang hinunter... und stieß einen Schreckensschrei aus! Ich hatte seinen Biß gespürt!«

3. Brief

»Liebe Christine, ich schreibe Ihnen, wann und wie ich kann... meistens in der Nacht, im Licht meiner Nachttischlampe. So leise wie möglich verstecke ich meinen Brief. Ich fühle, daß ich Ihnen schreiben muß, um Sie zu überzeugen. Ich möchte, daß Sie kommen! Zeigen Sie meine Briefe Benedikt Masson. Ich rechne damit. Ich rechne mit Ihnen. Ich schreibe es Ihnen immer und immer wieder... Sollten Sie zu spät kommen, können meine Briefe vielleicht dazu dienen, andere zu retten... Denn es ist unmöglich, daß die Wahrheit nicht ans Tageslicht kommt. Es darf nicht sein, daß das Ungeheuer, das aus der Entfernung beißt, noch weitere Jahrhunderte unter seinen Opfern herumspaziert, die vielleicht auch meinen, sich an einer Dorne gestochen zu haben, und dann an den Folgen sterben.

Liebe Christine, ich fahre in meinem Bericht dort fort, wo ich in der letzten Nacht aufgehört habe... ich fühlte also den Biß des Ungeheuers, das sich in einiger Entfernung hinter mir befand.

Welch ein schreckliches Gefühl! Ich kannte es. Immer dann, wenn ich am wenigsten damit rechne, fühle ich, wie sein spitzer Zahn in meine Ader dringt und sich wieder zurückzieht, sobald er sein Gift verspritzt hat.

Ja, Gift! Ich glaube, Vampire haben ähnlich wie Giftschlangen einen Giftzahn, in dem sich ein Gift befindet, das sich in Sekundenschnelle im ganzen Körper ausbreitet und so süß ist, daß man ihm nicht widerstehen kann. Ich spüre, wie mich meine Kräfte durch diese kleine Wunde wie durch eine offenstehende Tür verlassen. Darauf folgt ein Dämmerzustand, der eher überraschend als erschreckend ist... obgleich er für mich das Schlimmste ist, weil ich weiß, was ihm folgt...

Denn dann erscheint das Ungeheuer. Vampire haben etwas an sich, das Giftschlangen nicht haben: Sie beißen aus der Entfernung.

Ich wußte, daß er da war. Ich drehte mich nicht einmal um. Ich versuchte mit ungeheurer Kraft gegen die Vernichtung anzukämpfen, die mich bereits in ihren Klauen hielt. Es gelang mir, mich bis zum Gartenzaun zu schleppen. Dann, überwunden, drehte ich mich um und erblickte den Grafen am Fenster eines Zimmers. Er lachte!...«

4. Brief

»Ob man etwas ahnt? Drouine, der Sakristan, der Friedhofswärter, von dem ich Ihnen bereits erzählt habe, ein wirklich rechtschaffener Mann, hat mir geraten, allem zu mißtrauen... Wenn man von seinen Diensten für mich erfährt, verliert er seinen Posten und damit seinen Lebensunterhalt. Aber er zögert nicht deswegen, sondern weil er sich um mich sorgt. Der brave Mann, ich werde ihn reich belohnen. Wir ergreifen tausend Vorsichtsmaßnahmen, ich täusche große Frömmigkeit vor (Sie wissen, daß ich katholisch bin). Unter dem Vorwand, Almosen für die Kapelle zu geben, laß ich meine Briefe in den Opferstock gleiten. Sing-Sing, der mir wie ein böser Dämon auf Schritt und Tritt folgt, sieht nur das Kerzenlicht. Drouine öffnet den Opferstock und schickt Ihnen meine Briefe.

Nach diesem letzten Aufbäumen warf man mich in den Wagen und ließ mich erst im Schloßhof wieder heraus.

Coulteray ist ein richtiges Gefängnis... mit Gräben und

Mauern aus dem Mittelalter. Die Kapelle befindet sich im Hof, wie alles, was vom Bergfried übriggeblieben ist. Es ist mir erlaubt, im Hof spazierenzugehen, den sie immer noch die Kluft nennen, wie in früheren Zeiten. Zur Hälfte ist er heute in einen Obstgarten verwandelt. Zur Kapelle gehören ein Karner und ein kleiner Friedhof voller Blumenbeete.

In dieser Jahreszeit liegt über den Grabsteinen, die doch der Vergangenheit und dem Tod angehören, nichts Schauriges, bei all dem Blumenschmuck, unter dem sie verschwinden. Die Blumen triumphieren überall und verstecken die Mauern. Das Leben sprießt aus allen Ecken, nur mich verläßt es.

Von meinem Zimmer im ersten Stock kann ich durch einen Riß in der Mauer eine schöne Landschaft erblicken, in der das ruhige Wasser eines Flusses glitzert, der weiter unten in die Loire mündet. Aber ich, ich sterbe.

Dazu bin ich hergekommen. Ich fühle es. Ich weiß, daß man diesen Ort erst nach meinem Tod verlassen wird. Sie sind mit mir hierhergekommen, um in Ruhe meinen letzten Seufzer abzuwarten.

Der Graf ist so sanft und liebenswürdig, so aufmerksam wie nie zuvor. Er hat sich zu meinem Kammerdiener gemacht und will mir allein dienen. Er schwört, nur mich zu lieben. Und wie er mich liebt! Wie er mir den Arm bietet, um zu prüfen, wie schwach ich bin! Seine Liebe hat mich völlig ausgezehrt! Er ist der große Vampir!... Die Welt ist voller kleiner Vampire. Es gibt kaum ein Paar, das sich nicht gegenseitig verschlingt. Einer muß den anderen fressen. Einer will vom Schaden des anderen profitieren. Das gilt für Männer und Frauen in gleicher Weise. Das stärkere Ich vernichtet nach und nach das Sein in seinem Schatten. Es ist gar nicht erforderlich, die Adern zu durchstechen und Blut zu saugen. Das ist das Schicksal fast aller Ehepaare. Aber bei uns ist es etwas ganz anderes!

Da handelt es sich um den großen Vampir, der vor mehr als zweihundert Jahren sein Grab verlassen hat und seine Opfer nicht mehr zählt... Ich habe das alles nicht erfunden. Ich betone es noch einmal. Es ist keine Geschichte, es handelt sich um Geschichte. Drouine weiß Bescheid. Drouine glaubt daran wie viele andere im Dorf, die davonlaufen, wenn der große Vampir vorbeigeht.

Wir haben zusammen über alles gesprochen. Ich habe ihm alles erzählt.

Aber er kann nichts für mich tun, nicht, bevor ich gestorben bin. Aber Ihr, Christine und Benedikt Masson, Ihr könnt mich vor meinem Tod retten! Ich erwarte Euch...«

5. Brief

»In dieser Nacht hat er mich bis zu meinem Zimmer begleitet, wie ein unterwürfiger Liebhaber... und hat sich dann traurig zurückgezogen... Ich habe die Tür heftig geschlossen, den Riegel vorgeschoben und bin ans Fenster geeilt, um es zu schließen. Denn wenn das Fenster offensteht, kann er mich aus der Entfernung beißen. Jetzt bin ich etwas ruhiger... ich fühle, daß ich eine ruhige Nacht verbringen werde.

Welch ein Friede über der Welt... endlich! Der Mond scheint hell durch die Mauernische. Eine in Silber getauchte Landschaft umgibt mich. Ich fühle mich leicht wie ein Engel, ich habe Flügel. Wenn ich jetzt das Fenster öffnete, könnte ich über das spiegelnde Wasser der Loire fliegen und mich zum letzten Mal als Erdenwesen betrachten. Dann flöge ich hinauf zu den Sternen, für immer befreit von den Blutbanden, die mich an diese verfluchte Erde gefesselt haben... Doch ich werde das Fenster nicht öffnen, es ist zu gefährlich. Die Wunde könnte durch das offene Fenster hereinkommen.

Großer Schreck! Ich bin verwundet! Wo ist die Wunde

diesmal hergekommen? Wer kann mir das erklären? Hab Erbarmen, mein Gott!«

6. Brief
»Verstehen Sie das? Es war wirklich alles zugesperrt. Jetzt beißt er mich schon durch Mauern hindurch.«

7. Brief
»Ich werde Ihnen beweisen, daß ich nicht verrückt bin! In keinem Buch der Welt steht, daß Vampire durch Mauern hindurchbeißen können. Trotzdem bin ich gebissen worden!... Ich habe gesucht, überall... und habe ein kleines, fingerdickes Loch in der Wand gefunden, meinem Betschemel gegenüber. Durch dieses kleine Loch hat mich das Monster gebissen, während ich gebetet habe.«

8. Brief
»Ich will es wissen! Ich will wissen, wie er mich aus der Entfernung beißen kann! Ich werde es auch erfahren, wenn er mir die Zeit dazu läßt. Oh nein, ich bin nicht verrückt! Ich bin nicht verrückt.«

9. Brief
»Welch ein Schrecken jedesmal, wenn er mir sein blutverschmiertes indisches Dämonengesicht zuwendet, nachdem er meine unerschöpfliche Ader losgelassen hat und sagt: ›Ich liebe dich.‹«

10. Brief
»So liebten die indischen Dämonen, die Assouras, die ersten Vampire auf der Welt, die von Saib Khan bezwungen wurden... Nicht weit von Benares, auf einer Insel im Ganges, liegt ein Friedhof, voll mit ihnen geweihten Opfern. Der große europäische Vampir mußte seinen Ahnen einen Be-

such machen... Dort hat er Saib Khan kennengelernt. Der ist ein sehr moderner Arzt (die ganze englische Kolonie war verrückt nach ihm, im wahrsten Sinne des Wortes), das hat ihn aber nicht daran gehindert, direkten Kontakt zu den Assouras zu unterhalten. In Indien zweifelte niemand daran, es mehrte noch seinen Ruhm. Ich lachte darüber! Ich sah in ihm nur einen Scharlatan... Ich glaubte nicht an Vampire, damals!... Ich hatte unrecht... Seither habe ich Zeit gehabt, mich zu informieren, und möchte diese Informationen an andere weitergeben, die vielleicht auch noch zweifeln!

Ich spüre, daß ich den Beweis erbringen werde. Ich bin so scharfsinnig wie Sherlock Holmes, das dürfen Sie mir glauben. Und bei einem solchen Unternehmen ist sie auch bitter notwendig.

Ich möchte unbedingt herausfinden, wie er aus der Ferne beißen kann.«

11. Brief
»Gestern hätte ich den Beweis fast berührt, den Beweis dafür, daß ich nicht verrückt bin.«

12. und letzter Brief
»Hier ist der Beweis. Ich schicke ihn Euch. Jetzt eilt herbei! Er wird mich töten, wenn ich nicht schnell genug sterbe!«

Zusammen mit diesem Brief wurde Christine ein eingeschriebenes Päckchen von der Post zugestellt, dessen Verpackung sie mit einer Angst und Unruhe aufriß, gegen die sie sich nicht mehr wehren konnte.

Der Beweis

Mutter Langlois, die die Norberts in einem diplomatischen Schachzug wieder eingestellt hatten, hat folgendes berichtet:

»Gegen zehn Uhr morgens kam der Postbote mit einer Einschreibsendung, einem kleinen Päckchen. Fräulein Christine hat unterschrieben.

Sie war allein in der Werkstatt. Übrigens, seit zwei Tagen hatte ich nur Fräulein Christine zu sehen bekommen. Sie hat die Kunden bedient, wenn welche gekommen sind, was selten genug geschieht.

Sie kam mir sehr aufgeregt und verwirrt vor. Sie wollte es zwar vor mir verbergen, aber Mutter Langlois entgeht nichts. Von ihrem vornehmen Getue war nichts mehr zu merken. Ich merkte genau, daß da irgend etwas nicht so ganz stimmte. Ich mußte nicht lange raten, um zu wissen, daß es wieder einmal um den Cousin Gabriel ging. Denn zur Zeit spielt man da drin Familie, Cousin Jacques, Cousin Gabriel...

Man hat nicht versucht, mir noch weiter zu verheimlichen, daß Vetter Gabriel im Haus wohnt und sehr krank gewesen war. Eine Notoperation war erforderlich gewesen, und noch wußten sie nicht, wie alles ausgehen würde, trotz des großen Wissens von Norberts Neffen, der Tag und Nacht bei Gabriel wachte.

Du lieber Himmel, was haben sie mir nicht alles von Gabriel erzählt. Er sei der Sohn der älteren Schwester vom alten Norbert. Die Ärzte hätten ihn aufgegeben. Man habe das Unmögliche versucht, um ihn zu retten usw.

Im Grunde genommen war es mir gleichgültig, ob Vetter Gabriel im Haus war oder nicht. Ich hatte dadurch nicht mehr Arbeit im Haus, das war für mich die Hauptsache.

Der Kranke blieb im Zimmer im Erdgeschoß, das zum Garten hinausgeht, ein Zimmer, in dem ich noch nie gewesen bin.

Natürlich hat man hin und wieder die Jalousien hochgezogen und die Fenster geöffnet, um frische Luft hereinzulassen. An einem solchen Tag sah ich einen jungen Mann ausgestreckt unter einem Laken liegen. Er drehte mir das Gesicht zu und sah nicht besonders glücklich aus. Er starrte mich an, als wolle er etwas von mir haben. Er sah aus, als halte er nicht mehr lange durch.

Also, dieser Mann war wirklich krank. Das war mir klar. Aber wer hatte ihn so zugerichtet? Als man ihn noch vor mir versteckte, als ihn niemand sehen durfte, da hatte ich ihn als hübschen, jungen Burschen gesehen.

Aber das sage ich Ihnen, ganz im Vertrauen, da unten muß sich was abgespielt haben. Na ja, jeder hat so seine Geheimnisse...! Die arme Welt muß auch leben!... Halt, habe ich mir gesagt. Die sind in der Lage, mich wieder vor die Tür zu setzen. Und ich habe weitergearbeitet, als hätte ich nichts gesehen.

Als Christine irgend etwas zu mir sagte, habe ich ein dummes Gesicht gemacht, während ich ihr zuhörte, und mir gedacht: Meine Liebe, du hast auch kein ganz reines Gewissen.

Aber wieder zurück zum Päckchen. Ich sagte ja schon, daß Fräulein Christine allein in der Werkstatt war, als sie es aufmachte. Ich befand mich im Eßzimmer, von dort konnte ich durch die offene Tür genau beobachten, was in der Werkstatt passierte. Ins Päckchen konnte ich leider nicht sehen... Aber sie hatte ihre Nase reingesteckt!

Was sie herausholte, kam mir nicht außergewöhnlich vor. Sie hatte sich damit ans Fenster gestellt und hielt es hoch. Es war mit einem Silberfaden umwickelt und sah so aus wie eine Pistole.

Sie schien ratlos zu sein. Dann hat sie das Ding in den

Karton zurückgelegt. Nach kurzem Zögern hat sie die Tür zum Garten geöffnet und ist auf das Gartenhaus zugegangen, das der alte Norbert und Herr Cotentin nur noch ganz selten verlassen. Als sie klopfte, ist der alte Norbert auf der Schwelle erschienen. Sein Haar war zerzaust, so habe ich ihn noch nie gesehen. Die Augen fielen ihm fast aus den Höhlen.

›Wie? Was willst du hier? Du weißt genau, daß wir dich nicht brauchen können. Du bist viel zu nervös. Laß uns in Ruhe!‹

Er sah wütend aus.

›Hör zu, Papa‹, sagte sie zu ihm, ›ich habe wieder einen Brief von der Unglücklichen erhalten...‹

›Laß uns in Ruhe mit deiner verrückten Alten.‹

Aber sie war hartnäckig und sagte:

›Es ist ein eingeschriebenes Päckchen gekommen, das ich Jacques zeigen möchte.‹

›Du verlangst doch nicht etwa, daß ich Jacques jetzt störe!‹

›Sag ihm, sie habe mir den Beweis geschickt oder ein Muster, ach, ich weiß auch nicht...‹

Voller Ungeduld zuckte der alte Norbert mit den Schultern und schlug ihr die Tür vor der Nase zu.

Ich verstand nichts von dem, was sich da zutrug, aber ich merkte sehr wohl, daß man nicht gerade freundlich zueinander war. Mir brannte der Boden unter den Füßen.

Das Fräulein sah wieder in ihren Karton hinein und ließ sich auf einen Gartenstuhl fallen.

Es waren ungefähr fünf Minuten vergangen, da kam der Mediziner zu ihr heraus.

›Was gibt's Christine?‹ fragte er hastig.

›Schau‹, sagte sie, ›das hat sie mir heute geschickt.‹

Sie gab ihm den Karton.

Beide drehten mir den Rücken zu und schauten in den

Karton. Ich konnte nichts erkennen... Der Doktor hatte wohl das Ding in die Hand genommen. Er hob die Arme hoch, nahm sie wieder runter und sagte mehrmals hintereinander:

›Sehr merkwürdig!‹

›Aber was ist es denn nun?‹ fragte ihn Christine.

›Meine Liebe, es handelt sich um ein Trokart.‹

Ja, so hat er gesagt und noch mal wiederholt:

›Das ist eine Art Trokart.‹

›Was ist das?‹

Er hat nicht sofort geantwortet, sondern das Ding noch einmal untersucht. Er schien nachzudenken. Und dann rief er:

›Oh, die Unglückliche, die Unglückliche! Nein, sie ist nicht verrückt. Sie hatte recht!‹

Und er fügte hinzu:

›Dieser Gauner!‹

Christine hatte sich erhoben. Sie war ganz blaß.

›So sag doch, was das ist‹, bat sie ihn. ›Was ist ein Trokart?‹

›Ein Trokart‹, erklärte er, ›ist eine Hohlnadel. Die Trokartpistole wird in der Chirurgie eingesetzt. Sie sieht wie eine kleine Pistole aus und funktioniert auch so ähnlich. Sie wird benutzt, wenn man durch die Bauchmuskulatur eine Hohlnadel sticht, um festzustellen...‹

›Oh, jetzt verstehe ich...‹, rief Christine.

›Siehst du‹, fuhr er fort, ›dieses Instrument arbeitet nach dem gleichen Prinzip. Er schießt diese Hohlnadel, die er vorher mit einem Gift gefüllt hat...‹ (Er hat Gift gesagt, es klingt mir noch in den Ohren.)

›Jetzt verstehe ich‹, murmelte Christine, die ganz niedergeschlagen wirkte.

›Aber er schießt sie aus der Entfernung ab‹, erklärte der andere weiter. ›Sogar aus recht großer Entfernung. Hier, sieh dir diese Feder an und diese Feder an der Hohlnadel, die sich sofort auskuppelt, sobald sie getroffen hat und das Gift ausgeleert worden ist.‹

›Oh, jetzt verstehe ich, ich verstehe…‹

›Durch diese zweite Feder wird die Nadel zur Pistole zurückgeschnellt, von der sie abgeschossen wurde.‹

›Ja, ja…‹

›Siehst du, hier wird die Nadel von diesem Metallfaden gehalten. Verstehst du das?‹

Und wie sie verstand! Es war ja auch nicht schwer. Selbst ich hatte verstanden, wie das Ding funktionierte, obgleich ich es nicht einmal gesehen hatte… Das muß ich sagen, wenn es darum geht, irgendwas zu erklären, da ist der Doktor toll… Sie hatte ihr bleiches Gesicht in den Händen vergraben.

›Man muß sie retten! Man muß sie retten…‹

›Unbedingt‹, bestätigte Cotentin, der wieder ganz ruhig war. ›Nur, ich kann zur Zeit hier nicht weg… Solange es Gabriel nicht besser geht, kann ich ihn nicht allein lassen, obgleich es besser wäre…‹

›Was?‹

›Es wird noch fünf bis sechs Tage dauern.‹

›Aber wir haben kein Recht, noch sechs Tage zu warten.‹

›Du hast recht. Fahr zu Benedikt Masson in sein Landhaus und bring ihn, ohne Zeit zu verlieren, hierher. Wir wollen hier alles besprechen und dann beschließen, was zu tun ist.‹

Damit erhob er sich und gab ihr den Karton zurück. Ich verschwand… Die Arbeit hatte ich längst erledigt. Ich hatte zuviel gehört, ohne ein Wort davon zu verstehen. Erst nach der Geschichte mit der siebten habe ich langsam begriffen…«

Was mit der siebten geschah

Christine konnte erst den Zug um 14 Uhr nach Corbillères nehmen und stellte dann fest, daß sie auch noch im falschen Zug saß. Sie hatte den Eilzug mit dem D-Zug verwechselt. Nun saß sie also im D-Zug, der in Corbillères nicht haltmachte. Sie konnte erst in Laroche aussteigen und mußte dort einen Schienenbus in Richtung Paris nehmen.

Als sie endlich in Corbillères ankam, war es bereits 7 Uhr abends. Sie rechnete damit, nicht länger als drei Stunden zu benötigen und zusammen mit Benedikt Masson mit dem Zehn-Uhr-Zug zurückzufahren. Um elf Uhr wären sie dann in Paris und würden in der Nacht mit Jacques einen Plan ausdenken. Am Morgen würde sie dann mit Benedikt Masson nach Coulteray aufbrechen (weil Jacques im Augenblick wegen Gabriel nicht weg konnte).

Christine war fest entschlossen, die Unglückliche zu retten, die sich so oft an sie gewandt hatte, ohne verstanden zu werden. Sie klagte sich an, mit Blindheit geschlagen gewesen zu sein. Sie konnte nicht verstehen, wieso sie so lange unter dem unseligen Einfluß des Grafen gestanden hatte und ihm fast zum Opfer gefallen wäre, sie auch, denn er hatte sie ja schließlich auch schon im Auge gehabt. Das mußte man sich klar vor Augen halten. Er hatte sie sogar schon getroffen. Das Ungeheuer hatte sie auch schon gebissen. Es war kein Traum gewesen, als er sich über sie beugte und mit seinen gierigen Lippen ihr Blut saugte, dort, wo sie sich an den Dornen gestochen hatte... Es war ein solch abscheulicher Kuß gewesen, daß sie nicht daran hatte glauben wollen, als sie wieder erwachte... Verbrechen aus vergangenen Zeiten, das sie in den Bereich der Alpträume verwiesen hatte...

Doch, es gab das Fläschchen mit Kalziumchlorid, um das Blut zu stillen, und das Fläschchen mit Natronlauge, die das Blut zum Fließen brachte. Es gab den Trokart, mit dem man aus der Entfernung zubeißen, vergiften und betäuben konnte. Das war ganz im Stile der heutigen Zeit. Die Wissenschaft im Dienste des Vampirismus. Das andere war nur ein Traum.

Es ging hier nicht mehr um dunkle, phantastische, sagenumwobene Geschichten, die von den modernen Kleingläubigen brüsk und geringschätzig abgelehnt wurden, sondern um die ungeheuerlichste und gleichzeitig älteste Leidenschaft... um Menschenblut, durch die Chemie und die Technik beschafft.

Christine erinnerte sich an einen Ausspruch Jacques', der sich immer weitblickend und klug äußerte, worüber sie mehr als einmal gelächelt hatte:

»Die Lüge liegt weniger in dem, was an uns herangetragen wird und was wir nicht verstehen, sondern vielmehr in unserem Wissen. Die Finsternis umgibt uns so unerbittlich, daß wir, auch wenn wir uns nur tastend voranbewegen, bei jedem Schritt stolpern.«

Corbillères-les-Eaux!... Als sie aus dem kleinen Bahnhof auf den verlassenen, mit Platanen gesäumten Marktplatz trat, überblickte sie das ganze Sumpfland, über dem schwere Wolken jagten – Überreste einer Sintflut, die während des ganzen Nachmittags die Wasser von Himmel und Erde miteinander vermischt hatte. Jetzt verstand Christine, oder meinte zu verstehen, warum Benedikt Masson jedesmal, wenn man auf Corbillères zu sprechen kam, ihr gesagt hatte: »Schauen Sie zu, daß Sie nie dorthin kommen!«

In ihrem ganzen Leben hatte sie noch nie etwas so Trübes gesehen

Und dort lebte er...

In diese tödliche Einsamkeit war er geflohen nach jener brutalen, fast tragischen Szene, die sie entzweit hatte.

Sie war ihm deswegen nicht mehr böse. Ganz im Gegenteil, sie beschuldigte sich selbst. Sie war an allem schuld. Warum war sie an jenem schrecklichen Abend so zärtlich zu Benedikt Masson gewesen?...

Gut, sie brauchte sich nicht vorzuwerfen, mit ihm geflirtet zu haben. Aber sie hatte sich ganz selbstverständlich zu Geständnissen hinreißen lassen, die sie keinem anderen gegenüber gemacht hätte. Denn sie empfand für diesen außergewöhnlichen Mann, der ein großes Genie war, daran zweifelte sie nicht einen Augenblick, für sein ganzes Wesen große Sympathie und fühlte sich von ihm fast unwiderstehlich angezogen.

Nur... Das war's. Sie hatte einen Schauder vor seiner äußeren Erscheinung nicht unterdrücken können. Sie hatte es nicht ertragen können, von einem so häßlichen Mann geküßt zu werden.

Sie hätte dies voraussehen müssen und Benedikt Masson nicht durch ihr unkluges Verhalten ermutigen dürfen...

Am liebsten wollte sie die darauf folgenden Wutausbrüche und Flüche vergessen. Er hatte sie beschimpft, sie sogar geschlagen und sie dann weit von sich gestoßen wie ein verhaßtes Objekt, das er am liebsten in Stücke gerissen hätte. Und dann war er hierher geflohen!

Aber wohin? Ich welchen Winkel?

Es begann schon dunkel zu werden. Sie fühlte sich nicht besonders tapfer an diesem Abend.

Diese Landschaft bedrückte sie. Sie legte sich bereits über ihre Schultern wie ein eisiger, feuchter Schweiß.

Sie wollte mit dem nächsten Zug nach Paris zurückfahren. Am nächsten Morgen, bei vollem Tageslicht, wollte sie mit Jacques zurückkehren. Aber dann stieg das Bild der todkranken Gräfin in ihr auf. Sie sah sie in ihrer Schwäche auf Schloß Coulteray. Sollte die arme Frau erneut umsonst gerufen haben? Sollte Christine erst ankommen, wenn es zu spät war? Vor ihren Augen stand wieder der Satz aus dem letzten Brief der Gräfin: ›Jetzt eilt herbei! Denn er wird mich töten, wenn ich nicht ganz schnell sterbe.‹

Ein Junge trat aus dem einzigen Gasthof und betrachtete heimlich die schöne Dame, die offensichtlich nicht wußte, wohin sie gehen sollte. Sie fragte ihn:

»Weißt du, wo Benedikt Masson wohnt?«

»Die Rothaut? Klar weiß ich das. Bis vor einer Woche habe ich für ihn eingekauft, bis Annie kam...«

»Annie, wer ist das?«

»Na, die letzte... Er sagt, sie ist seine Nichte. Sie macht jetzt Besorgungen für ihn... Aber seit zwei Tagen haben wir sie nicht mehr gesehen... Noch eine, die geflohen ist, wie die anderen... Vom Rest ganz zu schweigen...«

»Kannst du mich zu Benedikt Masson bringen?«

Sie hielt ihm ein Vierzig-Sous-Stück hin. Der Junge ergriff das Trinkgeld und sagte nur:

»Kommen Sie mit. Ich heiße übrigens Philipp.«

Bevor wir an dieser Stelle weiter fortfahren, ist es für das Verständnis der nachfolgenden Szenen erforderlich, unsere Aufmerksamkeit den Ereignissen zuzuwenden, die dem Auftritt im »Grünen Baum« folgten oder gefolgt sein können, als sich Vater Violette und Benedikt Masson in die Haare geraten waren.

Wir erinnern uns, daß Benedikt Masson dem Aufseher gedroht hatte, ihn zur Rechenschaft zu ziehen, wenn seine Nichte Annie genauso verschwinden sollte wie die anderen. Daraufhin hatte Mutter Mouche Vater Violette zur Vorsicht gemahnt. Aber er war nicht der Mann, der sich einschüchtern ließ.

Er änderte seine Gewohnheiten nicht und schlich weiter in der Umgebung des Hauses, in welchem der Buchbinder lebte, herum. Wenn Annie zum Einkaufen ging, sprach er sie an. Er wagte es, hinter den Rosensträuchern hervorzukommen. Aber sie ging an ihm vorbei und beschleunigte ihre Schritte, ohne ein Wort mit dem alten Aufseher zu sprechen. Benedikt Masson hatte ihr sicherlich geboten, sich so zu verhalten. Aber eines Tages, als Vater Violette gerade dabei war, sein Fährboot zu säubern, sah er das junge Mädchen voller Entsetzen auf sich zueilen.

»Sie haben nicht zufällig seine Schlüssel gesehen?« schluchzte sie.

»Welche?« fragte er und runzelte die Brauen.

»Seine Schlüssel... Er hat sie verloren... Er sucht sie überall!... Er ist in einer Laune, daß ich Angst bekomme. So habe ich ihn noch nie gesehen... Man meint, seine Leute zu kennen... Wegen eines Schlüsselbundes!... Ich dachte, er wolle mich erschlagen... Aber ich habe sie nicht gesehen, diese Schlüssel... Jetzt sucht er sie draußen... Er ist draußen im Gebüsch und schnüffelt darin herum wie ein Hund, mit der Nase zwischen den Blättern...«

Vater Violette interessierte sich brennend für das, was Annie ihm erzählte. Er zündete seinen Zigarrenstummel an und ließ ein rauhes Lachen hören.

»Bei ihm gibt's so wenig zu stehlen, daß er die Tür weit offen stehen lassen könnte. Was glaubt er denn, könnte man mit den Schlüsseln anfangen? Wozu braucht er sie? Bildet er sich ein, einen Schatz zu hüten?«

»Mein Herr, er verschließt alles, wenn er geht. Er hat mir verboten, in den Keller zu gehen. Er hat unverständliche Launen. Dabei ist er sonst kein schlechter Mensch...«

»Gerade eben hast du gesagt, daß er dich in Stücke reißen wollte. Wie soll ich das verstehen?«

»Oh doch, er ist sehr jähzornig, wenn etwas nicht so geht, wie er es sich vorstellt.«

»Und was hat er jetzt vor? Kannst du mir das sagen? Vielleicht weißt du viel besser Bescheid als ich...«, sagte der Aufseher mit lauerndem Blick.

Aber das Mädchen verstand ihn nicht oder tat zumindest so, als wisse sie nicht, was er meine. Bei diesen Mädchen weiß man ja nie... Sie antwortete naiv:

»Jetzt sucht er die Schlüssel.«

Von weitem hörte man Benedikt Masson rufen: »Annie, Annie!«

»Ich verschwinde lieber. Wenn er erfährt, daß ich mit Ihnen gesprochen habe, gibt es ein Donnerwetter.«

Am nächsten Tag konnte Vater Violette erneut mit Annie sprechen, bzw. sie wandte sich unmittelbar an ihn:

»Er hat seine Schlüssel wiedergefunden.«

»So, wo waren sie denn?«

»Ich weiß nicht... Er hat's mir nicht gesagt... Er hat nur gesagt, daß sie wieder da sind. Dabei hat er mich angesehen. Diesen Blick werde ich nie vergessen. Was habe ich ihm getan? Er ist nicht mehr so zu mir wie am Anfang...«

»Ja, ja, das kennt man schon...«, kicherte Vater Violette. »In den ersten Tagen ist alles gut und schön.«

»Sagen Sie mal, Vater Violette, wie sind die anderen weggegangen?«

»Ach, meine Kleine, das weiß niemand.«

»Aber wenn sie weggegangen sind, muß man doch gesehen haben, wo sie vorbeigingen. Ich bin mit einem Koffer gekommen. Ich bin doch nicht die einzige. Wenn ich weg wollte, brauchte ich eine Schubkarre.«

»Willst du denn weg, Annie?«

»Ja, aber ich trau mich nicht, es ihm zu sagen. Ich fürchte mich hier. Er weiß, daß ich wieder mit Ihnen gesprochen habe, und hat mich deswegen beschimpft. Achtung, da kommt er gerade aus dem Haus.«

Sie glitt wie eine Schlange hinter eine Eiche.

Am folgenden Tag war Vater Violette morgens früh um sieben Uhr am Waldrand in der Nähe des Dorfes, versteckt hinter einer Mauer, und wartete auf die Kleine. Er wußte, daß sie kommen mußte, um einzukaufen. Als sie vorbeiging, zeigte er seine Bartspitzen. Sie lief zu ihm hin und seufzte:

»Ich habe Sie gesucht. Ich will nicht länger da bleiben! Ich will nicht da bleiben.«

»Na, dann hau doch einfach ab.«

»Aber ich kann doch nicht ohne meinen Koffer weggehen.«

»Wenn's nur das ist, den kann ich doch holen, deinen Koffer.«

»Nein, das dürfen Sie nicht. Es würde ein Unglück geschehen ... Er ist so böse auf Sie.

Aber Sie könnten etwas anderes für mich tun ... Schicken Sie Bricot, den Jungen vom Gasthof, mit einer Schubkarre, so um drei Uhr ... Die Rothaut (so wird er in Corbillères genannt) geht jeden Tag fort, nachdem er gegessen hat, schleicht sich durchs Gras, ich weiß nicht wohin, um Mittagsschlaf zu halten. Vor vier Uhr kommt er nie zurück. Bricot soll meinen Koffer holen, ich gehe dann mit ihm. Sie wachen am Weg. Aber lassen Sie sich nicht sehen, er könnte sehr böse werden. Und dann hätten Sie nicht mehr viel zu bestellen, das versichere ich Ihnen!«

Am gleichen Abend berichtete Vater Violette Mutter Mouche von dieser Unterhaltung mit Annie.

»Ich habe getan, was sie wollte«, erklärte er. »Ich habe dem kleinen Bricot Bescheid gegeben. Um drei Uhr stand ich bereit, versteckt hinter dem Gebüsch. Bricot erschien mit seiner Karre und pfiff ganz laut. Das Fenster ihres Zimmers wurde geöffnet, aber nur Benedikt Masson zeigte seine häßliche Fratze.

›Was willst du?‹ hat er Bricot böse gefragt.

›Ach, ich soll nur Annies Koffer holen‹, hat der andere einfältig geantwortet.

›Annie hat ihre Meinung geändert. Sie will nicht mehr

weg‹, das hat ihm Benedikt an den Kopf geworfen und das Fenster wieder zugemacht. Bricot ist mit seiner Karre ins Dorf zurückgegangen.

Ich hatte große Lust, mich zu zeigen. Aber ich habe mir gesagt: Wozu? Das könnte alles zerstören. Ich warte besser auf die Kleine.

Aber die Kleine ist nicht mehr herausgekommen. Benedikt Masson genausowenig. Was halten Sie davon, Mutter Mouche?«

»Ich kann nur wiederholen, was ich dir bereits vor ein paar Tagen schon gesagt habe. Ich habe das Gesicht dieses Mannes nur einmal gesehen. Ich werde nie vergessen, wie er mit seinem Knüppel über den Hof gegangen ist, angezogen wie ein Wilder, wie eine echte Rothaut. Das muß ich doch mal sagen. Und wie er dich überall gesucht hat! Ich sag dir noch mal, ich hoffe für dich, daß die da nicht verschwindet wie die anderen.«

»Verflucht, er läßt sie auch verschwinden!«

»Um so mehr hoffe ich für dich!«

»Bis morgen, Mutter Mouche. Ich gebe Ihnen dann Bescheid. Ich fange die Kleine ab, wenn sie nach Corbillères zum Einkaufen geht.«

Aber weder am nächsten Morgen noch an den folgenden Tagen sah Mutter Mouche Vater Violette wieder. Sie sollte ihn nie wiedersehen.

Auch die kleine Annie hatte man seit zwei Tagen nicht mehr gesehen. Es war so, wie der Junge erzählt hatte, der Christine durch den Sumpf führte.

Jetzt begleiten wir wieder Christine auf ihrem Weg zu Benedikt Masson. Zu seinem Haus, das in der hereinbrechenden Dunkelheit seinen düsteren Schatten in den dunklen bleifarbenen Wellen des Teiches spiegelte.

Der feuchte eisige Wind blies immer heftiger, er zauste die

bleichen, schiefgewachsenen Weiden, zitternde Schatten über den Rosensträuchern, und klagte heulend hindurch. Mal tönte es wie von tausend und abertausend Pfeifen, mal hörte es sich an wie der letzte Seufzer von Erde und Wasser, dann blies der Wind wieder mit ungefesselter Schrecklichkeit.

Sie waren bereits eine Viertelstunde so unterwegs. Der kleine Philipp rannte durch den Schlamm, als sei er dort zu Hause. Christine versuchte, den großen Pfützen auszuweichen. Ihr Rock knatterte wie eine Fahne. Mit beiden Händen hielt sie ihren Reisehut und kämpfte gegen den Wind, der fest entschlossen schien, ihr den Hut zu entreißen. Da blieb sie plötzlich stehen.

Über dem dunklen Haus von Benedikt Masson erhob sich plötzlich ein Funkenregen. Flammen, Asche und Funken stoben mit dunklem Dröhnen aus einem der Kamine, die über das Dach hinausragten. Der Brand, der von den rauhen Windstößen mal zur einen, mal zur anderen Seite gerissen wurde, schien das ganze Haus vernichten zu wollen.

»Es brennt im Kamin!« schrie der Junge. »Vielleicht weiß er es noch gar nicht.«

Sie rannten los und befanden sich bald auf einer kleinen Holzbrücke, deren Pfähle in den Rosenbüschen steckten, an die sie sich einen Augenblick klammerten, um vom Wind nicht weggeweht zu werden.

Auf dem Teich entstanden richtige Wellen, aufgebläht von den Bächen, die den Sumpf durchflossen und hier hochschäumten wie in einem Gärbottich. Plötzlich wirkte das Ganze wie eine Blutspur, hervorgerufen durch die Flammen über dem Dach, die sich im Wasser spiegelten, und darin schwamm eine Leiche …

Sie tauchte aus dem Dunkel der Nacht auf, emporgetragen von den aufgewühlten Wassermassen, und wurde vor die Füße von Christine und dem sie begleitenden Buben geschwemmt, als ob die beiden noch etwas für sie tun könnten. Stumm vor Schrecken sahen die beiden zu, wie sie unter die Brücke getrieben wurde, mit ausgebreiteten Armen, das Gesicht bereits aufgeschwemmt, mit weit aufgerissenem Mund, als ob er mit entsetzlicher Grimasse noch einen letzten Schrei von sich geben wollte.

»Vater Violette!« schrie der kleine Philipp, der endlich seine Stimme wiedergefunden hatte.

Er rannte davon, aber diesmal in entgegengesetzter Richtung, und ließ Christine allein zurück. Er rannte, so schnell ihn seine kleinen Beine trugen, nach Corbillères zurück, angetrieben von seiner Angst.

Fräulein Norbert, allein zurückgelassen, eilte auf das Haus zu, wie um Zuflucht zu, suchen. Sie wollte Benedikt Masson auf die Gefahr aufmerksam machen, die von dem Feuer im Kamin ausging, dem Feuer, das nicht verlöschen wollte.

Glücklicherweise wehte der Wind aus südwestlicher Richtung und trug so die Funken vom Dach weg zu den Weiden hin, die ihre verrenkten, verdrehten Zweige bittend in die Nacht hoben.

Man kann sich leicht vorstellen, in welchem Gemütszustand Christine die Tür des Hauses erreichte. Die düstere Landschaft, durch die sie gekommen war, der Leichnam, der wie eine Gabe des Teufels vor sie hingeschwemmt worden war, die Flammen, die aus dem Dach schlugen, und das Kind, das vor Angst geschrien hatte und davongelaufen war: All das trug dazu bei, daß sie keuchend vor der Tür stand und all ihre Hoffnung auf Benedikt Masson setzte. Sie hatte kaum noch die Kraft, an die Tür zu klopfen. Sie rief, so laut sie konnte:

»Benedikt! Benedikt!«

Als Antwort ertönte von der anderen Seite der Tür ein gräßlicher Schrei.

Ein Schrei? Eher ein Heulen, gefolgt von entsetzlichen Gotteslästerungen, die in wüste Beschimpfungen übergingen, die Christine ins Herz trafen.

Aber die Tür ging nicht auf...

Vor dieser Tür brach Christine zusammen, überwältigt von der Angst vor dem grauenhaften Heulen, das entsetzlicher war als alles, was sie bisher in dieser verfluchten Gegend gesehen und gehört hatte.

Mühsam stammelte sie: »Benedikt, Benedikt...«

Aber es klang so, als wolle sie ihren Henker um Gnade bitten.

Endlich öffnete sich die Tür... Das Bild eines Ungeheuers, das eine junge Frau in die Hölle fortschleppt, tauchte auf wie ein Wetterleuchten.

Dann war die Tür wieder zu. Oben entfachte der Wind das Feuer von neuem, die Flammen wirbelten hoch und schienen alles zu verschlingen... Asche flog über die gekrümmten Bäume und das Gebüsch... alles war umgeben von einem Hauch des Todes.

In der Zwischenzeit hatte der kleine Philipp das Dorf erreicht und Alarm geschlagen. Philipp war der Sohn des Sattlermeisters, aber es kam ihm gar nicht in den Sinn, in die Werkstatt seines Vaters zu laufen. Einer Eingebung folgend stürzte er zum Gasthof, da er davon ausgehen konnte, daß er um diese Zeit alle wehrhaften Männer der Gegend dort beim Aperitif treffen würde: den Feldjäger, den Gerichtsdiener, zwei oder drei Burschen, die im Sumpf von der Wilderei lebten und immer auf der Hut waren. Sie steckten alle unter einer Decke und hatten seit langem die Vorherrschaft von Vater Violette akzeptiert. Er war seinen Untergebenen ein guter Herr und ließ seine Leute gut leben, solange sie sich nicht weigerten, ihn zu respektieren und seine Autorität anerkannten. Im übrigen waren sie sich alle einig im Haß gegen diesen ungebetenen Gast, diesen Wilden, die Rothaut, der allem Anschein nach nur gekommen war, um sie lächerlich zu machen, sie in ihren Gewohnheiten zu stören und ihnen seine Verachtung zu zeigen, da er weder von der Jagd noch vom Angeln lebte wie sie.

Als der Junge ihnen in abgehackten Sätzen, noch immer voller Schrecken, erzählte, daß die Leiche von Vater Violette unter den Pfeilern der Brücke im Teich schwamm, sprangen sie alle gleichzeitig auf.

»Das war die Rothaut!«

Es war übrigens nicht das erste Mal. Schon seit geraumer Zeit galt er in der Gegend als Mörder. Zwischen dem »Grünen Baum« und Corbillères zweifelte niemand an der Feindschaft zwischen Vater Violette und der Rothaut. In den letzten Tagen hatte sich nicht nur Vater Violette gefragt, was aus der kleinen Annie geworden war.

Einige Minuten später standen ungefähr zwanzig Männer aus dem Dorf bereit, alle bewaffnet, einige mit Gewehren, andere mit Stöcken und Mistgabeln. Sie waren entschlossen, gegen die Rothaut in den Kampf zu ziehen.

Der Gerichtsdiener hatte seine Trommel mitgebracht. Nur mit Mühe konnte man ihn davon abhalten, die Trommel zu rühren. Trotzdem stellte er sich an die Spitze der Expedition, mit einem Schlagstock in jeder Hand, entschlossen, einen heldenhaften Wirbel zu schlagen, falls seine kleine Truppe im Augenblick des Angriffs Schwäche zeigen sollte.

Philipp lief an seiner Seite.

Man forderte sich gegenseitig auf, ruhig zu sein, und machte sich auf den Weg. Im Gänsemarsch, wegen der schmalen Wege, erreichten sie die Brücke, wo Vater Violette, dessen Gesicht durch die Feuchtigkeit, den Tod und die Bisse der Fische wie aufgeweichtes Papier aussah, sie erwartete und aus dem schwarzen Loch seines Mundes ihnen zuschrie: »Rache!«

Ein unterdrückter Aufschrei ging durch die Reihe. Zwei der Burschen stiegen ins Wasser, das vom unheimlichen Licht des Feuers erhellt war. Es brannte noch heftiger als zuvor über dem Haus des Verbrechers. Sie zogen den Leichnam die Böschung hinauf.

Sicher trank er bereits länger als vierundzwanzig Stunden Wasser, mehr, als er brauchte, um seinen Durst zu löschen. Es gab eine kurze Beratung. Das heftige, rätselhafte Feuer, das heulend aus dem Kamin loderte, machte ihnen angst.

»Vielleicht will er sich selber verbrennen... Vielleicht hat er das Feuer im Haus gelegt, bevor er abgehauen ist...«

Schließlich beschlossen sie, das Haus zu umzingeln und auf ein Zeichen gemeinsam darauf loszustürzen.

»Ich werde das Zeichen geben«, flüsterte der Gerichtsdiener.

Die Tür wurde ohne jeden Widerstand aufgebrochen.

Die vordersten blieben wie erstarrt auf der Schwelle stehen.

Ohne sich um sie zu kümmern, goß Benedikt Masson, der auf dem Boden kniete, Wasser über die marmorweiße Stirn der ohnmächtigen Christine. Neben ihm lag in einem Korb ein unförmiger Haufen, der darauf zu warten schien, in der ›Küche‹, aus der ein entsetzlicher Gestank nach verbranntem Fleisch quoll, wie die übrigen Teile von Annie von einem Feuer verzehrt zu werden, das mit Petroleum unterhalten wurde.

Benedikt Masson sorgte in aller Ruhe für eine seiner Damen, während er eine andere verbrannte...

Ich bin unschuldig

Man hätte ihn fast erschlagen. Erst als er sich nicht mehr rührte, hörten die Burschen aus Corbillères auf, ihn mit ihren Stecken und Mistgabeln zu prügeln. Der Sattlermeister, Philipps Vater, schlug vor, ihn ebenso wie Annie in Stücke zu schneiden und ihn in der ›Küche‹ zu verbrennen.

Ohne die Ankunft der Polizei wäre es vielleicht noch so weit gekommen, so groß war der Zorn der Leute, den man leicht verstehen kann.

»Rettet ihn nicht vor der Guillotine! Laßt ihn bis dahin noch leben!« riefen die Polizisten.

Da erst ließen sie von Benedikt ab und kümmerten sich um Christine, die immer noch mit geschlossenen Augen dalag.

»Noch eine. Sie ist gerade noch entkommen«, ließ sich der Gerichtsdiener hören. Alle waren seiner Meinung.

Erst draußen, in Wind und Feuchtigkeit, regte sich Christine wieder. Man hatte einen Wagen geholt und beide darauf gelegt. In Corbillères brachte man Christine in den Gasthof in ein Zimmer. Sie hatte hohes Fieber und phantasierte.

Benedikt wurde im Stall auf ein Strohbündel geworfen. Die Polizisten wachten bei ihm, nicht weil sie fürchteten, er könne ihnen entfliehen, sondern weil sie davon ausgingen, er werde sonst umgebracht. Gegen zwei Uhr in der Nacht seufzte er tief, setzte sich aufrecht hin und fuhr sich mit der Hand über die Stirn, die von den Schlägen bös zugerichtet war. Im Licht der Laterne, die an der Wand hing, schien er jemanden zu suchen, den er nicht finden konnte. Dann entdeckte er auf der Schwelle die beiden Polizisten, die dort auf Säcken saßen und zu ihm hinsahen. Mit klarer Stimme und ohne jede Emotion sagte er:

»Ich bin unschuldig.«

Die Vertreter der Staatsgewalt widersprachen ihm nicht. Er bat sie um Wasser.

»Ich könnte ein Faß leertrinken«, meinte er.

Ein Polizist brachte ihm das Wasser in einem Kübel, aus dem sonst die Pferde getränkt wurden. Er trank, bis er seinen Durst gelöscht hatte, entblößte dann seinen Oberkörper und wusch seine Wunden aus.

»Sie haben eine kräftige Handschrift, die Burschen von Corbillères«, sagte er und begann zu lachen.

Den Polizisten lief es kalt über den Rücken. Später berichteten sie, sie hätten nie ein solches Lachen gehört. Dafür hätte man das Ungeheuer sofort niederschlagen müssen, nur um es nicht mehr zu hören.

Es wäre schon etwas anders gewesen, wenn er sich nur lustig gemacht hätte.

»Ich hoffe, man hat sich um meine schöne Besucherin gekümmert. Sie kommt aus einem wohlbehüteten Elternhaus und ist an den Sumpf nicht gewöhnt. Sie hat sich sicherlich erkältet... Während es der anderen zu heiß geworden ist...«

Sie warfen sich über ihn und legten ihm Handschellen an. Am liebsten hätten sie ihm auch einen Knebel verpaßt.

Er ließ alles, ohne Widerstand zu leisten, mit sich geschehen, obgleich er wieder zu Kräften gekommen war. Er nickte nur mit dem Kopf, als wolle er ihnen zustimmen:

»Seien Sie nur vorsichtig. Man kann nie wissen... Ich verstehe, ich bin Ihnen nicht sonderlich sympathisch...«

Den Leichnam von Vater Violette hatte man in die Schule gebracht. Er war ebenfalls mit dem Wagen nach Corbillères gebracht worden. Die Polizei hatte zwar gebeten, ihn auf der Böschung liegen zu lassen, an der Stelle, wo man ihn aus dem Wasser gezogen hatte, damit ihn der Untersuchungsrichter dort sehen könnte. Aber seine Freunde hatten sich geweigert, ihn noch eine Nacht im Regen liegen zu lassen. In eine Plane gewickelt hatten sie ihn gebracht. Von Zeit zu Zeit verließen sie den Gemeindesaal, betrachteten ihn und schworen Rache.

Die regionale Präfektur war benachrichtigt... Man erwartete hochgestellte Persönlichkeiten, Polizisten usw. Das war eine Geschichte...! Darüber waren sich alle einig. Eine Geschichte, über die überall lange diskutiert wurde. Ein richtiger Prozeß... Man wußte immer noch nicht, wie viele die Rothaut wirklich umgebracht hatte. Bekannt waren sechs Opfer, sechs kleine Mädchen, die er genauso in Stücke geschnitten und im Feuer seiner Kochstelle verbrannt hatte. Sicherlich waren es noch viel mehr gewesen!

Am Morgen hatten sie sich so in Hitze geredet, daß sie den Stall anzünden und den Teufel verbrennen wollten. Glücklicherweise erschienen die hochgestellten Persönlichkeiten. Es war höchste Zeit.

Trotz des Tumults und der laut werdenden Forderung nach seinem Tod blieb Benedikt Masson völlig ruhig, unheimlich ruhig, was seine Wächter sehr beeindruckte. Sie fragten sich, ob sie wohl genügend Autorität hätten, ihn noch ein zweites Mal vor der Lynchjustiz zu retten.

»Macht doch die Tür auf. Wenn sie mich in Stücke schneiden wollen, mich auch, soll man ihnen ihren Willen lassen.«

Er hatte ihnen Christines Adresse gegeben, damit sie ihren Vater benachrichtigen konnten.

»Das arme Mädchen! Das war ein Schock für sie! Sie war nicht auf das gefaßt, was sie hier zu sehen bekommen hat! Aber weshalb ist sie gekommen? Ich habe ihr so oft gesagt, nicht in diese Gegend zu kommen!«

Alles, was er sagte, schien ein Geständnis seiner Untaten zu sein oder ließ einen jedenfalls zu dem Schluß kommen, daß er schuldig sei. Trotzdem klang wie ein Leitmotiv immer wieder durch: »Gut, aber trotzdem bin ich unschuldig.«

Machte er sich über die anderen lustig? Lachte er über sich selbst? Die Art, wie er darüber sprach, hatte etwas von einer Posse an sich. Wollte er als Narr durchgehen?

Nach den ersten Fragen und Antworten rief der Untersuchungsrichter aus:

»Der ist ja der verkörperte Zynismus!«

Zynisch, ja, das war er... Er schien sadistische Freude an dem Schrecken zu empfinden, den er verbreitete. Er tat alles, um noch schrecklicher zu wirken.

In der ersten Nacht hatte man den Feldjäger und den Gerichtsdiener in Benedikts Hütte zurückgelassen, wo sie das Feuer hüteten, bis es ausgegangen war. Sie hatten in der ganzen Zeit nichts berührt. Der Richter fand alles unverändert vor. Die Überreste von Annie im Korb, ihre verkohlten kleinen Beine im Ofen.

Man fand noch weitere Überreste im Keller. Dort hatte er sie zerteilt. Es wurden auch noch andere Dinge gefunden, die Koffer und Taschen, das gesamte Gepäck der sieben verschwundenen Frauen.

»Na gut, und was beweist das?« fragte er zurück, als man ihm diese Indizien vorlegte. »Doch nur, daß ich ein ordentlicher Mann bin. Wenn sie zurückkommen, werden alle sehr zufrieden sein, ihre Sachen so wiederzufinden, wie sie sie zurückgelassen haben.«

»Wir werden ihre Asche finden!« schrie der Richter. »Wir werden Sie bald zu einem anderen Verhalten zwingen. Wir werden Sie in eine Reihe stellen mit den schlimmsten Verbrechern, die den Namen der Menschheit besudelt haben.«

»Ich verstehe Ihren Ärger, Herr Richter, und den Eifer, der Sie antreibt. Aber glauben Sie mir, es ist doch gar nicht erwiesen, daß alle diese Frauen zu Asche verbrannt worden sind. Nur weil ich eine verbrannt habe, ist dies noch lange kein Grund anzunehmen, ich hätte auch alle anderen verbrannt.«

»Also, bei dieser einen gestehen Sie also?«

»Was soll ich gestehen? Ich gestehe überhaupt nichts. Ich habe immer die Wahrheit geliebt. So sehr geliebt, daß ich Ihnen nun nicht die Freude machen kann, ein Verbrechen zu gestehen, das ich gar nicht begangen habe. Es ist doch kein Beweis, wenn man eine Frau zerstückelt und verbrannt hat, daß man sie dann auch getötet hat.«

»Dann beweisen Sie, daß Sie sie nicht getötet haben!«

»Das, Herr Richter, ist nicht meine Aufgabe. Ich bin kein Justizbeamter… Ich werde nicht von der Regierung dafür bezahlt, Untersuchungen durchzuführen, durch die Schuld bzw. Unschuld der Bürger erwiesen wird. Um nichts in der Welt möchte ich ihre Nachforschungen stören. Machen Sie nur weiter.«

So redete Benedikt Masson… Wir wollen uns nicht mit Einzelheiten der Untersuchung befassen, die in der Tat alle Welt bewegt hat und noch allen im Gedächtnis ist. Je mehr ihn Zeugenaussagen und Indizien belasteten, desto erfreuter schien Benedikt Masson zu sein. Nie zuvor hatte sein Gesicht so eindrucksvoll und gleichzeitig so abstoßend gewirkt.

Wenn die Sprache auf Vater Violette kam, gestand er alles, was man ihm vorwarf. Er lobte das gute Gedächtnis von Mutter Mouche, die mit großem Eifer alle Einzelheiten seines Besuchs im »Grünen Baum« wiedergab und von seinem Treffen mit dem alten Aufseher berichtete.

Mutter Mouche hatte die Ereignisse so klar vorausgesehen, daß sie sehr stolz auf sich war. »Wenn Vater Violette auf mich gehört hätte, könnte er jetzt noch seine Angelleinen mit Ködern spicken und seine Netze auswerfen.«

Die Untersuchung des toten Vater Violette hatte ergeben,

daß man ihn mit einem Lasso gefesselt und mit einer Schnur erwürgt hatte. Dann hatte man ihn mit einem Stein an den Füßen beschwert und ins Wasser geworfen. Der Stein war wohl zu schwer gewesen und war von dem Seil abgerissen, mit dem er an das Opfer gebunden war.

»Natürlich«, erwiderte Benedikt Masson, als ihm die Ergebnisse dieser Untersuchung vorgelegt wurden. »Natürlich kann eine Rothaut mit einem Lasso umgehen. Ich könnte sagen, daß ich nicht weiß, wie man ein Lasso gebraucht, aber damit könnte ich Sie, Herr Richter, nicht überzeugen. Ich erwarte jedenfalls, daß dieses Lasso zu den anderen Indizien auf den Tisch kommt, neben meinen kleinen Korb, die Überreste und meine ›Küche‹.«

Christine war zu Hause befragt worden. Auf Anraten der Ärzte hatte man ihr eine peinliche Gegenüberstellung erspart.

Sie beschuldigte sich selber, den Fehler begangen zu haben, ein derart von der Natur benachteiligtes Wesen bemitleidet zu haben, das ihr wegen seines Elends anziehend erschienen war. Die Menschenverachtung des Buchbinders von der Ile-de-Saint-Louis, seine Wildheit, seine Extravaganzen, die dunkle Poesie seiner schlaflosen Nächte, seine mal begeisternde, mal völlig verwirrte lyrische Sprache, die manchmal rauh wie die eines Lastträgers klang... das alles hatte sie auf sein abstoßendes Äußeres geschoben, das Benedikt Masson von der Menschheit ausschloß. Sie hatte sich über diesen Schmerz gebeugt und hatte einen Mörder getroffen.

Als die Tür zur Hütte aufgegangen war, stand ein Wahnsinniger vor ihr, von Kopf bis Fuß blutbesudelt wie ein Junge im Schlachthaus. Er warf die Teile eines zerstückelten menschlichen Körpers ins Feuer. An mehr konnte sie sich nicht erinnern. Sie fragte sich nur, wie sie diesen grauenhaften Anblick lebend überstanden hatte.

»Tatsächlich«, sagte Benedikt Masson seufzend, als ihm ihr Bericht vorgelegt wurde. »Das arme Kind ist tatsächlich noch nicht verdorben. Das hätte sie auch nicht verdient.«

»Elender!« Der Richter konnte sich nicht mehr beherrschen. »Sie haben vorausgesehen, daß sie Sie bei Ihren Untaten überraschen könnte, und haben ihr deswegen verboten, Sie in Corbillères zu besuchen.«

»Nein, Herr Richter, ich habe meine Verbrechen nicht vorausgesehen, um mich Ihrer Sprache zu bedienen, die nur in klassischen Tragödien zu finden ist. Der Grund, weshalb ich Fräulein Norbert nicht zu einem kleinen Ausflug nach Corbillères eingeladen habe, war, daß die Gegend nicht schön genug ist, wirklich nicht schön genug.«

Letzte Nachrichten von der Gräfin

Sein Zynismus, seine Roheit, die gewollte Steigerung des Schreckens, den diese Verbrechensserie einflößte, von der sich Benedikt Masson nur in Worten und in einem Ton distanzierte, daß man seiner Aussage keinerlei Glauben schenken konnte, die er selber auch nicht sehr ernst zu nehmen schien, veranlaßten Jacques Cotentin, Christines Verlobten, zu Überlegungen, die nur einem wissenschaftlich geschulten Geist entspringen konnten, d. h. einem Geist, der logisch und methodisch an Dinge heranging und sich von äußeren Bedingungen nicht beeinflussen ließ...

»Dieser Mensch rennt auf den Tod zu wie auf eine Erlösung«, sagte sich der Prosektor. »Das sieht man klar an seinen Antworten. Wenn er seine Verbrechen beweisen könnte, hätte er es längst getan. Da er dies nicht vermag, schürt er den Zorn des Richters und der Öffentlichkeit noch, die er mit Geringschätzung betrachtet. Gleichzeitig rächt er sich im voraus für den Irrtum, der ihn dem Henker übergeben wird, indem er schreit: ›Ich bin unschuldig.‹ Es wäre nur folgerichtig, wenn er noch hinzufügte: ›Ich verbiete euch, es mir zu beweisen.‹ Das ist typisch für Benedikt Masson. Man hat bisher keine weiteren Anzeichen für das Verschwinden der ersten sechs Opfer gefunden. Was die siebte angeht, hat er recht, wenn er sagt: ›Es gibt keinen Grund anzunehmen, daß man eine Frau getötet hat, nur weil man sie in Stücke geschnitten hat und im Ofen verbrennt.‹«

Diese Überlegungen behielt Jacques Cotentin für sich. Er haßte überflüssige Diskussionen. Er wußte, daß er niemanden auf der ganzen Welt umstimmen konnte, der von einer Schuld, die klar vor Augen lag, überzeugt war. Vor allem vor Christine hütete er sich diese Gedanken zu äußern. Sie hatte zuviel gesehen und war überzeugt, daß Benedikt Masson ein furchterregendes, verbrecherisches Ungeheuer sei.

In diesen aufregenden Tagen erhielt die Tochter des Uhrmachers eine kurze Nachricht aus Coulteray: »Lebewohl, Christine ... es ist vorbei!«

Das grauenhafte Erlebnis in Corbillères, die anschließende körperliche und seelische Erschöpfung hatten sie die andere Tragödie vergessen lassen, die nicht weniger dunkel und makaber war und in einem anderen Teil Frankreichs spielte, die aber der Anlaß ihres Besuchs bei Benedikt Masson gewesen war.

Jacques Cotentin hatte zeitweilig um das Leben bzw. um den Verstand Christines fürchten müssen und hatte weder an die Gräfin noch an ihren verzweifelten Aufruf gedacht.

Die ersten Nachforschungen und die peinlichen Verhöre, durch die das schreckliche Erlebnis Christine wieder vor Augen geführt wurde, hatten zu einem Zusammenbruch bei Christine geführt. Dies hatte ebenfalls dazu beigetragen, das gespenstische Geschehen um die bleiche Gräfin, die der schreckliche Graf aus Indien mitgebracht hatte, ins Unterbewußtsein zurückzudrängen.

Das eigene Unglück ist egoistisch. Es nimmt alle Aufmerksamkeit für sich in Anspruch und will, daß man sich über seine Wunden beugt. Erst wenn die Wunden beginnen, sich zu schließen, ist es wieder erlaubt, um sich zu schauen. Zudem mußte das Los der unglücklichen Gräfin erst noch bewiesen werden... Sicher, der Trokart hatte gewirkt. Aber man mußte noch herausfinden, ob man seine Wirkung nicht überschätzt hatte oder ob er nur die ihm zukommende Rolle gespielt hatte.

Wie dem auch sei, in den blutigen Aufregungen von Corbillères war der Trokart, den Christine in ihrer Tasche mitgenommen hatte, verschwunden. Wo? Wann? Wie?... Zweifellos in dem Moment, als sie vom Wind und Schrekken getrieben durch den Sumpf rannte. Dann hätte die Tasche aufgehen und das chirurgische Instrument herausfallen müssen.

Darüber dachten Christine und Jacques erst nach, als sie die kurze, Unheil verkündende Nachricht der Gräfin erreichte.

Der Anblick der kleinen Annie, die in der Küche von Benedikt Masson verbrannt wurde, hatte alles, was nicht unmittelbar mit diesem Erlebnis in Verbindung stand, so verdrängt, daß Christine zu niemandem über den merkwürdigen Trokart gesprochen hatte.

Niemand hatte ihn gefunden, trotz aller Nachforschungen der Polizei, die auf der Suche nach den Überresten der sechs anderen Opfer ganz Corbillères und den Sumpf auf den Kopf stellten. Wenn die Kriminalpolizei ein solch merkwürdiges Instrument gefunden hätte, hätte sie dies sicherlich bekanntgegeben.

»Laß uns fahren!« sagte Christine zu Jacques Cotentin.

»Wir haben schon zu lange gewartet. Durch meine Skepsis, meinen Stolz und meine Überheblichkeit bin ich vielleicht schuld am Tod der Unglücklichen. Wenn sich uns noch eine Chance bietet, sie zu retten, dürfen wir sie nicht vertun. Meine Schuld ist riesig. Ich habe gemeint, besonders klug zu sein, und bin doch nur eine Törin, von einer gemeinen Dummheit. Die Ruhe, mit der ich Dinge und Menschen betrachtet habe, die vielgepriesene Ausgewogenheit meines Geistes waren nur Werkzeuge für meine grenzenlose Dummheit.

Dabei habe ich immer deinen wachen Geist vor mir gesehen. Dir ist nie etwas unmöglich vorgekommen. Bist du etwa ruhig? Vielleicht, doch nur in den Augen von Dummköpfen.

Es hat mich gewundert, daß du nicht einmal gelächelt hast, als ich dir vom Vampirismus im Palast Coulteray erzählte. Als ich in einem Ton, um den mich alle Joseph Prudhommes beneidet hätten, ›Wissenschaft‹ sagte, hast du geantwortet: ›Geheimnis‹. Ich habe meinen Vater für monoman gehalten, ich habe Gabriel geliebt, ohne daran zu glauben. Vielleicht liebe ich ihn immer noch und glaube immer noch nicht …«

»Ach, Christine«, widersprach ihr Jacques mit unendlicher Traurigkeit in der Stimme.

»Verzeih mir, Jacques, aber ich will dir nichts verheimlichen. Ihr alle habt mich zu sehr angebetet. Ich sah den Grafen zu meinen Füßen, Benedikt Masson … Aber eines habe ich nicht gesehen, obgleich ich mir einbildete, alles erraten zu können: Sie waren beide Ungeheuer! Jacques, laß uns nach Coulteray fahren.«

»Du bist noch sehr schwach, Christine …«

»Das ist doch ein besonders guter Grund, um aufs Land zu fahren. Die Ärzte werden mir einen Aufenthalt in der Touraine mit ihrem sanften, gemäßigten Klima verschreiben, damit ich mich von den letzten Aufregungen erholen kann. Niemand wird sich über meine Abwesenheit wundern, und die Richter können sich nicht widersetzen. Außerdem ist die Voruntersuchung fast abgeschlossen. Die anderen sechs Opfer wird man nicht finden, weil er sie in Rauch hat aufgehen lassen. Ah, dieser Verbrecher! Wenn ich daran denke, daß er mir Gedichte gewidmet hat, daß er über meiner Hand geweint hat! Kommst du mit, Jacques?«

»Du weißt, daß ich alles tu, was du willst. Und du hast recht, unsere Anwesenheit da unten ist vielleicht nötig.«

»Das möge der Himmel geben. Denn sie schreibt: ›Lebewohl, es ist vorbei‹!«

»Das ist nie vorbei, Christine, auch wenn man es schreibt.«

»Gut. Sprich du bitte mit meinem Vater. Gabriel wird nicht unter deiner Abwesenheit leiden?«

»Nein… Jetzt kann ich ihn allein lassen… auch für längere Zeit, wenn dein Vater bleibt und aufpaßt.«

»Oh, er wird ihn nicht verlassen. Hast du nicht bemerkt, daß er sich kaum die Zeit nahm, mich zu besuchen. Nur kurz, hier und da, ist er gekommen. Für niemanden auf der Welt wird so gesorgt wie für Gabriel. Armer, lieber Papa! Gabriel ist ein Stück seines Lebens. Aber auch des deinigen, Jacques.«

»Nein, das meine bist du, Christine.«

»Gut, fahren wir! Laß uns aus diesem Viertel fliehen. Ich höre den Elenden noch um mich herumschleichen mit seinem schrecklichen, melancholischen Lächeln… und seine Gedichte… seine Gedichte, die er wie liturgische Gesänge murmelte: ›Um der Liebe Gottes willen, runzle nicht die Brauen, wenn du an mir vorbeigehst, laß deinen Blick kühl im unendlichen See ruhen…‹ usw. und noch mehr in dieser Art, die mich innerlich mit Wohlbehagen füllten…, denn im Grunde meiner Seele bin ich sentimental. Ja, ähnlich wie

Jenny, die Arbeiterin... Nur brauche ich keine Blumen, sondern Gedichte.«

»Spotte nicht! Lach nicht darüber, Christine, daß du sentimental bist. Nur durch Gefühle ist man gut... Und du bist gut gewesen...«

»Gut zu dir, gut zu ihm, gut zu allen. Und alle lasse ich leiden! Wenn ich nur wüßte, was ich will!« stieß sie schreiend hervor und begann zu schluchzen.

Noch am gleichen Abend fuhr er mit ihr fort. Sie mußte aus Paris weg. Er war entschlossen, sie in der Touraine wie ein Kind zu pflegen, umgeben von Feldern und Blumen, in der Schönheit des zu Ende gehenden Sommers. Bei diesem Gedanken empfand er eine große Freude, von der er sich nur schwer lösen konnte, als er in Tours aus den Abendzeitungen erfuhr, daß am Morgen desselben Tages Bessie-Anne Elisabeth Gräfin Coulteray, geb. Clavendish, verstorben war...

Schloß Coulteray

Seine Freude war nur von kurzer Dauer. Christine, der er die Nachricht nicht verheimlichen konnte, wollte sofort aufbrechen. Alle Mattigkeit war von ihr geflogen.

»Wenn sie durch meine Schuld gestorben ist, weil ich sie nicht verstanden habe, werde ich sie rächen... Das bin ich ihr schuldig. Ich spüre, daß ihr Schatten mir nur unter dieser Bedingung verzeiht.«

Sie war sehr erregt und beruhigte sich erst, als sie am frühen Morgen mit Jacques im Auto saß, mit dem sie um zehn Uhr Coulteray erreichten.

»Ich muß mich beruhigen. Ich muß ihn überrumpeln. Er darf nichts ahnen.«

Alles, was Jacques ihr hätte sagen wollen, hätte nichts genützt. Sie hörte ihn nicht mehr. Ihr ganzes Denken war auf den Grafen gerichtet. Bis zur Ankunft in Coulteray sagte sie keine zehn Worte.

Unter anderen Umständen wäre diese Reise für Verlobte eine Freude gewesen. Das sagte sich Jacques, dem Christine jedesmal wieder unter einem Vorwand entwischte, immer in dem Augenblick, in dem er glaubte, ihr ganz nahe zu sein.

Die Natur war sanft und schön wie selten. Es ging schon auf Ende September zu. Eine goldene Sonne strahlte in mächtiger Zärtlichkeit über das Königreich an der Loire. Corot hätte es nicht schöner malen können. Jacques faßte Christines Hand. Sie war eiskalt. In dieser lieblichen freundlichen Landschaft dachte er nur ans Leben. Sie dagegen dachte nur an den Tod, auf den sie mit achtzig Stundenkilometern zufuhren.

Als sie in Coulteray ankamen, begannen die Glocken der kleinen Dorfkirche und der Schloßkapelle zu läuten.

»Sie wird sicher heute beerdigt«, sagte Christine mit Tränen in den Augen. »Ich möchte sie so gern noch einmal sehen. Ich wüßte genau, was ich ihr zuflüstern würde. Vorausgesetzt, wir kämen vor der Beisetzung an.«

Für Jacques wurde es immer unmöglicher, in ihre traurigen Gedanken einzustimmen. Er war der Toten böse, die ihm den Glanz der Stunde raubte. Der Anblick des kleinen Ortes am Hang, umgeben von Wiesen, dessen weiße Mauern, spitze Dächer, Felder und Weinberge sich im glitzernden Wasser des kleinen Flusses spiegelten, der einige Kilometer weiter in die Loire floß und sich in ihr verlor, der schöne Himmel, die freundliche Atmosphäre, die freundlichen Gesichter von Leuten, die sie am Wegrand und an den Türen der Häuschen gesehen hatten, die ohne Geheimnistuerei ihr häusliches Glück zeigten, hatten ihn nicht auf diesen dunklen Gesang der Glocken eingestimmt, die nur für Hochzeiten und Taufen bestimmt zu sein schienen.

Das Dorf war menschenleer. Das Auto fuhr durch den Ort, vorbei am Gasthof »Zur Feengrotte«, ohne daß sie ein menschliches Wesen erblickten. Man hätte das Dorf für verlassen halten können.

Der Wagen fuhr über die Steinbrücke und die sich windende Straße hoch, die im Schatten des Waldes zum Schloß hinaufführte, das sich auf einem dem Dorf gegenüberliegenden Hügel erhob.

In dieser Gegend sind noch viele Bauten aus dem Mittelalter und der Renaissance in ihrer vollen Schönheit zu bewundern. Alle Reisenden haben voller Staunen vor den mächtigen Ruinen der alten Schlösser von Châtelier, La Guerche, Roche-Corton, Isle-Bouchard und Avay-Le-Rideau gestanden. Schloß Coulteray gehört auch in diese Reihe. Es fällt auf durch seinen wehrhaften Charakter mit den Zinnen und Pechnasen, aber auch durch seine fein gearbeiteten Friese und Bas-Reliefs der Fassade. Es wird erzählt, Diana von Poitiers habe sich energisch eingesetzt für die Verzierungen. Katharina von Medici soll dafür gesorgt haben, daß es ein angenehmer Wohnsitz wurde. In dieser Region erscheint sogar das Mittelalter freundlich.

»Die arme Bessie-Anne Elisabeth, geb. Clavendish, muß wirklich sehr krank gewesen sein, daß sie hier nicht mehr gesund werden konnte«, meinte Jacques.

Am Tor der vordersten Burgmauer, bzw. deren Überreste (Steine, Kletterpflanzen und Blumen) stiegen sie aus dem Wagen. Im Hof befand sich eine große Menschenmenge. Die Bewohner der Umgebung waren alle gekommen, teils aus Neugierde, teils aus Aberglaube... denn im Gebiet von Coulteray ist man von abergläubischer Neugierde... vielleicht mehr als in der übrigen Touraine... sicherlich so stark wie in der Bretagne, aber von anderer Art.

Sie waren nicht gekommen, um die Tote zu sehen, sondern den Vampir, den sie unter sich L'Empouse nannten (das ist nur ein anderes Wort dafür), ohne wirklich daran zu glauben, ohne allerdings die Geschichte ganz abzustreiten, mit der man ihnen Angst eingejagt hatte, solange sie noch klein gewesen waren. Die finstere Geschichte von Louis Jean Marie Chrysostomos ersetzte in der Umgebung die Geschichte vom Werwolf, worauf die Buben aus Coulteray sehr stolz waren.

Wenn in Abwesenheit des Schloßherrn der Pförtner die Krypta unter der Kapelle zeigte, unterließ er es nie, den Fremden zu berichten, was seit zweihundert Jahren vom leeren Grab erzählt wurde.

»Glauben Sie daran?« fragten die Besucher dann lächelnd. Worauf er den Kopf schüttelte und meinte: »Na ja, man glaubt halt daran, ohne recht zu glauben.«

Konnte man sich einen beweglicheren Mann als einen typischen Mann aus der Touraine vorstellen mit seinem rauhen gesunden Menschenverstand, seiner Inkonsequenz, seinem Feinsinn, seiner ironischen Philosophie, seiner Skepsis und seiner verrückten Phantasie! Was gibt es Fesselnderes als dieses Genie mit seiner wunderbaren Wendigkeit, das, sobald man es ernst nimmt, ohne Anstrengung von der Posse zu ganz ernsthaften Themen wechseln kann, von Nichtigkeiten zu weitgehenden Überlegungen, die manchmal durch ihre Kühnheit überraschen.

Mit diesen Ausführungen schweifen wir keineswegs unnötigerweise ab. Wir befinden uns am Eingang zu Schloß Coulteray, in dem Moment, wo das Grab sich über der wächsernen Gestalt von Bessie-Anne Elisabeth Clavendish schließt, der Gattin des letzten Coulteray, des Grafen Georges Marie Vincent, der niemand anderes ist als Louis Jean Marie Chrysostomos, der Empouse der Sage. Und das alles nur wenige Stunden vor ungewöhnlichen Ereignissen, die die ganze Grafschaft bewegen sollten.

Wir sollten noch darauf hinweisen, daß es im Ort einen Gasthof »Zur Feengrotte« gibt, auf dessen Schild ein Dolmen dargestellt ist, den niedliche Kobolde besichtigen.

Nicht weit von diesem Dolmen befindet sich ein zweiter riesiger Dolmen, Palast der Gargantua genannt. Einige Kilometer entfernt gibt es den Schläger im Wald von Saint Nicolas, ein aus rohen Steinen errichteter Hügel, der aus der Zeit der Kelten stammt. Der Zauberer Orfan soll hier ungeheure Schätze gehortet haben und sich einen Spaß daraus machen, zu Weihnachten damit einen wilden Lärm zu machen.

All diese Geschichten sind anmutig, fröhlich und poetisch und entsprechen diesem Land, in dem man fröhlich lebt. Nichts erinnert an die Bretagne mit ihren Schrecken. Trotzdem sind mit diesen Geschichten Traditionen verbunden, vor allem bei bestimmten Anlässen, an denen auch die Ungläubigsten nicht zu rütteln wagen. Das sollten wir nicht vergessen, dann ist das Nachfolgende nicht so erstaunlich.

Zunächst können wir uns ein Bild von der Bevölkerung machen, indem wir schildern, wie der Graf bei verschiedenen Gelegenheiten von den Bewohnern aufgenommen wurde. Es wurde bereits erwähnt, daß er im Ausland geboren wurde. Er kam erst als erwachsener Mann nach Coulteray. Als er das erste Mal kam, war es ein großes Ereignis, ein freudiges Ereignis, möchte ich gleich hinzufügen. Georges Marie Vincent schien ganz dem Bild eines Landedelmannes aus der Touraine zu entsprechen, ein lebensfroher Mann mit gesunden Farben, der sich gern mit fröhlichen Burschen umgab. Außerdem war er nicht hochmütig. Er veranstaltete Feste im Freien, forderte die Mädchen zum Tanz auf und lud zu bemerkenswerten Festessen in der »Feengrotte« ein anläßlich alljährlich wiederkehrender Feste.

L'Empouse, wie man ihn immer noch nannte (eine lächerliche Geschichte), hatte großen Erfolg. Alle Welt schwärmte: »Unser Empouse benimmt sich sehr gut. Wir wollen hoffen, daß ihn der Teufel noch zwei- bis dreihundert Jahre erhält.«

Dann fuhr er wieder fort, kehrte ins Ausland zurück. Lange Jahre hörte man nichts mehr von ihm. Als er zurückkam, hatte er sich nicht verändert. Er war immer noch fröhlich, hatte immer noch das gleiche Gesicht, die gleiche gute Laune, die gleiche Wesensart. Die Menschen in der Umgebung waren älter geworden.

Aus Indien hatte er eine blutjunge Frau mitgebracht, schön wie der Tag, der Feengrotte würdig. Er zeigte sich ihr gegenüber sehr liebenswürdig. Die beiden schienen sich anzubeten.

Wieder wurden Feste gefeiert, ihr zu Ehren und anläßlich des Besuchs hochstehender Herren aus England, die ebenfalls keine Kinder von Traurigkeit waren. Die ganze Gesellschaft brach nach Paris auf, was sehr bedauert wurde.

Als der Graf einige Monate später mit der Gräfin zurückkam, war er immer noch der gleiche, stets gleichbleibend mit seinem guten Benehmen und seiner Art, dem Leben fröhlich zu begegnen. Aber seine Frau war fast nicht mehr wiederzuerkennen. Sie hatte ihre frischen Farben verloren. Ihre Augen, die noch vor kurzem den Himmel widerspiegelten, waren von einem dunklen Schatten umgeben. Hatte man sie zuvor leichtfüßig wie eine Diana durch die Wälder laufen sehen, so sah man sie jetzt nur noch ermattet im Auto sitzen, aus dem sie traurig und mit einer müden Handbewegung auf die ehrerbietigen Grüße der Leute antwortete.

Unterdessen hörte man auf eine Frau aus dem Dorf, Frau Gerard, die Frau des Wachtmeisters. Sie sorgte im Schloß für die Wäsche und war die erste, die das Gerücht in Umlauf brachte, auf Coulteray gehe es nicht mit rechten Dingen zu. Sie behauptete, die Gräfin habe ihr einige Dinge anvertraut.

Sie sei zutiefst zu bedauern, die arme Frau. Sie werde nicht mehr lange leben, wenn nicht jemand eingreifen werde.

Der Wachtmeister griff ein, indem er seine bessere Hälfte zum Schweigen brachte, so gründlich und mit Mitteln, über die sie nicht sprechen wollte, daß es von da an nicht mehr möglich war, ihr noch ein Wort zu entlocken.

Aber die Neugierde der Bauern war geweckt. Sie paßten auf, wenn der Wagen der Gräfin vorbeifuhr, und seufzten dann: »So ist es also, wenn man mit einem Empouse verheiratet ist.«

Sie änderten auch ihr Verhalten dem Grafen gegenüber. Wenn er kam, wandten sie sich ab, schüttelten die Köpfe, wenn er vorbeiging, und sahen sich mit beunruhigter Miene an. Dann lächelten sie, weil sie sich dachten, »daß so etwas in unserer Zeit nicht mehr möglich ist«.

Der Graf blieb nicht lange, er fuhr mit seiner Frau wieder fort. Zwei Jahre später brachte er sie todkrank wieder, heute wurde sie beerdigt.

Christine und Jacques stolperten unmittelbar in die Feierlichkeiten. Es waren ungefähr fünfhundert bis sechshundert Personen versammelt, die Männer ohne Kopfbedeckung, die meisten Frauen auf den Knien, während der Leichenzug näherkam. An der Spitze gingen die Priester, gefolgt vom Bürgermeister, den Gemeinderäten und all jenen, die in der Gegend etwas zu sagen hatten. Die »Töchter Mariens«, ganz in weiße Gewänder gekleidet, und die »Damen des Feuers« in ihren merkwürdigen Waldkleidern, mit Kränzen aus Blättern und Blumen im Haar, umgaben den offenen Sarg gemäß den althergebrachten Sitten des Hauses Coulteray, denen zufolge die Toten vor den Augen der Bevölkerung eingemauert werden.

Die »Damen des Feuers«, unter ihnen alte Damen mit grauen Haaren und hübsche junge Frauen am Beginn ihres Lebens, bildeten eine Gemeinschaft, deren Ursprung mehrere Jahrhunderte zurücklag. Sie bewahrten den Brauch der Druiden, die Sonnenwende mit Freudenkundgebungen und Feuern auf Waldlichtungen zu begehen. Sie tanzten am Johannisabend um brennende Holzpyramiden, ein Brauch, der auch in anderen Gegenden Frankreichs üblich ist. In der Grafschaft Coulteray fand man an diesem Tag in jedem Dorf, in jedem Weiler, auf jedem Hof einen solchen Holzstoß. Die Priester der nächsten Pfarre wurden gebeten, die Holzstöße zu segnen. Wenn das Feuer heruntergebrannt war, wurde die Glut sorgfältig gehütet als Schutz gegen Unwetter und Wind.

So trafen sich Religion und Aberglaube auf liebenswürdigste Weise in dieser anmutigen Landschaft.

An diesem Tag war man zusammengekommen, um die Frau zu ihrer letzten Ruhestätte zu begleiten, die von einem bösen Schicksal dazu verdammt worden war, die Gattin des Empouse zu sein.

Der hinter dem von vier kräftigen Burschen aus dem Dorf getragenen Sarg hergehende Empouse sah so unglücklich aus mit seinem vom Weinen geröteten Gesicht und stieß, vom Kummer gebeugt, so schreckliche Klagelaute aus, daß seine offensichtliche Verzweiflung aus den meisten Köpfen die grausamen Geschichten verdrängte, deren erstes Opfer er vielleicht war ... Man erinnerte sich, mit welcher Sorgfalt sich der Graf um seine Gattin gekümmert hatte. In diesem Augenblick sah man in ihm nur den Ehemann, der um seine Gattin weinte, und weinte mit ihm, nicht nur um sie, sondern auch über ihn.

Ein Zwischenfall, der sich ereignete, als der Leichenzug den Hof verließ und in den kleinen Friedhof neben der Kapelle einzog, nahm alle Anwesenden für ihn ein. Dort lehnte hinter einem Geißblattbusch versteckt die Witwe Gerard an einem Mauervorsprung. Aber der Graf bemerkte sie trotz seiner Verzweiflung. Er richtete sich auf, drohend, schrecklich, die Augen, die noch kurz zuvor voller Tränen standen, glühten wie von einem inneren Feuer. In riesiger Wut streckte er den Arm gegen sie aus. Seine Lippen bewegten sich. Aber er brauchte das Wort »Verschwinde!« nicht auszusprechen. Von Angst getrieben war die Witwe bereits davongerannt, lief aus dem Schloß und stürzte über die Wiesen hinunter wie ein rollender Stein.

Es hätte nicht viel gefehlt, und die Leute hätten applaudiert. Jeder hatte Verständnis für diesen heiligen Zorn... Der arme Mann mußte all dieser Geschichten überdrüssig sein. Er wußte genau, welche dummen Geschichten die Gerard verbreitet hatte. Er hatte sich genötigt gesehen, sie zu entlassen. Und sie hatte noch die Frechheit, sich in einem solchen Augenblick sehen zu lassen.

Nachdem die Strafe zur Genugtuung aller vollzogen war, betrat der Zug die Kapelle. Christine und Jacques konnten nur mit größter Mühe hineingehen. Jacques hätte liebend gern darauf verzichtet, aber Christine zog ihn mit unwiderstehlicher Kraft an der Hand. Sie war aufs höchste erregt.

»Ich will sie sehen, ich will sie sehen!«

Obgleich der Sarg noch offen war, hatte Christine die Tote noch nicht sehen können. Vergeblich hatte sie versucht, sich durch die ersten Reihen zu zwängen. Man hatte sie zurückgestoßen. Sie bemerkte nur die Blumensträuße, aus denen man der Toten ein duftendes Lager bereitet hatte.

Die Kapelle war bereits überfüllt, als Christine in der Vorhalle einen Mann im Chorhemd erblickte, der mit einem schwarzen glatten Stab, der an den Enden mit Silber beschlagen war, um sich schlug, um die nachdrängenden Menschen, die ihn zu überrennen drohten, zurückzudrängen. Das mußte der Sakristan sein.

»Drouine!« rief sie. Dieser drehte sich um und sah sie an. Sie hielt noch immer Jacques' Hand. Sie sagte ihm ihren Namen und stellte ihm Jacques vor.

»Mein Gott!« seufzte Drouine und hob die Augen zum Himmel. »Sie kommen viel zu spät. Wenn Sie wüßten, wie sehnlich sie auf Sie gewartet hat.«

»Kann ich sie noch einmal sehen?« fragte Christine.

»Folgen Sie mir!« erwiderte er.

Er führte sie über eine kleine, unterirdische Treppe in die Krypta.

»Da, stellen Sie sich in diese Ecke. Im Anschluß an die Messe wird man sie hierherbringen. Sie können sie, solang Sie wollen, anschauen. Sie ist so schön wie nie zuvor, sie sieht aus wie ein Engel. Man will sie vorübergehend in das leere Grab des Empouse legen. Sie wissen doch sicherlich, daß es leer ist. Dort soll sie ruhen, bis das wunderbare Mausoleum, das der Graf für sie dort unten errichten läßt, fertiggestellt ist. Es befindet sich neben dem Grab des Grafen Franz II., genannt Eisenarm, der im Heiligen Land gestorben ist. Herr Graf sorgt für alles.«

Er verließ sie, da er oben gebraucht wurde. Sie standen in einer Wandnische, von wo aus sie die Gruft des Empouse überblicken konnten. Sie war geöffnet und wartete auf ihr neues Opfer… Der Stein, mit dem sie sonst geschlossen wurde (und auf dem noch die Inschrift zu lesen war, die man Louis Jean Marie Chrysostomos gewidmet hatte), war auf ein Nachbargrab geschoben worden.

Jacques fühlte, wie sich Christines Hand in der seinen verkrampfte. Das Begräbnis, die Trauergesänge, die in ihrem Versteck wie die Klagen der Toten klangen und aus dem Inneren der Erde zu kommen schienen, die Skulpturen auf den Gräbern mit ihren gefalteten Händen, wie im letzten Gebet vor dem Jüngsten Gericht, die ganze Szenerie, nur spärlich erhellt von einigen Sonnenstrahlen, die durch die gotischen Fenster der Krypta fielen, die auf dem Friedhof draußen durch Büsche verdeckt waren, all das war dazu angetan, auch bei weniger aufgewühlten Gemütern als Christine einen starken Eindruck zu hinterlassen.

Jacques verfluchte wie in vielen anderen Situationen zuvor seine eigene Schwäche, durch die sie in diese ausweglose, vom Tod berührte Lage gekommen waren, gerade in dem Augenblick, wo er davon geträumt hatte, daß in dieser strahlenden Natur seine Verlobte ihre Kräfte zurückgewinnen werde.

So groß sein Einfluß auf andere war, so streng er gegen sich selber war, trotz aller seiner Intelligenz existierte er für Christine nur dann, wenn sie wollte, sonst nicht... Das machte er sich erneut klar. Er hatte schon lange zuvor aufgegeben, dagegen anzukämpfen. Einmal hatte er versucht, sich von ihr zurückzuziehen, und hatte gespürt, daß sie ihn ohne Widerspruch, in ihrer schönen Ruhe und mit ihrem sanften, traurigen Lächeln gehen ließ...

»De profundis clamavi ad te, domine!« Jede Seele, hier und auch da oben, hat ihren Meister. Das gilt für alle, auch für die Bösartigsten und Stolzen. Man hatte herausragende Gemüter im Schlepptau abstoßender Teufel gesehen... und Christine war doch gut und schön. »Dies irae, dies illa...«

Das schmiedeeiserne Tor, das zur Gruft des Grafen Franz II., genannt Eisenarm, führte, wurde geöffnet. Der Zug der »Töchter Mariens« und der »Damen des Feuers« füllte die Krypta. Sie schritten vor dem Sarg, den die vier Burschen hereinbrachten und niederstellten, um ihn für kurze Zeit in der Gruft des Empouse einzuschließen. Man hätte meinen können, sie stellten einen Korb voller wunderbarer Blumen ab, in welchem eine Jungfrau schlief.

Christines Augen waren vor Schreck und Schmerz weit aufgerissen. Sie konnte ihren Blick nicht von der Traumgestalt abwenden. Wie schön sie im Tod war, Bessie-Anne Elisabeth. Schön wie Julia, als man sie fromm ins kühle

Grab legte, das alle Qualen beendete, und ihre Morgenfrische dem Schoß der Erde anvertraute. Schön wie Ophelia, geschmückt mit Girlanden aus wilden Blumen, das Haar noch feucht vom Wasser... und wie sie selbst endlich dem Wüten eines Unseligen entronnen, dem sie ihr Herz mit allen Hoffnungen und Wünschen eines Kindes dargebracht hatte... entronnen einem Schreckenskreis, den sie nicht verstanden hatte, der ihr den Verstand geraubt hatte, bevor sie ihren letzten Seufzer von sich gab.

»Schlaf! Schlaf deinen letzten Schlaf! Niemand wird dich stören, das schwöre ich dir», murmelte Christine unter Schluchzen. Sie kniete sich nieder, halb bewußtlos.

Auf diesen Seufzer antwortete ein Schrei der Verzweiflung. Georges Marie Vincent warf sich vor die Gruft, die er vielleicht selbst geöffnet hatte.

Die Feierlichkeiten gingen zu Ende, die letzten Gebete wurden gesprochen, der Stein wurde über das Grab derjenigen geschoben, die nie wieder das Tageslicht sehen sollte...

Man brachte den Grafen hinaus, der sich schleppen ließ, als sei er plötzlich gelähmt. Erst an der frischen Luft konnte er sich wieder ein wenig bewegen, als er Christine und Jacques aus der Krypta kommen sah. Er machte einige Schritte auf das junge Mädchen zu und ergriff ihre Hand mit einer solchen Wärme, daß sie zunächst erstarrte.

»Danke, danke für Ihr Kommen! Sie waren doch ihre Freundin...«

Sie stellte ihm ihren Verlobten Jacques vor. Er ließ ihre Hand nicht los. Sie mußten ihm zum Schloß folgen.

»Verlassen Sie mich nicht. Ich bin ja so unglücklich. Ihnen brauche ich nichts zu erzählen. Sie als einzige hier kennen das ganze Ausmaß meines Unglücks. Ich bin der elendeste unter den Menschen.«

Während die Menge bewegt und still den Hof verließ und

über die Felder in die Dörfer zurückkehrte, hielt er sie im Schatten des Todesschlosses zurück, dessen Vorhänge zugezogen waren.

»Ich werde verreisen«, sagte er mit gebrochener Stimme. »Ich werde sehr weit wegfahren. Ich kann keinen Augenblick länger hier bleiben. Zu viele Erinnerungen... viel zu viele. Zu viele Schmerzen...«

Eine Tür wird aufgestoßen, eine Wagentür öffnet sich, ein Schatten erscheint. Christine erkennt Saib Khan, den indischen Arzt. Er sagt kein Wort... Bei seinem Erscheinen richtet sich Georges Marie Vincent auf.

»Auf Wiedersehen«, sagt er fast röchelnd. »Auf Wiedersehen. Vielleicht für immer. Oh, wie ich sie liebte!«

Dann ist er fort. Man hört nur noch das Geräusch des Wagens, der ihn davonträgt... Er ist fort.

Die beiden bewegten sich nicht von der Stelle, noch tief beeindruckt von seiner Verzweiflung. Seine Worte: »Oh, wie ich sie liebte!« hallten noch in ihren Ohren.

»Vielleicht hat dieser Mann sie wirklich geliebt«, meinte Jacques nach einigen Minuten, in denen sie beide geschwiegen hatten.

»Wie kannst du so etwas sagen? Wie kannst du nur! Ugolin hat seine Kinder auch geliebt...!«

»Das ist richtig«, erwiderte Jacques, der ihr in diesem Moment auf keinen Fall widersprechen wollte. »Und jetzt, kleine Christine«, meinte er und straffte sich, »jetzt werden wir diese Gegend ebenfalls verlassen. Für uns gibt es hier nichts mehr zu tun. Wir werden versuchen, sie zu vergessen.«

»Fahr nur«, sagte sie mit ruhiger Stimme, »ich bleibe hier.«

»Du bleibst, aber warum?«

Sie war ans Fenster getreten und betrachtete mit zorniger Aufmerksamkeit etwas durch die herabgelassenen Jalousien.

»Schau nur«, sagte sie.

Er beugte sich vor.

»Ich habe dir alles erzählt. Du wirst sie erkennen.«

»Sanghor und Sing-Sing.«

»Jawohl, Sanghor und Sing-Sing. Die beiden sind nicht mitgefahren. Und da willst du, daß ich wegfahre!« Sie schauderte.

»Christine, was soll das? Ich verstehe dich nicht.«

Sie zuckte mit den Schultern. Von dem Augenblick an handelte sie, als sei er nicht da.

Sie verließ den Salon und durchquerte den danebenliegenden Raum. Er folgte ihr und verzichtete auf weitere Fragen. So gingen sie durch mehrere Zimmer, die im Erdgeschoß lagen. Das Schloß war völlig leer und verlassen. Die Diener befanden sich irgendwo im Keller zum Leichenschmaus, wie er nach Beerdigungen üblich ist.

Die Räume, durch die sie kamen, waren im alten Stil erhalten. In ihnen befanden sich Schränke von unschätzbarem Wert, geschnitzte Truhen mit kunstvoll gearbeiteten Eisenbeschlägen, hochlehnige Stühle aus der Zeit Franz I. und Kamine aus der Renaissance. Schätze, die im Dämmerlicht, das durch die Jalousien drang, kaum zu erkennen waren. Sie gelangten in eine Halle. Mit einer Hast, die er sich nicht erklären konnte, stieg Christine eine Treppe mit hohen, abgetretenen Marmorstufen hinauf. Das schmiedeeiserne Geländer, das an einigen Stellen schadhaft war, war vielleicht seit der Zeit Louis Jean Marie Chrysostomos' nicht mehr repariert worden.

Im ersten Stock ging sie, wie von einem Instinkt geführt, auf eine Doppeltür zu und öffnete sie. Es umfing sie der spezielle Geruch eines Sterbezimmers (es handelte sich im übrigen um das berühmte Zimmer der Diana von Poitiers). Auf einer Estrade stand das noch mit Blumen geschmückte große Bett. Die großen Kerzen an den Ecken der Estrade waren kurz zuvor erst gelöscht worden und verbreiteten noch ihren dumpfen Duft.

Christine ging ans Fenster, öffnete es mit weitausholender Geste, schlug die Läden zurück und ließ das Tageslicht eindringen.

Sie ging sofort daran, die mit flämischen Wandteppichen behangenen Wände zu untersuchen. Auf den Teppichen waren Szenen aus dem Leben der Ritter dargestellt. Mit wachsendem Erstaunen sah Jacques zu, wie Christine diese Figuren mit größter Aufmerksamkeit betrachtete, die die Heldentaten der Ritter wieder aufleben ließen. Sie untersuchte eine nach der anderen. Mal bückte sie sich, mal stellte sie sich auf die Zehenspitzen, mal stieg sie auf einen Hocker.

Seufzend und mit gerunzelter Stirn drehte sie sich um. Sie betrachtete Jacques, ohne ihn zu sehen und zu hören. Denn als er wagte, sie nach dem Sinn ihres für ihn unverständlichen Tuns zu fragen, ging sie an ihm vorbei, ohne ihm zu antworten, als folge sie einer neuen Idee. Sie verließ das Zimmer, trat auf den Flur und betrat den danebenliegenden Raum.

Dieses Zimmer war im Stil Louis XV. eingerichtet. Dem Bett gegenüber hing ein Porträt von Louis Jean Marie Chrysostomos, das war sogar in der Dämmerung zu erkennen. Auch hier waren die Läden geschlossen. Jacques war Christine gefolgt. Es war ziemlich klar, daß sie sich nun im Zimmer des Grafen befanden. Jacques schloß die Tür. In diesem Augenblick schrie Christine auf. In der Nähe des Bettes, das mit dem Kopfende an der Wand stand, die diesen Raum vom Zimmer der Gräfin trennte, leuchtete ein goldener Sonnenstrahl auf, der die Wand durchbohrt zu haben schien. Es war das Licht aus dem Nebenzimmer, das durch ein Loch hereinstrahlte. Zwischen den Schnörkeln des Balkens, hinter dem es sich versteckte, hätte man es nicht entdeckt, ebensowenig zwischen den Figuren auf den Teppichen im anderen Zimmer. Christine lief zu dem Loch hin und schaute hindurch. Als sie genug gesehen hatte, meinte sie:

»Jetzt schau du hindurch. Sieh dir das Loch an, durch welches das Ungeheuer seine vergifteten Pfeile abgeschossen hat.«

Er sah ebenfalls hindurch und war überzeugt, da er ja den Trokart in Händen gehalten hatte. Doch hatte er schon zuvor halb daran geglaubt.

Was sollten sie nun machen, jetzt, da sie tot war?

Er stellte diese Frage zwar nicht, aber Christine beantwortete sie sofort:

»Oh, Bessie ...«, sagte sie mit heiserer Stimme. »Ich habe schlecht über dich gewacht, als du noch lebtest. Aber deinen Tod werde ich bewachen!«

Drouine, Wächter der Gruft

Dieser sibyllinische Satz, der sie für immer an Coulteray zu fesseln schien, machte Jacques wortlos. Er sorgte sich immer mehr um Christine. Sie hatte Fieber. Sie durfte nicht hier bleiben. Wohin sollte er sie bringen? Auf schnellstem Wege zum Sakristan, der ein kleines steinernes Haus bewohnte, das zwei Fenster im Stil der Renaissance hatte. Es lehnte sich an die Überreste der Befestigungsmauer und verschwand zur Hälfte unter wildem Wein und Kletterpflanzen. Von dieser Wohnung überblickte er den Eingang zum Schloß. Sie glich einer Gruft, aus der heraus er die Toten bewachen konnte.

Drouine stammte aus der Sologne. Er war weder so lebhaft noch so leicht zu beeindrucken wie die Menschen aus der Touraine. Wenn man ihn mit seinen sparsamen Bewegungen betrachtete, konnte man den Eindruck gewinnen, er habe nicht viel zu tun. Aber das stimmte nicht. Er arbeitete fünfzehn Stunden am Tag. Die meiste Zeit war das Schloß leer und gehörte dann ihm allein. Der Dienst in der Kapelle und die Arbeit auf dem Friedhof waren schnell erledigt. Er brauchte nicht einmal vier Gräber pro Jahr auszuheben. Er verbrachte seine Zeit damit, unterhalb der Wehrmauern einen Streifen Land, den man ihm überlassen hatte, umzugraben und darauf Gemüse zu ziehen. Außerdem versorgte er ganz allein seinen Weingarten, der jenseits der Schutzwehr zu den Wiesen hin abfiel. Er gehörte dem Grafen, der Drouine das Nutzrecht überlassen hatte. Hinzu kamen Besuche von Geschichtsforschern und Touristen, die sein Tagesprogramm abrundeten.

Drouine träumte davon, dieses wunderbare Land zu verlassen und in die Wildnis der Sologne zurückzukehren, wohin er gehörte. Er stand kurz vor der Verwirklichung diesen Traumes. Daß er noch nicht gegangen war, lag daran, daß die Witwe Gerard, die er seit zehn Jahren schweigend verehrte und der er erst zwei Monate zuvor seine Pläne mitgeteilt hatte, nichts davon wissen wollte, die Touraine zu verlassen.

Mit seinen Ersparnissen hatte er sich ein kleines Anwesen erstanden, das da unten, nicht allzu weit weg, auf sie wartete. Er war überzeugt gewesen, daß der Wachtmeister nicht alt werden könne, da er so oft ins Wirtshaus ging. Zudem meinte er, die Witwe werde nicht allzu lange trauern, weil ihr Mann sie oft geschlagen hatte. Er selber dagegen war sanft, gut und geduldig. Sie würde mit ihm glücklich sein. Sie wußte das auch.

Als Christine und Jacques bei ihm eintraten, saß er in Gedanken verloren am Tisch vor seinem Teller. Er ließ sein Speckstück liegen und erhob sich. Er wirkte recht grob mit seinen wirren Haaren, seiner weißen Haut, seinem untersetzten Körper und den von der harten Arbeit gebeugten Schultern. Im harten Gegensatz standen seine veilchenblauen Augen, die in sanfter Aufrichtigkeit glänzten. Mit vierzig Jahren hatte er noch den Blick eines Chorbuben, der in der Kirche singt.

Dabei war er weder ängstlich noch heimtückisch.

Er zog zwei Stühle für seine Gäste heran und fragte sogleich, ob sie Sanghor gesehen und ob dieser ihnen die Anordnungen des Grafen mitgeteilt habe.

»Wir haben ihn gesehen«, erwiderte Christine, »aber wir haben ihn noch nicht gesprochen. Um was geht es denn?«

»Der Graf ist recht überstürzt abgereist«, sagte Drouine kopfschüttelnd, »er hat nicht mal die Zeit gehabt, Ihnen zu sagen, daß Sie im Schloß bleiben können, solange Sie wollen. Sie können dort wohnen und speisen, als sei er anwesend. Sanghor und ich stehen Ihnen zu Diensten.«

»Wir hatten vor, heute bereits abzufahren«, unterbrach ihn Jacques.

»Aber wir nehmen das Angebot gern an«, schloß Christine.

»Wenn du unbedingt noch einige Tage in Coulteray bleiben möchtest, ziehen wir in den Gasthof«, meinte Jacques. »Da ist es etwas lustiger als in dem leeren Schloß.«

»Ich bin nicht hergekommen, um fröhlich zu sein«, erwiderte das junge Mädchen traurig und ergriff Jacques' Hand, als wolle sie ihn um Verzeihung bitten. »Ich bin hergekommen, um eine Freundin zu beweinen.«

»Die Gräfin hat Sie sehr geliebt«, seufzte Drouine.

»Erzählen Sie uns von ihr«, bat Christine mit leiser Stimme. »Sie müssen uns alles sagen. Wir sind darauf vorbereitet, alles zu hören ... Sie hat in all ihren Briefen von Ihnen gesprochen. Sie hatte großes Vertrauen zu Ihnen. Die ganze Sache ist so ungewöhnlich, daß wir den Fehler machten, nicht daran zu glauben. Dieser Elende hat alle betrogen.«

»Ich weiß nichts«, meinte Drouine darauf.

Christine sah ihn erstaunt an.

Ruhig begann Drouine von neuem zu sprechen: »Wissen Sie, Fräulein, ich habe mich um die Geschichten, die die Leute erzählen, nie gekümmert. Ich komme aus der Sologne. Die Leute von dort haben einen Dickschädel. Meine Mutter war Haushälterin beim Pfarrer. Mit sieben Jahren war ich Meßdiener. Ich glaube nur an den Katechismus. Die Geschichte vom Empouse gehört in den Bereich der Sagen. Sehen Sie, hier im Dorf lebt eine Frau, sie ist nicht bösartig, nur ein wenig geschwätzig. Deswegen hat der Graf sie rausgeschmissen, die Witwe Gerard. Na ja, irgendwann einmal muß ihr die Gräfin ein bißchen viel von der Vampirgeschichte erzählt haben, die war ja wohl ein bißchen wirr im Kopf. Ich habe ihr nie widersprochen. Ich war der einzige, der ihr zuhörte, wenn sie mich heimlich in der Sakristei oder in der Kapelle besuchte. Ich sagte immer nur: ›Jawohl, Frau Gräfin. Ganz richtig, Frau Gräfin.‹ Sie tat mir so leid.

Aber ein Vampir? Haben Sie jemals einen Vampir zu sehen bekommen? Ich bewache seit fünfzehn Jahren die Krypta und den Friedhof... also, Vampir hin oder her, ich habe nie beobachtet, daß die Toten aus den Gräbern aufgestanden sind, nachdem man sie einmal ins Loch gelegt hat. Dazu müssen sie bis zum Jüngsten Tag warten.«

»Was dieser Mann sagt, zeugt von gesundem Menschenverstand«, meinte Jacques.

Christine drehte sich höchst verärgert zu ihm um.

»Das ändert aber nichts an der Tatsache, daß wir den Beweis für seine Untaten gefunden haben, den Beweis für sein Verbrechen!« fuhr sie ihn an. »Alles ist da, du weißt es, Jacques. Deine Bemerkung schmerzt mich heftiger, als ich sagen kann.«

»Welcher Beweis?« fragte Drouine.

»Nun, das Loch in der Wand in seinem Zimmer. Sie hat Ihnen sicherlich davon erzählt.«

»Doch, ja. Sie hat mir davon erzählt und es mir auch gezeigt. Aber es ist nicht neu, dieses Loch.«

»Georges Marie Vincent stammt auch nicht aus der heutigen Zeit, wenn man der Geschichte glauben darf«, warf Christine ein.

»Nein, wirst du jetzt auch noch verrückt!« schrie Jacques.

»Und der Trokart, den sie uns geschickt hat? Wissen Sie, Drouine, was das ist?« stieß Christine hervor. »Der Herr hier kann es Ihnen erklären.«

»Christine!« flehte Jacques, »ich bitte dich, sei still. Denn wir wissen ja noch gar nichts Genaues. Außerdem vergißt du (bei diesen Worten nahm er ihre Hände und hielt sie fest, was sie ohne Widerstand geschehen ließ), daß wir andere Dinge zu tun haben, als uns um die Toten zu kümmern.«

Sie antwortete nicht und begann zu weinen.

Drouine verließ schweigend den Raum, vielleicht, weil er draußen gebraucht wurde, vielleicht auch aus Taktgefühl. Jacques versuchte, Christine zu beruhigen, deren Erregung immer größer wurde.

»Liebling«, sagte er, »ich will alles tun, was du willst. Der Graf ist ein Ungeheuer, seine Frau ist sein Opfer. Als man noch hoffen konnte, sie zu retten, war ich, wie du weißt, der erste, der wollte, daß du was unternimmst. Aber jetzt, ich bitte dich, laß uns Abstand nehmen von allem, was du nicht genau weißt!... Vergiß das Drama von Coulteray, genauso wie die Vorgänge in Corbillères. Es hat eine Zeit gegeben, da war es nicht notwendig, so mit dir zu sprechen. Bitte laß uns nur an Gabriel denken!«

Sie trocknete energisch ihre Tränen und sagte mit schwerer Stimme: »Wie du willst. Ich will mich nach dir richten. Aber es wird entsetzlich sein!«

»Was willst du damit sagen?«

»Liebling, du fragst mich zuviel.«

»Hast du wirklich vor, abzureisen?«

»Ja, beruhige dich. Wir sind bald in Paris.«

»Ich will ja gar nicht sofort wieder nach Paris. Gabriel kann zur Zeit warten.«

»Schön, dann bleiben wir hier.«

Er konnte sich nicht mehr beherrschen. Es war ganz offensichtlich, daß sie sich über ihn lustig machte. Aber er kam nicht mehr dazu, ihr seine schlechte Laune zu zeigen. Ein merkwürdiger Lärm drang von draußen herein, wie von einer Verfolgungsjagd, begleitet von kleinen, durchdringenden Schreien eines Vogels, der vor seinem Jäger flieht. Sie traten vor die Tür. Von dort überblickten sie einen Teil des Friedhofs, der die Kapelle umgab. Drouine rannte wie ein Irrer von einem Grab zum anderen und verfolgte einen Schatten, der schreiend und wimmernd vor ihm floh und schließlich hinter der Kapelle verschwand.

Sie eilten zu dem Sakristan, der einem kleinen, Grimassen schneidenden Wesen mit der Faust drohte, das höhnisch lachte und mit einem Sprung, dem ein Purzelbaum folgte, über die Mauer davoneilte.

»Sing-Sing!« rief Christine.

»Jawohl, Sing-Sing!« wiederholte Drouine und wischte sich den Schweiß von der Stirn. »Er läßt mich nicht einen Augenblick in Ruhe. Ich habe ihn hinter der Tür beim Lauschen erwischt. Sanghor hatte ihn zu mir geschickt. Ich hätte ihm eine Tracht Prügel verabreicht für all den Ärger, den ich seit seiner Ankunft erlebt habe. Diese Bande hat die Gräfin krank gemacht.«

»Da sie gerade von Sanghor sprechen, ich möchte gern mit Ihnen reden, Drouine«, sagte Christine und sah ihn mit einem besonderen Blick an.

»Das glaube ich gern«, erwiderte dieser. »Kommen Sie.

In der Sakristei können wir ungestört miteinander sprechen.«

Als sie dort angekommen waren und sämtliche Türen verschlossen hatten, begann Christine zu sprechen. Dabei ließ sie Drouine nicht aus den Augen. Dieser schien sehr damit beschäftigt zu sein, Meßgewänder in einem alten Schrank aus dem fünfzehnten Jahrhundert zu verstauen, der die ganze hintere Wand einnahm.

»Drouine, die Gräfin hatte wunderschönen Schmuck, den sie vor ihrem Tod verteilt hat. Ich weiß es.«

»Hier ist er«, erwiderte Drouine, ohne das Gesicht zu verziehen.

Er holte aus dem Schrank eine kleine Truhe aus geschnitztem Nußbaumholz, die mit einem Schlüssel verschlossen war. Er öffnete sie und entnahm ihr wunderbare Broschen aus fein gearbeitetem Gold und Email, italienische Arbeiten aus dem sechzehnten Jahrhundert, die einem Museum alle Ehre gemacht hätten. Aber sie waren nur von geringem Wert im Vergleich mit einem Diadem aus gehauenen Goldplättchen, von einer gläsernen Masse überzogen, was ihm einen besonderen Glanz verlieh, und mit zwei Diamanten als Verschluß, die etwa so groß wie kleine Nüsse waren.

»Das sind Teile des Familienschmucks. Er gehörte ihr allein«, sagte Christine. »Sie hat ihn mir oft gezeigt. Sie hatte das Recht, ihn zu verschenken, an wen sie wollte... Sie können also völlig offen mit mir reden, Drouine. So, wie sie Sanghor ihre Perlenkette geschenkt hat, kann sie Ihnen diesen wunderbaren Schmuck vermacht haben.«

»Sie hat ihn mir gegeben. Hier ist ein Papier, auf dem sie es bestätigt hat«, erwiderte der Sakristan und entnahm der Truhe das Dokument.

Christine las: »Ich übergebe diesen Schmuck (hier wurden die einzelnen Schmuckstücke aufgezählt) Jean Joseph

Drouine, Wächter in der Kapelle von Coulteray. Er ist beauftragt, über die Ruhe meiner Seele zu wachen.«

»Genau das ist es«, meinte das junge Mädchen, faltete das Papier zusammen und reichte es Drouine zurück. »Und jetzt, Drouine, sagen Sie mir bitte, was die Gräfin damit meinte, Sie sollten über die Ruhe ihrer Seele wachen.«

Drouine legte den Schmuck zurück, das Papier dazu, verschloß die Truhe, packte sie in den Schrank zurück, schloß diesen und erwiderte:

»Das ist meine Angelegenheit.«

»Aber auch die meine!... Drouine! Ich bin ja nur deswegen gekommen. Ich kannte den Wunsch der Gräfin. Ich wußte bereits, welche Abmachung sie mit Sanghor getroffen hat. Einige Tage vor ihrem Tod hat sie mir geschrieben, sie habe nicht nur mit Sanghor, sondern auch mit Ihnen einen Vertrag geschlossen. Reden Sie, Drouine! Sie müssen!«

»Was soll ich Ihnen denn sagen?«

»Ob die letzten Bestimmungen der Gräfin erfüllt werden!«

»Nach dem letzten Willen der Gräfin sollte das Diadem Sanghor übergeben werden, sobald sie gestorben war.«

»Und er ihr den Kopf vom Rumpf getrennt hat«, unterbrach ihn Christine.

»Die Broschen dagegen sind für mich«, fuhr der andere ungerührt fort.

»Behalten Sie alles, Drouine! Man soll die sterblichen Überreste meiner armen Freundin in Ruhe lassen! Sie ist in ihrem Leben so gequält worden, daß sie jetzt den heiligen Frieden des Todes genießen soll!«

»Ich werde gar nichts behalten, Fräulein, sondern alles Sanghor geben, damit er sofort verschwindet und ich ihn hier nicht mehr sehen muß. Ich kenne ihn zur Genüge. Er wird nichts dagegen haben. Und meine arme Herrin wird in

Ruhe schlafen, so, wie sie ist, wie eine ehrenhafte Christin, in ihrem Grab. Darauf mein Wort!«

»Sie sind ein tüchtiger Mann, mein Freund.«

»Ja, Fräulein. Aber Sie haben mir richtig Angst eingejagt. Einen Augenblick lang habe ich geglaubt, Sie seien gekommen, um die neue Empouse zu vernichten.«

»Wir wollen beten, Drouine.«

Mitternacht...

Christine wollte die Nacht im Schloß verbringen. Man stellte den beiden jungen Leuten die erste Etage im Nordflügel zur Verfügung, d.h. zwei Räume, miteinander verbunden durch einen gemeinsamen Salon. In ihnen lebte zu ihrer Zeit Katharina von Medici. Louis Jean Marie Chrysostomos hatte sie im Stile seiner Zeit (dem Stil der Pompadour) einrichten lassen, da sie ihm zu finster erschienen waren. Sie dienten hochstehenden Gästen. (Es ist schwer zu sagen, ob diese Räume in strahlendem Rokoko, die früher sicherlich beeindruckend gewesen waren, als sie noch nicht so verkleidet gewirkt hatten, dem Auge freundlich und, wie man zu Beginn des neunzehnten Jahrhunderts zu sagen pflegte, komfortabel erschienen. Aber man kann wohl sagen, daß es für Besucher unserer Zeit keinen traurigeren Anblick gibt als diese Schnörkel, Palmblätter und maurischen Verzierungen, die bei der kleinsten Berührung in sich zusammenfallen. Sie erscheinen genauso abweisend, lächerlich und verwelkt wie Flitter im Regen am Tag nach dem Fasching.)

»Oh«, murmelte Jacques bei ihrem Anblick. »Was gäbe ich für vier weiß gekalkte Wände in einem Gasthof!«

Die Vorstellung, das Essen in diesen Räumen aus dem Märchen der Fee Carabosse einnehmen zu müssen, ließ den

Prosektor so das Gesicht verziehen, daß Christine schließlich Mitleid mit ihm empfand.

»Wir wollen im Gasthof essen, weil es dir hier so viel Spaß zu machen scheint«, sagte sie zu ihm.

»Ich versichere dir, ich bin genauso entzückt wie du von der Idee, noch hier zu bleiben. Aber ich werde Coulteray erst verlassen, wenn Sanghor fort ist. Du weißt auch, warum... – Wenn Aberglaube im Spiel ist, muß man sich bei den Hindus auf alles gefaßt machen.«

»Ich vertraue auf die Anziehungskraft der Schmuckstücke«, erwiderte Jacques und wagte es, dabei zu lächeln.

»Möge uns die Gräfin vergeben!«

Als sie hinuntergingen, erlebten sie die freudige Überraschung, Sanghor und Sing-Sing dabei anzutreffen, wie sie mit ihrem wenigen Gepäck ein Motorrad bestiegen. Sanghor grüßte würdevoll, Sing-Sing, der wie ein kleiner Affe am Steuer hing, ließ ein Wimmern hören und brauste davon.

Sie verschwanden.

Dann erschien Drouine.

»Das hätten wir geschafft!« sagte er. »Es hat überhaupt keine Schwierigkeiten gegeben. Er hatte einen Säbel dabei, den er mir geschenkt hat. Ich habe ihm den ganzen Schmuck gegeben. Gute Reise!«

Christine seufzte tief und wiederholte:

»Möge uns die Gräfin vergeben!«

Sie standen vor der Garage. Mit plötzlich erwachendem Interesse betrachtete Christine den letzten Wagen, der noch dort stand. Sie hatte ihn einige Male in Paris gesehen, vor dem Palast in der Rue de Bethune. Dieser Wagen wurde meistens benutzt, wenn die Gräfin in den Bois oder in die Umgebung von Paris fuhr. Christine ging zu dem Wagen und besah ihn aus der Nähe. Es war ein großer Wagen mit einer stabilen Karosserie, im Inneren kostbar ausgestattet. Sie untersuchte Fenster und Türen. Jacques verstand, was sie suchte, und half ihr dabei. In der Nähe des Fahrersitzes fanden sie einen kleinen Knopf. Wenn man darauf drückte, wurden automatisch die Fenster verhängt. Der Wagen verwandelte sich augenblicklich in einen hermetisch verschlossenen Käfig.

Drouine beobachtete sie.

»Wurde sie in diesem Wagen gebracht?« fragte Jacques.

»Ja«, erwiderte dieser, »arme Frau!«

»Was für ein Elend!« seufzte Christine. In ihren Augen standen Tränen.

»Der liebe Gott hat Mitleid mit ihr gehabt«, sagte Drouine und nickte mit dem Kopf. »Jetzt hat sie endlich ihre Ruhe.«

Als Jacques und Christine den Gasthof »Zur Feengrotte« erreichten, waren sie überrascht von der ausgelassenen Stimmung, die dort herrschte. Sie waren noch nicht vertraut mit den in Coulteray herrschenden Sitten. Nichts macht hungriger und durstiger als ein Begräbnis. Es ist nur menschlich, wenn sich die Überlebenden mit dem Toten, den sie kurz zuvor zur letzten Ruhestatt begleitet haben, vergleichen und sich innerlich beglückwünschen, die Freuden des Lebens noch genießen zu können. Die Freude ist besonders groß, weil sie am Beispiel des Toten, den sie zuvor noch beweint haben, erkennen, wie kurz das Leben ist.

Seit dem Begräbnis hatte man ununterbrochen gefeiert. Zwischendurch waren einige vor die Tür gegangen, um eine Partie Boule zu spielen. Aber dann waren sie wieder zurückgekehrt zu einem Mahl, das kein Ende zu nehmen schien. Die Bedienung war todmüde, obgleich man umständehalber die Anzahl verdoppelt hatte. Die Witwe Gerard bediente ebenfalls. Sie hörte, wie die Leute über ihr Abenteuer am Morgen und die Bewegung des Grafen, mit der er sie in die Flucht geschlagen hatte, lachten. Sie würde nie mehr Geschichten vom Empouse erzählen!

Man versuchte, sie zum Trinken zu bewegen. »Trink mit uns auf den Empouse, Mutter Gerard, wenn du nicht willst, daß er kommt und dich an den Beinen zieht!«

Sie antwortete nicht, stellte sich stur, schaute die Leute böse an und biß die Zähne zusammen.

»Wir wollen sie in Ruhe lassen, sie bekommt sonst den bösen Blick«, meinte man dann. In Coulteray glaubt man an den bösen Blick. Sie wurde von da an in Ruhe gelassen. Statt dessen wurden alte Lieder aus der Touraine angestimmt.

»Die werden bis morgen früh so weitermachen«, meinte Jacques, als er und Christine ihr Mahl beendet hatten. »Du hattest recht, die Gastfreundschaft des Grafen anzunehmen. Hier hätten wir kein Auge zugemacht!«

Sie kehrten ins Schloß zurück, umarmten sich und wünschten sich gegenseitig eine gute Nacht. Christine legte sich noch nicht hin. Nachdenklich ließ sie sich in einen Sessel fallen.

Ihr Fenster stand offen ... Eine vom Mond erhellte Landschaft breitete sich vor ihr aus, voller Würde und Schönheit. In der Nähe standen die Gebäude, die zum Schloß gehörten und warfen große Schatten auf die leere Fläche. Kein Laut war zu hören. Dahinter sah man die Wassergräben, die den Ehrenhof vom großen Hof trennten. An die weite, weiß schimmernde Fläche des Hofes schloß sich, nur durch eine niedrige Mauer davon getrennt, der Friedhof an mit seinen teils nach vorn gesunkenen, teils aufrecht stehenden Kreuzen und den Grabplatten, die im Licht des Mondes wie Eisplatten glitzerten. Dahinter erhob sich die schlanke Silhouette der wunderbaren Kapelle aus dem vierzehnten Jahrhundert, in deren Krypta die arme Bessie-Anne Elisabeth nun für immer ruhte.

Wie lange saß Christine so und träumte? Was träumte sie?

Plötzlich schrak sie zusammen. Vom Tal herauf hörte sie die große Glocke der alten Kirche von Coulteray Mitternacht schlagen.

Sie ging zum Fenster und schloß es, denn sie fror. Sie begann sich auszukleiden und ging ans Fenster zurück, um die Vorhänge vorzuziehen... Sie schrie laut auf und lehnte sich gegen die Wand, um nicht zu fallen.

Da unten, zwischen den Gräbern auf dem Friedhof, hatte sie ganz deutlich eine leichte, ganz weiße Gestalt erblickt, die dahinglitt und sich mit der Leichtigkeit eines Geistes fortbewegte. Das phantomhafte Wesen, durch das die Strahlen des Mondes wie durch einen Kristall hindurch zu schimmern schienen, bewegte sich auf die Kapelle zu und verschwand in Richtung auf die Wohnung von Drouine.

Christine wollte schreien, aber die Stimme versagte ihr. Ihre Kehle ließ nicht den kleinsten Laut heraus. Lähmende Angst ergriff ihre Sinne und fesselte sie an ihren Platz, zusammengesunken zwischen Wand und Fenster. Plötzlich gaben die Beine unter ihr nach, sie stürzte zu Boden und schlug heftig mit dem Kopf auf. Durch den Schmerz gewann sie die Kraft, zu schreien. Sie schrie nach Jacques, verzweifelt, trostlos, röchelnd, wie eine Frau, die ertrinkt.

Jacques eilte in ihr Zimmer und fand sie halbbekleidet am Boden liegend. Das Haar hing gelöst an ihr herunter und bedeckte sie nur unzureichend. Er mußte annehmen, daß sie einen schrecklichen Traum gehabt hatte, der sie immer noch nicht losließ, und sie vor Angst aus dem Bett gefallen war. Er zweifelte keinen Augenblick an der Richtigkeit seiner Annahme, als er hörte, wie sie zwischen Schreckensrufen, wobei sie mit dem ausgestreckten Arm auf das Fenster zeigte, hervorstieß:

»Sie! Sie! Ich habe sie gesehen!... Sie ging auf dem Friedhof spazieren!... Lieber Gott, was wird sie jetzt machen! Was macht sie jetzt?«

Jacques hüllte sie in einen Mantel und legte sie aufs Bett. Er versuchte, ihr gut zuzureden und sie zu beruhigen.

»Komm, Christine! Wach auf! Das ist doch nur ein böser Traum!«

Scharf erwiderte sie:

»Ich schlafe nicht! Ich träume auch nicht! Ich habe dir gesagt, daß ich sie gesehen habe, so wie jetzt dich. Sie glitt an der Mauer der Kapelle entlang. Sie ist sicherlich zu Drouine gegangen.«

»Das war vorauszusehen! Das mußte ja so kommen!« brummte Jacques. »So aufgewühlt, wie du zur Zeit bist. Diese Krise ist genauso logisch wie die Entwicklung eines Nagelgeschwürs.«

Er hatte den Satz noch nicht zu Ende gesprochen, als wiederholt dumpf an die Tür im Erdgeschoß geklopft wurde. Er wollte zum Fenster laufen und nachsehen, um was es ging. Aber mit ungeheurer Anstrengung warf sich Christine ihm an den Hals und hielt ihn zurück.

»Nein, bitte, geh nicht! Geh nicht! Das ist sie! Ich bin ganz sicher, das ist sie!«

Darauf schwiegen beide. Die Schläge waren verklungen. Aber sie meinten, nun Geräusche im Schloß zu hören. Eine Tür oder ein Fenster hatte man nicht geschlossen... andere Türen klapperten. Schritte... Laufen... Sprünge auf der Treppe. Jacques erhob sich. Sie drängte sich an ihn.

»Geh nicht, bitte, geh nicht hin!«

»Laß mich wenigstens die Tür mit dem Schlüssel verriegeln.«

Sie ließ ihn mit einem ersterbenden Lächeln für einen Augenblick frei. Er eilte zur Tür und öffnete sie.

Draußen stand ein gespenstisch wirkendes Wesen, das einen riesigen Schatten an die Wand warf. Es war Drouine.

Er sprang herein, warf sich gegen die Tür, um sie mit seinem Gewicht geschlossen zu halten, und rang nach Atem.

Er entdeckte Christine, die genauso verstört aussah wie er.

»Haben Sie sie gesehen? Haben Sie sie gesehen?« fragte er. Christine nickte. Sie hatte sie auch gesehen... o ja, und er, er auch, nicht wahr?

Dann begann er zu erzählen, in abgerissenen, einzelnen Sätzen, während seine entsetzten Sinne sich beruhigten und sein Herz schlug wie ein Hammerwerk.

»Ich schlief... ich war gerade eben eingeschlafen... da hörte ich, wie ihre Stimme mich rief... Zu Anfang hatte ich keine Angst... Ihre Stimme war so süß... so süß..., daß ich glaubte, zu träumen... Aber dann klirrte ein kleiner Stein an meinem Fenster. Da wurde mir klar, daß ich nicht mehr schlief. Ich begann zu zittern... Ich ging zum Fenster... Da ich nichts bemerkte, der Friedhof lag ganz ruhig da... öffnete ich das Fenster... Da hörte ich wieder ihre süße Stimme, dieses Mal lauter: ›Drouine! Drouine!‹ Erst jetzt entdeckte ich sie. Sie lehnte aufrecht an der Brüstung der Befestigungsmauer.

›Erkennst du mich nicht mehr? Ich bin es, deine Herrin, die Gräfin von Coulteray, die Frau des Empouse... Was hast du aus mir gemacht, Drouine?‹

Ich fiel auf die Knie und bekreuzigte mich. Oh, sie war es ganz sicherlich... Das war ihre Stimme, ich war ganz sicher, so sanft, so traurig, alles... Sie sagte wieder: ›Was hast du aus mir gemacht, Drouine? Was hast du gemacht? Warum hast du mich nicht Sanghor übergeben? Meine Kehle erwartete ihn. Jetzt ist meine Kehle durstig!‹

Jawohl, das hat sie gesagt. Ich irre mich nicht. Das hat sie gesagt. Sie hat ganz deutlich gesprochen. Ich hörte ihre zarte klare Stimme wie ein Silberglöckchen in der Nacht. Ihre Stimme klang überhaupt nicht schrecklich, aber was sie sagte, war entsetzlich. ›Du hast mich für immer zur Gattin von Louis Jean Marie Chrysostomos gemacht!‹

Nach diesen Worten ist sie durch den Riß in der Mauer über die Prärie verschwunden. Sie hat sich noch einmal zu mir umgedreht, um sich zu verabschieden, und ist dann im Wald verschwunden.

Orfon soll meine Seele holen, wenn ich nicht die Wahrheit gesagt habe.«

Drouine hatte sich niedergekniet, bekreuzigte sich und schlug sich gegen die Brust wie beim Schuldbekenntnis, als sei alles, was sich ereignet hatte, seine Schuld.

Schluchzend fuhr er fort:

»Es ist entsetzlich!... Ich habe sie dem bösen Geist ausgeliefert. Jesus, erbarme dich unser!«

Christine weinte wie Magdalena. Jacques war ans Fenster getreten und betrachtete die friedlich daliegende Landschaft, die unbeweglich und fest unter dem klaren Himmel und dem kalten Licht der Sterne dalag... eine Landschaft ohne Gespenster.

»Ihr werdet hier noch alle verrückt mit eurer Geschichte vom Empouse!« sagte er. »Drouine, du wirst jetzt mit mir in die Krypta gehen.«

»Nein, nein, nein! Von dort komme ich ja, von dort bin ich ja gekommen.«

»Wie, du warst dort?«

»Ja... als sie weg war... habe ich mich wieder besser gefühlt... ich habe sie nicht mehr gesehen... und die kalte Nachtluft an meiner Stirn... Gut, also, ich sagte mir, daß ich geträumt habe... Dann sagte ich mir, die Krypta ist verschlossen, ihre Wände sind sehr dick, sogar für eine ›Empouse‹. Also, das war stärker als meine Furcht. Ich wollte es genau wissen... Ich bin in die Hosen geschlüpft, habe die Schlüssel zur Kapelle genommen und bin hinuntergestiegen. Dort habe ich gemerkt, daß ich zwar die großen Gitter zur Krypta, die vor dem Grab von Eisenarm, verschlossen hatte, aber übersehen hatte, die kleine Tür zu schließen, die am Fuß des Turms ins Freie führt. Durch diese Tür habe ich Sie reingelassen, erinnern Sie sich... Also, dort ist sie raus! Das stand für mich fest. Der Stein war weggerückt, das Grab stand offen und der Sarg ebenfalls. Der war leer!«

»Dann bleib hier bei Christine. Warte hier auf mich.«

Jacques eilte fort, trotz des Schreis, den das junge Mädchen ausstieß.

Vom Fenster aus beobachteten sie, wie er durch den Ehrenhof eilte und dann mit ruhigen Schritten über den Hof ging. Es war klar, daß er sich zur Ruhe zwingen wollte, um in der Krypta ganz kaltblütig zu bleiben. Er wollte sich von dieser Angst nicht anstecken lassen.

Plötzlich, zu gleicher Zeit, hörten Christine und Drouine ein rauhes Wimmern. Das junge Mädchen packte Drouine so fest am Arm, daß dieser fast aufgeschrien hätte. Jacques hatte soeben den Friedhof betreten. Im gleichen Augenblick tauchte die fließende Gestalt wieder auf, glitt an der Mauer der Kapelle entlang und kehrte zum Friedhof zurück, das bleiche Gespenst der Bessie-Anne Elisabeth.

Sie erreichte die Vorhalle, kam zum Turm und verschwand durch die kleine Tür, die zur Krypta führte.

Jacques war einen Moment stehengeblieben und ging auf dem gleichen Weg hinter ihr in die Gruft.

Christine und Drouine drängten sich eng aneinander, drückten die Stirn ans Fenster und sprachen kein Wort. Alles Leben, alles, was an Kraft noch in ihnen vorhanden war, lag in ihrem Blick. Sie starrten unverwandt auf den Friedhof, die Kapelle und das kleine dunkle Loch, durch das Bessie und Jacques ins Reich der Toten hinabgestiegen waren.

So vergingen ewig lange Minuten. Endlich kam Jacques wieder heraus. Christine seufzte erleichtert auf. Sie war mit kaltem Schweiß bedeckt, ihre Zähne schlugen aufeinander.

Drouine war unbeweglich wie ein Fels.

Jacques verließ den Friedhof, ging mit ruhigen Schritten über den Hof und überquerte den Ehrenhof. Er hob den Kopf zum Fenster und winkte ihnen freundlich zu.

Als er ins Zimmer zurückkam, sahen sie ihn an wie jemanden, der aus der anderen Welt zurückkehrt.

»Na, ihr Kindsköpfe!« meinte er. »Ihr habt geträumt. Ihr seid beide von der gleichen Idee besessen und habt deswegen das gleiche gesehen. Ich war in der Krypta. Sie können sagen, was Sie wollen, Drouine, aber darin hat sich nichts bewegt. Der Stein liegt noch am gleichen Platz... niemand hat das Grab berührt.«

»Du lügst!« schrie Christine. »Du hast sie ebenso gesehen wie wir. Du bist sogar stehengeblieben, als du sie gesehen hast... Du bist hinter ihr in die Krypta hinuntergestiegen.«

»Das ist wahr«, bestätigte Drouine mit rauher Stimme. »Bei Gott, so wahr ich ins Paradies kommen will, es ist wahr.«

Wieder bekreuzigte er sich.

»Schön, Sie halten mich für einen Betrüger. Drouine, Sie sind ein Mann! Begleiten Sie mich! Gehen Sie mit mir in die Krypta. Sie werden sehen, daß Sie sich geirrt haben.«

»Nein, ich bleibe hier«, erwiderte dieser mit finsterem Gesicht. »Morgen, bei Tageslicht...«

Er machte es sich im Flur auf einer Decke bequem. Christine bestand darauf, daß Jacques bei ihr bliebe, und schlief endlich in einem Sessel ein. Der Morgen graute schon... Jacques wollte auch gerade einschlafen, als ihn Stimmengewirr von draußen aus dem ersten Schlaf riß. Einige Dorfbewohner standen vor der Kapelle, andere liefen über den Hof und riefen nach Drouine. Zahlreiche Bauern sah man über die Prärie auf das Schloß zulaufen, die heftig gestikulierten.

Um diese Ruhestörung vor Schloß Coulteray zu verstehen, wollen wir von Ereignissen der Nacht berichten, die sich im Dorf abgespielt haben, während Christine, Jacques und Drouine im Schloß Augenblicke der Angst durchlebten, wie wir wissen.

Die Feier im Gasthof »Zur Feengrotte« zog sich in die Länge. Bei solchen Feiern, ob es sich nun um eine Begräbnisfeier oder um eine Hochzeitsfeier handelt, gibt es immer »Seßhafte«, die sich nicht losreißen können. Vor allem dann, wenn Karten die Zögernden, die eigentlich gern zu Bett gehen würden, zurückhalten. Um Mitternacht saßen noch vier von ihnen zusammen, tranken und spielten um Geld. Es waren Beroust, der Schmied, Verdiel, der eine Werkstatt an der Kreuzung der drei Landstraßen besaß und Benzin verkaufte, der bedeutendste Mann von Coulteray, der Kramer Nicole und Tamisier, der reichste Weinhändler in Coulteray und Umgebung. Bei ihnen saß noch Achard, der Gastwirt. Er hatte schon drei Generationen zum Tanzen gebracht. Aber er hatte nie ein Amt, ganz gleich welcher Art, in der Gemeinde angenommen, weil er es sich mit niemandem verderben wollte. Trotzdem war er, genau betrachtet, der Kopf der Gemeinde, oder, wie man sagt, ihr Schlußstein. Da saßen also fünf helle Köpfe zusammen, denen man, wie es im Volksmund heißt, kein X für ein U machen konnte.

Es war ungefähr eine Viertelstunde nach Mitternacht, da hörten die Männer die Witwe Gerard schreien. Sie hatte beim Bedienen ausgeholfen. Nachdem sie mit ihrer Arbeit fertig war, war sie über den Hof gegangen und wollte nach Hause gehen. Sie bewohnte ein kleines einstöckiges Haus am Rande des Dorfs, nicht weit entfernt von der Brücke, Verdiel fast gegenüber.

Der Schrei klang so entsetzlich, daß die fünf zusammenfuhren und alle zugleich aufsprangen, um zu sehen, was passiert war. Sie fanden die Witwe Gerard im Hof, zur Salzsäule erstarrt, mit weit offenem Mund, wie sie wie eine Mondsüchtige über die Landschaft starrte. Sie folgten ihrem Blick und entdeckten eine weiße Gestalt, die, in einen langen weißen Schleier eingehüllt, die Prärie herunterkam.

Es war sehr hell, der Mond schien sehr klar, so daß man die Blumengirlanden deutlich erkennen konnte, die den Kopf des Gespenstes schmückten und zusammen mit den Haaren auf die Schultern fielen.

Man zweifelte nicht einen Augenblick. Allen war klar, daß sie es war, die neue ›Empouse‹, die soeben aus ihrem Grab gestiegen war und sich Coulteray näherte. Sie waren zu sechst. Sie konnten unmöglich alle das gleiche träumen. Sie packten die Witwe Gerard und drängten sie in den Gasthof zurück. Dann verschlossen sie Türen und Fenster und berichteten alles den Dienstboten. Man schloß sich hermetisch ein. Alle versammelten sich in einem Raum. Die Witwe Gerard begann, den Rosenkranz zu beten, die Dienstmägde antworteten. Die Männer sprachen kein Wort... Alle waren sehr bleich... und schämten sich ihrer Angst.

»Nein wirklich. Wir sind Idioten!« brachte der Gastwirt zitternd heraus. »So etwas gibt es doch gar nicht!«

Aber die anderen widersprachen. Sie hatten alles ganz deutlich gesehen. Sie war aus der Mauer des Schlosses herausgekommen.

»Wir sind sicher die Opfer eines Alchimisten« (Alchimist ist jemand, der Unglück bringt), ließ sich der Schmied vernehmen. »Also wirklich, ich hätte nie geglaubt... Daß es so etwas heute noch gibt!«

»Was wird sie wohl hier wollen, dieses Frauenzimmer?«

Achard hielt es an seinem Platz nicht aus. Verärgert gebot er den Frauen, den Mund zu halten, die immer wieder von neuem Ave Maria beteten.

»Nein, das ist einfach nicht möglich. Wie werden sich die anderen morgen über uns die Mäuler zerreißen!«

Er verließ den Raum.

Man rief ihm nach, er solle sich ruhig verhalten ... Aber etwas war stärker als er ... Er öffnete eines der Fenster und rief sogleich die anderen zu sich, die ohne Zögern folgten. Nur die Frauen rührten sich nicht ..., aber sie hörten zu.

»Da ist sie wieder. Das ist sie. Sie geht zurück. Sie kehrt ins Schloß zurück ... Da, jetzt ist sie an der Mauer ... Sie geht zum Friedhof. Gut, soll sie doch zurückkehren und nie wiederkommen! Ich glaube, die Empouses ›arbeiten‹ nur in der Nacht. Die haben Angst vor dem Licht.«

»Schön, aber der Graf?«

Die Frauen beteten wieder mit heiliger Besessenheit: Ave Maria ... Ave Maria.

Aber die Männer brachten sie gleich wieder zum Schweigen, als sie in den Raum zurückkehrten. Sie hatten sich mit der Erscheinung der Empouse schon vertraut gemacht und hatten beobachtet, wie sie ins Schloß zurückgekehrt war. Jetzt fühlten sie sich sicherer. Sie hatten einen Tag lang Zeit, die nächsten Schritte zu beschließen.

Am meisten beunruhigte sie, daß man ihnen am nächsten Morgen nicht glauben und sie auslachen würde.

Unnötige Angst! Bei den ersten Strahlen der Sonne, als man es wagen konnte, vor die Tür zu gehen, war ganz Coulteray auf den Beinen.

Die Männer im Gasthof waren nicht die einzigen, die die Empouse gesehen hatten. Es gab sogar welche, die sie gehört hatten, z. B. die beiden Nachbarinnen der Witwe Gerard, die in der Nähe der Brücke wohnten. Sie waren von den Rufen: ›Adolphine, Adolphine‹ geweckt worden (das war der Vorname der Witwe Gerard). Sie waren aufgestanden und hatten die Gräfin erkannt, sie sah genauso aus wie am Morgen in ihrem Sarg. Sie war kurz mitten auf der Straße stehengeblieben, hatte den Kopf zum Zimmer von Adolphine gehoben, die aber nicht antwortete, weil sie ja im Gasthof war. Das war der Beweis. Denn beide Nachbarinnen sagten gleich aus. Die Empouse war endlich gegangen und hatte tief geseufzt.

Die beiden Nachbarinnen hatten den Rest der Nacht im Gebet verbracht. Man kann leicht verstehen, daß das ganze Gebiet sich in hellster Aufregung befand.

Als man erfuhr, was Drouine erlebt hatte, waren auch die Ungläubigsten überzeugt, außer dreien: dem Bürgermeister, dem Arzt und dem Pfarrer.

Der Arzt erklärte das ungewöhnliche Ereignis rein wissenschaftlich. Er meinte, es sei nicht das erste Mal, daß ein kollektives Hirngespinst auftrete. Es erkläre sich aus dem althergebrachten Glauben an die Empouses in dieser Region. Die Burschen im Gasthof seien zudem ziemlich betrunken gewesen.

Jacques Cotentin, den man in dieser Angelegenheit zu Rate zog, unterstützte die Ansichten dieser drei Herren. Er hatte nichts bemerkt... außer einem völlig unberührten Grab.

Trotzdem hatte man es mit einer unruhigen Bevölkerung zu tun, die es zu beruhigen galt. Daher sagten sich diese drei Herren: Wenn es sich nicht um ein provisorisches Grab handelte, wenn der Grabstein eingemauert worden wäre, wie es sich gehört, wenn der Bleisarg richtig verschlossen worden wäre (es war ein Bleisarg mit Nieten, den man für die endgültige Bestattung leicht öffnen konnte), dann hätte die Empouse nicht entkommen und in der Nacht in Coulteray spazierengehen können. Schön, die Bevölkerung sollte befriedigt werden. Man würde das Grab öffnen, allen die sterblichen Überreste der Bessie-Anne Elisabeth zeigen, in Anwesenheit aller Dorfbewohner den Sarg schließen und den Stein einmauern, mit dem das Grab geschlossen wurde. Als Abschluß sollte der Pfarrer feierlich die Worte des großen Exorzismus sprechen.

So geschah es auch. Für den Augenblick waren alle beruhigt. Christine konnte noch einmal ihre Freundin sehen. Die Vorstellung, daß jemand, der wirklich so tot war wie diese, in der Nacht zuvor durchs Dorf spazierengegangen sein sollte, was alle in helle Aufregung versetzt hatte, stürzte sie in heftige Zweifel. Sie wußte nicht mehr, was sie gesehen hatte, noch ob sie etwas gesehen hatte.

Drouine war verschlossener als zuvor. In seiner Gegenwart durfte man nicht von Hirngespinsten reden, weder individueller noch kollektiver Natur. Er hatte die Tote unter seinem Fenster gesehen und hatte festgestellt, daß das Grab leer war... Jacques wollte ihn unbedingt zum Schweigen bringen.

Christine war völlig erschöpft. Am Abend dieses Tages wollte sie liebend gern nach Paris zurückkehren, des Tages, der in die Annalen Coulterays einging und durch den die Geschichte so an Bedeutung und Verbreitung gewann, daß Besucher aus den entlegensten Gegenden nach Coulteray kamen, woraus Achard, der Gastwirt, und Drouines Nachfolger ihren Nutzen zogen. Letzterer erzählte die Geschichte vom Empouse, als sei sie ihm persönlich zugestoßen.

Als sie am Abend ins Schloß zurückkehrte, nach dem großen Exorzismus, befiel sie eine merkwürdige Müdigkeit, die vielleicht auf ihre große Erschöpfung zurückzuführen war. Sie mußte sich hinlegen. Sie erwachte erst aus diesem Zustand, als sie beobachtete, wie die bekannte, eisenbeschlagene Limousine in den Schloßhof fuhr. Sie hatte nicht bemerkt, daß man damit fortgefahren war. Doch an diesem Morgen hatte der Wagen nichts Geheimnisvolles an sich, er war offen. Am Steuer saß Jacques, worüber Christine sehr staunte.

»Wo kommst du her, mit diesem Wagen?« fragte sie ihn.

»Ich hatte Mitleid mit unserem armen Drouine, der so schnell wie möglich fortziehen wollte. Da die Witwe Gerard ebenfalls aus dieser Gegend weg wollte und da sie vorhaben, zu heiraten, habe ich die beiden auf ihre Bitten hin in der vergangenen Nacht in die Sologne gebracht, wo Drouine ein kleines Gut besitzt. Dort wollen sie bis an ihr Lebensende bleiben. Ich habe diesen Wagen genommen, weil sonst keiner mehr im Schloß vorhanden ist. Die Ärmsten wären durchgedreht, glaube ich, wenn sie noch eine Stunde länger in dieser Gegend geblieben wären.«

»Jetzt kann ich sie gut verstehen. Wir wollen auch sofort aufbrechen.«

Während der Fahrt sprach sie lange Zeit kein Wort. Es war nicht festzustellen, ob sie schlief oder nachdachte. Plötzlich öffnete sie die Augen und sagte zu Jacques:

»Aber es ist trotzdem merkwürdig, daß du mich einfach so, ohne ein Wort zu sagen, im Schloß zurückgelassen hast. Denn während du mit Drouine und dieser Witwe Gerard unterwegs warst, war ich schließlich ganz allein im Schloß.«

»Nein«, erwiderte Jacques, »du warst nicht allein. Doktor Moricet hat auf meine Bitten die Nacht im Schloß verbracht.«

Am Abend erreichten sie Tours. Dort erhielten sie ein Telegramm des alten Norbert: ›Kommt sofort nach Hause. Gabriel beunruhigt mich.‹

Auf dem Schafott

Anfang November begann der Prozeß gegen Benedikt Masson in Malun. Er verlief so, wie die Voruntersuchungen es erwarten ließen. Der Zynismus des Angeklagten war noch schärfer geworden. Seine Antworten waren eine Mischung aus Jean Hiroux und Emile Henry, aus gewollter Dummheit und kühner Drohung. Er bediente sich der Sprache von Fuhrleuten und sprang dann plötzlich über in die furchterregende, überlegene Strenge eines biblischen Propheten, dann sprach er wieder blumig wie aus einem Werk von Bernardin de Saint-Pierre. Meistens endete er seine Sätze in ekelhaftem Straßenjargon.

Die Geschworenen dienten seinen schlimmsten Späßen als Zielscheibe. Vor dem Präsidenten des Gerichts erklärte er erneut, was er schon dem Untersuchungsrichter gesagt hatte, daß er nicht gewillt sei, die Probleme zu lösen, er werde ja auch nicht dafür bezahlt. Es sei Aufgabe der Justiz, herauszufinden, was mit den Mädchen passiert sei, die nach Corbillères gekommen waren. Er selber sei an ihrem Schicksal in keiner Weise interessiert. Und schließlich, auch wenn man ihn dabei überrascht habe, wie er ein zerstückeltes junges Mädchen verbrannte, dann sei dies nur ein bedauernswerter Unfall gewesen, vor allem für sie. Aber dies könne in keiner Weise gegen ihn als Beweis seiner Schuld angeführt werden.

Wir wollen uns nicht bei seinen Worten aufhalten, die die ehrbaren Zuhörer gegen ihn aufbrachten. Das Plädoyer des Staatsanwalts war, wie man sich vorstellen kann, erbarmungslos. Benedikt Masson durfte kaum auf Nachsicht des Staatsanwalts hoffen, da er den würdigen Beamten, dessen Gesicht von Pockennarben entstellt war, als Pillengußform bezeichnet hatte.

Der aufregendste Augenblick in diesem Prozeß war ohne Zweifel das Erscheinen Christines im Zeugenstand. Der Angeklagte wechselte in seinem Verhalten von einem Extrem ins andere. Er verlor seine stolze Haltung, ließ sich auf die Bank fallen und verbarg sein Gesicht in den Händen. Christines Aussage war kurz und schrecklich.

Fräulein Norbert warf nicht einen Blick zu Benedikt Masson. Sie wandte sich den Geschworenen zu und schien ihnen zu diktieren, was zu geschehen habe. Diese ließen es auch an nichts fehlen. Benedikt Masson wurde zum Tode verurteilt. Er lehnte es ab, sein Gnadengesuch zu unterschreiben.

Am zweiten Dezember wurde die Unheil verkündende Maschine beim Friedhof vor den Toren Maluns errichtet (zitiert aus der Gerichtszeitung). Es war bitter kalt. Alle waren wie erstarrt. Nur der Verurteilte, der mit dem Wagen vom Gefängnis gebracht wurde, zitterte nicht, als er ausstieg. Er trug den Kopf hoch, den man ihm abschlagen wollte. Ohne eine Bewegung zu zeigen, betrachtete er die Versammlung. Man erwartete einen letzten Angriff gegen die Gesellschaft, über die er während des Prozesses all seine Bitterkeit ausgegossen hatte. Aber nichts dergleichen geschah. Er küßte das Kreuz, das der Priester ihm hinhielt, und meinte:

»Dieser ist ein Bruder.«

Dann überließ er sich dem Henker.

Das Henkerbeil fiel nieder. Monsieur de Paris hat später oft gesagt, daß er nie wieder einer solchen Hinrichtung beigewohnt habe. Gewöhnlich falle der Verurteilte in sich zusammen und ziehe den Kopf zwischen die Schultern, wenn er auf dem Brett liege und sein Kopf im Loch stecke. Aber Benedikt Masson schien sich auf das Brett zu werfen wie auf ein lang ersehntes Ruhebett. Sein Kopf, der sich von allein nach vorn streckte, schien bereits den Korb zu suchen, in den er rollen sollte.

Der Friedhof war nur wenige Schritte entfernt. Die Grube hatte man bereits ausgehoben. Man gab vor, ihn zu begraben. Aber der Kopf wurde sofort dem Assistenten der Medizinischen Fakultät von Paris ausgehändigt, der unmittelbar danach mit seiner blutigen Trophäe verschwand (zitiert aus den Vermischten Nachrichten).

Am gleichen Tag sandte der Verteidiger des Elenden das einzige Papier, das sein Klient hinterlassen hatte, an Fräulein Christine Norbert. Darauf standen die Verse der »Promenade Sentimentale« (Gefühlvoller Spaziergang):

»Die untergehende Sonne warf ihre letzten Strahlen.
Der Wind wiegte die fahlen Seerosen.
Sie schimmerten traurig über dem stillen Wasser.
Ich, ich irrte allein am Teich entlang und klagte den
Büschen mein Leid.
Im Dickicht, durch das ich allein irrte,
dem ich auch mein Leid klagte,
umhüllte das dichte Leichentuch der Nacht
die letzten Strahlen der Sonne in den fahlen Wellen ...«

Unter diesen Versen stand:

»Warum sind Sie gekommen?«

Jetzt, nachdem Benedikt Masson geköpft ist, kann man sich fragen, warum der Erzähler dieser schrecklichen Geschichte diese als rührend bezeichnet hat. Sie ist schauerlich, ekelerregend... Aber rührend?

Und doch, die Geschichte von Benedikt Masson ist rührend, denn jetzt fängt sie erst richtig an.

Zu dieser Ausgabe

insel taschenbuch 1567
Gaston Leroux
Die blutbefleckte Puppe

Originaltitel: La poupée sanglante. Die vorliegende Neuübersetzung von Annegret Sellier wird hier erstmals veröffentlicht. Die Rechte an der deutschen Übersetzung liegen beim Carl Hanser Verlag München Wien. Umschlagabbildung: Henri Gervex, Rolla, 1878, Ausschnitt.

Französische Literatur
im insel taschenbuch

Honoré de Balzac: Eugénie Grandet. Aus dem Französischen von Gisela Etzel. Herausgegeben von Eberhard Wesemann. it 1127

– Die Frau von dreißig Jahren. Aus dem Französischen übertragen von Werner Blochwitz. it 460

– Glanz und Elend der Kurtisanen. Aus dem Französischen von Felix Paul Greve. it 1232

– Das Mädchen mit den Goldaugen. Aus dem Französischen von Ernst Hardt. Mit einem Vorwort von Hugo von Hofmannsthal. Zehn Illustrationen von Marcus Behmer. it 60

– Tolldreiste Geschichten. Aus dem Französischen von Benno Rüttenauer. Mit Illustrationen von Gustave Doré. it 911

– Vater Goriot. Aus dem Französischen von Franz Hessel. Herausgegeben von Erika Wesemann. it 1167

Charles Baudelaire: Die Blumen des Bösen. Übertragen von Carlo Schmid. it 120

Pierre Augustin Caron de Beaumarchais: Die Figaro-Trilogie. Der Barbier von Sevilla oder Die nutzlose Vorsicht. Der tolle Tag oder Figaros Hochzeit. Die Schuld der Mutter oder Ein zweiter Tartuffe. Deutsch von Gerda Scheffel. Nachwort von Norbert Miller. Mit zeitgenössischen Illustrationen. it 228

Jacques Cazotte: Der verliebte Teufel. Aus dem Französischen von Franz Kaltenbeck. it 2337

George Clémenceau: Claude Monet. Betrachtungen und Erinnerungen eines Freundes. Mit farbigen Abbildungen und einem Nachwort von Gottfried Boehm. it 1152

Alphonse Daudet: Briefe aus meiner Mühle. Aus dem Französischen von Alice Seiffert. it 446

– Tartarin von Tarascon. Die wunderbaren Abenteuer des Tartarin von Tarascon. Mit 45 Zeichnungen von Emil Preetorius. it 84

Denis Diderot: Die Nonne. Mit einem Nachwort von Robert Mauzi, die Übersetzung des Nachworts besorgte Margaret Carroux. it 31

– Die Verräter. Herausgegeben von Horst Günther. Aus dem Französischen von Friedrich Ludwig Wilhelm Meyer. Mit zeitgenössischen Illustrationen. it 1379

Alexandre Dumas: Die drei Musketiere. Aus dem Französischen von Herbert Bräuning. it 1131

– Der Graf von Monte Christo. 2 Bde. Bearbeitung einer alten Übersetzung von Meinhard Hasenbein. Mit Illustrationen von Pavel Brom und Dagmar Bromova. it 266

152/1/8.92

Französische Literatur im insel taschenbuch

Alexandre Dumas: Die Kameliendame. Aus dem Französischen von Walter Hoyer. Mit Illustrationen von Paul Gavarni. it 546

Marguerite Duras: Der Vize-Konsul. Roman. Deutsch von W. M. Guggenheimer. Großdruck. it 2312

Dominique Fernandez: Süditalienische Reise. Aus dem Französischen von Julia Kirchner. Mit farbigen Fotografien von Martin Thomas. it 1076

Gustave Flaubert: Bouvard und Pécuchet. Aus dem Französischen übersetzt von Georg Goyert. Mit Illustrationen von András Karakas. Mit einem Vorwort von Victor Brombert und einem Nachwort von Uwe Japp. it 373

– Drei Erzählungen. Trois contes. Übersetzt und herausgegeben von Cora van Kleffens und André Stoll. it 571

– Lehrjahre des Gefühls. Geschichte eines jungen Mannes. Übertragen von Paul Wiegler. Mit einem Essay und einer Bibliographie von Erich Köhler. it 276

– Madame Bovary. Revidierte Übersetzung aus dem Französischen von Arthur Schurig. it 167

– November. Aus dem Französischen übersetzt von Ernst Sander. Mit einem Nachwort von Monika Bosse. it 411

– Reise in den Orient. Ägypten. Nubien. Palästina. Syrien. Libanon. Aus dem Französischen von Reinhold Werner und André Stoll. Mit Photographien von Maxime Du Camp, einem Register und einem Nachwort. Herausgegeben von André Stoll. it 619

– Salammbô. Herausgegeben und mit einem Nachwort versehen von Monika Bosse und André Stoll. Aus dem Französischen übersetzt von Georg Brustgi. it 342

– Ein schlichtes Herz und andere Erzählungen. Aus dem Französischen von Cora van Kleffens und André Stoll. Großdruck. it 2314

– Wörterbuch der Gemeinplätze. Die Albumblätter der Marquise. Katalog der schicken Ideen. Aus dem Französischen von Monika Petzenhauser. Mit einem Vorwort von J. Rudolfo Wilcock. it 1303

Edmond und Jules de Goncourt: Tagebücher. Aufzeichnungen aus den Jahren 1851-1870. Nach der ersten Gesamtausgabe der Académie Goncourt ausgewählt, übertragen und herausgegeben von Justus Franz Wittkop. it 692

Choderlos de Laclos: Schlimme Liebschaften. Mit 14 Kupferstichen. Übertragen und eingeleitet von Heinrich Mann. it 12

152/2/8.92

Französische Literatur
im insel taschenbuch

La Fontaine: Die schönsten Fabeln. Aus dem Französischen von Thomas Keck. Mit farbigen Illustrationen von Rolf Köhler und einem Nachwort von Jürgen von Stackelberg. it 1451

Guy de Maupassant: Bel-Ami. Aus dem Französischen von Josef Halperin. Mit zeitgenössischen Illustrationen. it 280

– Die Brüder. Novelle. Deutsch von Ernst Weiß. Mit Illustrationen von Géo Dupuis. it 712

– Das Haus Tellier. Und andere Erzählungen. Ausgewählt und mit einem Nachwort versehen von Werner Berthel. Mit zeitgenössischen Illustrationen. Aus dem Französischen übersetzt von Helmut Bartuschek und Karl Friese. it 248

Prosper Mérimée: Carmen. Mit Zeichnungen von Pablo Picasso. Aus dem Französischen übersetzt von Franz Schnabel. it 361

Honoré-Gabriel Mirabeau: Der gelüftete Vorhang oder Lauras Erziehung. Aus dem Französischen von Eva Moldenhauer. Nachbemerkung von Norbert Miller. it 32

Molière: Der eingebildete Kranke. Aus dem Französischen von Johanna Walser und Martin Walser. it 1014

– Der Menschenfeind. Nach dem Französischen des Molière von Hans Magnus Enzensberger. it 401

Michel de Montaigne: Essais. Herausgegeben und mit einem Nachwort versehen von Ralph-Rainer Wuthenow. Revidierte Fassung der Übertragung von Johann Joachim Bode. it 220

– Tagebuch einer Reise durch Italien. Aus dem Französischen von Otto Flake. it 1074

Blaise Pascal: Größe und Elend des Menschen. Aus den »Pensées«. Auswahl, Übersetzung und Nachwort von Wilhelm Weischedel. it 441

– Über die Religion und über einige andere Gegenstände. Aus dem Französischen übertragen und mit einem Nachwort herausgegeben von Ewald Wasmuth. it 1008

Marthe Princesse Bibesco: Begegnung mit Marcel Proust. Aus dem Französischen von Eva Rechel-Mertens. it 1349

Renate Wiggershaus: Marcel Proust. Leben und Werk in Texten und Bildern. it 1348

François Rabelais: Gargantua und Pantagruel. Mit Illustrationen von Gustave Doré. Herausgegeben von Horst und Edith Heintze. Erläutert von Horst Heintze und Rolf Müller. 2 Bände. Übersetzung auf Grund der maßgebenden französischen Ausgabe, unter Benutzung der deutschen Fassung von Ferdinand Adolf Gelbcke. it 77

152/3/8.92

Französische Literatur im insel taschenbuch

Arthur Rimbaud: Sämtliche Werke. Französisch und deutsch. Übertragen von Sigmar Löffler und Dieter Tauchmann. Mit Erläuterungen zum Werk und einer Chronologie zum Leben Arthur Rimbauds, neu durchgesehen von Thomas Keck. it 1398

Jean-Jacques Rousseau: Bekenntnisse. Aus dem Französischen von Ernst Hardt. Mit einer Einführung von Werner Krauss. it 823

Marquis de Sade: Justine oder Die Leiden der Tugend. Mit einem Essay von Albert Camus. Aus dem Französischen von Raoul Haller. it 1257

– Verbrechen der Liebe. Heroische und tragische Novellen. Aus dem Französischen von Christian Barth. it 1448

George Sand: Geschichte meines Lebens. Aus ihrem autobiographischen Werk ausgewählt und mit einer Einleitung versehen von Renate Wiggershaus. it 313

– Indiana. Aus dem Französischen von A. Seubert. Mit einem Essay von Annegret Stopczyk. it 711

– Lélia. Aus dem Französischen von Anna Wheill. Mit einem Essay von Nike Wagner. it 737

– Lucrezia Floriani. Roman. Aus dem Französischen von Anna Wheill. it 858

– Das Teufelsmoor. Aus dem Französischen von Helene und Herbert Kühn. Mit Illustrationen von Tony Johannot. it 943

Eugène Scribe: Die erste Liebe oder Erinnerungen an die Kindheit. Aus dem Französischen von Reinhard Palm. Mit einem Essay von Sören Kierkegaard. it 1396

Misia Sert: Pariser Erinnerungen. Aus dem Französischen von Hedwig Andertann. Mit einem Bildteil. it 1180

Madame de Sévigné: Briefe. Herausgegeben und übersetzt von Theodora von der Mühl. Mit zeitgenössischen Kupferstichen. it 395

Anne Germaine Madame de Staël: Über Deutschland. Vollständige und neu durchgesehene Fassung der deutschen Erstausgabe von 1814 in der Gemeinschaftsübersetzung von Friedrich Buchholz, Samuel Heinrich Catel und Julius Eduard Hitzig. Herausgegeben und mit einem Nachwort versehen von Monika Bosse. Mit einem Register, Anmerkungen und einer Bilddokumentation. it 623

Stendhal: Die Kartause von Parma. Vollständige Ausgabe. Aus dem Französischen von Arthur Schurig. it 1222

– Lucien Leuwen. Aus dem Französischen übersetzt und mit einem Nachwort versehen von Otto von Taube. it 758

– Rot und Schwarz. Vollständige Ausgabe. Aus dem Französischen von Arthur Schurig. Mit einem Nachwort von Uwe Japp. it 1210

152/4/8.92

Französische Literatur im insel taschenbuch

Stendhal: Über die Liebe. Vollständige Ausgabe. Aus dem Französischen und mit einer Einführung von Walter Hoyer. it 124

François Villon: Sämtliche Dichtungen. Zweisprachige Ausgabe. Aus dem Französischen von Walther Küchler. it 1039

Voltaire: Candide oder der Optimismus. Mit Zeichnungen von Paul Klee. it 11

– Philosophisches Wörterbuch. Nach der Textauswahl von Rudolf Noack. Herausgegeben und eingeleitet von Karlheinz Stierle. Aus dem Französischen von Erich Salewski und Karlheinz Stierle. it 855

– Sämtliche Romane und Erzählungen. Mit einer Einleitung von Victor Klemperer und Stichen von Moreau le jeune. Aus dem Französischen übersetzt von Ilse Lehmann. it 209

– Zadig oder das Schicksal. Eine orientalische Erzählung. Aus dem Französischen von Ilse Lehmann. Mit vierzig Radierungen von Marcus Behmer. it 121

Wilhelmine von Bayreuth: Eine preußische Königstochter. Glanz und Elend am Hofe des Soldatenkönigs in den Memoiren der Markgräfin Wilhelmine von Bayreuth. Aus dem Französischen von Annette Kolb. Neu herausgegeben von Ingeborg Weber-Kellermann. Mit Illustrationen von Adolph Menzel. it 1280

Emile Zola: Germinal. Aus dem Französischen von Armin Schwarz. Mit Illustrationen von Renate Sendler-Peters. it 720

– Nana. Aus dem Französischen und mit einem Nachwort versehen von Erich Marx. Illustrationen von Renate Sendler-Peters. it 398

– Thérèse Raquin. Aus dem Französischen von Ernst Hardt. it 1146

152/5/8.92

Englische und amerikanische Literatur im insel taschenbuch

Elizabeth von Arnim: Elizabeth und ihr Garten. Aus dem Englischen von Adelheid Dormagen. it 1293

Jane Austen: Die Abtei von Northanger. Aus dem Englischen von Margarete Rauchenberger. Mit Illustrationen von Hugh Thomson. it 931

– Anne Elliot. Aus dem Englischen von Margarete Rauchenberger. Mit Illustrationen von Hugh Thomson. it 1062

– Emma. Aus dem Englischen von Charlotte Gräfin von Klinckowstroem. Mit Illustrationen von Hugh Thomson. it 511

– Lady Susan. Ein Roman in Briefen. Die Watsons. Sanditon. Zwei Romanfragmente. Aus dem Englischen von Angelika Beck und Elizabeth Gilbert. it 1192

– Lady Susan. Ein Roman in Briefen. Aus dem Englischen von Angelika Beck. Großdruck. it 2331

– Stolz und Vorurteil. Aus dem Englischen von Margarete Rauchenberger. Mit Illustrationen von Hugh Thomson und mit einem Essay von Norbert Kohl. it 787

Harriet Beecher-Stowe: Onkel Toms Hütte. In der Bearbeitung einer alten Übersetzung. Herausgegeben und mit einem Nachwort versehen von Wieland Herzfelde. Mit 27 Holzschnitten von Georg Cruikshank aus der englischen Ausgabe von 1852. it 272

Ambrose Bierce: Aus dem Wörterbuch des Teufels. Auswahl, Übersetzung und Nachwort von Dieter E. Zimmer. it 440

– Mein Lieblingsmord. Erzählungen. Mit einem Nachwort von Edouard Roditi. Aus dem Amerikanischen von Gisela Günther. it 39

– Das Spukhaus und andere Gespenstergeschichten. Deutsch von Gisela Günther, Anneliese Strauß und K. B. Leder. it 1411

Anne Brontë: Agnes Grey. Aus dem Englischen von Elisabeth von Arx. it 1093

Charlotte Brontë: Erzählungen aus Angria. Aus dem Englischen von Michael Walter und Jörg Drews. it 1285

– Jane Eyre. Eine Autobiographie. Aus dem Englischen von Helmut Kossodo. Mit einem Essay und einer Bibliographie herausgegeben von Norbert Kohl. it 813

– Der Professor. Aus dem Englischen von Gottfried Röckelein. it 1351

– Shirley. Aus dem Englischen von Johannes Reiher und Horst Wolf. it 1145

– Über die Liebe. Herausgegeben von Elsemarie Maletzke. Übertragen von Eva Groepler und Hans J. Schütz. it 1249

– Villette. Roman. Aus dem Englischen von Christiane Agricola. it 1447

153/1/8.92

Englische und amerikanische Literatur im insel taschenbuch

Emily Brontë: Die Sturmhöhe. Aus dem Englischen von Grete Rambach. it 141

Edward George Bulwer-Lytton: Die letzten Tage von Pompeji. Aus dem Englischen von Friedrich Notter. it 801

Lewis Carroll: Alice hinter den Spiegeln. Mit einundfünfzig Illustrationen von John Tenniel. Übersetzt von Christian Enzensberger. it 97

– Alice im Wunderland. Mit zweiundvierzig Illustrationen von John Tenniel. Übersetzt und mit einem Nachwort von Christian Enzensberger. it 42

– Geschichten mit Knoten. Eine Sammlung mathematischer Rätsel. Herausgegeben und übersetzt von Walter E. Richartz. Mit Illustrationen von Arthur B. Frost. it 302

– Die Jagd nach dem Schnark. Übersetzt und ausgeleitet von Klaus Reichert. Mit Illustrationen von Henry Holiday. it 598

Geoffrey Chaucer: Die Canterbury-Erzählungen. Vollständige Ausgabe. Aus dem Englischen übertragen und herausgegeben von Martin Lehnert. Mit Illustrationen von Edward Burne-Jones. it 1006

Gilbert Keith Chesterton: Alle Pater-Brown-Geschichten. 2 Bände in Kassette. it 1263/1149

– Pater-Brown-Geschichten. 24 Detektivgeschichten. Mit einem Nachwort von Norbert Miller. it 1149

– Die schönsten Pater-Brown-Geschichten. Großdruck. it 2332

Daniel Defoe: Glück und Unglück der berühmten Moll Flanders, die, im Zuchthaus Newgate geboren, nach vollendeter Kindheit noch sechzig wertvolle Jahre durchlebte, zwölf Jahre Dirne war, fünfmal heiratete, darunter ihren Bruder, zwölf Jahre lang stahl, acht Jahre deportierte Verbrecherin in Virginien war, schließlich reich wurde, ehrbar lebte und reuig verstarb. Beschrieben nach ihren eigenen Erinnerungen. Deutsch von Martha Erler. Mit Illustrationen von William Hogarth und einem Essay von Norbert Kohl. it 707

– Robinson Crusoe. Mit Illustrationen von Ludwig Richter. In der Übersetzung von Hannelore Novak. it 41

Charles Dickens: Bleak House. Aus dem Englischen von Richard Zoozmann. Mit Illustrationen von Phiz. it 1110

– David Copperfield. Mit Illustrationen von Phiz. it 468

– Detektivgeschichten. Aus dem Englischen von Franz Franzius. it 821

– Eine Geschichte aus zwei Städten. Mit Illustrationen von Phiz. it 1033

– Große Erwartungen. Aus dem Englischen von Margit Meyer. Mit Illustrationen von F. W. Pailthorpe. it 667

153/2/8.92

Englische und amerikanische Literatur im insel taschenbuch

Charles Dickens: Harte Zeiten. Aus dem Englischen von Paul Heichen. Mit Illustrationen von F. Walker und Maurice Greiffenhagen. it 955
– Nikolaus Nickleby. Mit Illustrationen von Phiz. it 1304
– Die Pickwickier. Mit Illustrationen von Robert Seymour, Robert William Buss und Phiz. it 896
– Der Raritätenladen. Aus dem Englischen von Leo Feld. Mit Holzschnitten von George Cattermole, H. K. Browne, George Cruikshank und Daniel Maclise. it 716
– Weihnachtserzählungen. Mit Illustrationen von Leech, Stanfiels, Stone u.a. it 358
Charles A. Eastman: Indianergeschichten aus alter Zeit. Deutsch von Elisabeth Friederichs. Mit einem Nachwort herausgegeben von Dietrich Leube. Illustrationen und Anmerkungen von Frederick Weygold. it 861
Henry Fielding: Tom Jones. Die Geschichte eines Findelkindes. 2 Bde. Mit Illustrationen von Gravelot und Moreau le jeune. Herausgegeben und mit einem Nachwort von Norbert Kohl. it 504
Ben Hecht: Tausendundein Nachmittage in New York. Aus dem Amerikanischen von Helga Herborth. Mit Illustrationen von George Grosz. it 1323
Rudyard Kipling: Mit der Nachtpost. Unheimliche Geschichten. Aus dem Englischen von Friedrich Polakovics. it 1368
– Unheimliche Geschichten. Aus dem Englischen von Friedrich Polakovics. it 1286
D. H. Lawrence: Erotische Geschichten. Aus dem Englischen von Heide Steiner. it 1385
Matthew Gregory Lewis: Der Mönch. Aus dem Englischen von Friedrich Polakovics. Mit einem Essay und einer Bibliographie von Norbert Kohl. it 907
Jane Lidderdale / Mary Nicholson: Liebe Miss Weaver. Ein Leben für Joyce. Aus dem Englischen von Angela Praesent und Anneliese Strauss. it 1436
Lord Byron. Ein Lesebuch mit Texten, Bildern und Dokumenten. Herausgegeben von Gert Ueding. it 1051
Katherine Mansfield: Der Mann ohne Temperament und andere Erzählungen. Aus dem Englischen von Heide Steiner. Großdruck. it 2325
– Seligkeit und andere Erzählungen. Aus dem Englischen von Heide Steiner. it 1334

153/3/8.92

Englische und amerikanische Literatur im insel taschenbuch

Charles Robert Maturin: Melmoth der Wanderer. Roman. Aus dem Englischen von Friedrich Polakovics. Mit einem Nachwort von Dieter Sturm. it 1279

Herman Melville: Israel Potter. Seine fünfzig Jahre im Exil. Aus dem Amerikanischen von Uwe Johnson. it 1315

– Moby Dick. 2 Bde. Aus dem Amerikanischen von Alice und Hans Seiffert. Mit Zeichnungen von Rockwell Kent und einem Nachwort von Rudolf Sühnel. it 233

Samuel Pepys: Das geheime Tagebuch. Herausgegeben von Anselm Schlösser und übertragen von Jutta Schlösser. Mit Abbildungen. it 637

Sylvia Plath: Das Bett-Buch. Aus dem Englischen von Eva Demski. Mit farbigen Illustrationen von Rotraud Susanne Berner. it 1474

Edgar Allan Poe: Der entwendete Brief und andere Erzählungen. Ausgewählt von Franz-Heinrich Hackel. Aus dem Amerikanischen von Werner Beyer u.a. Mit Holzschnitten von Fritz Eichenberg. Großdruck. it 2309

– Erzählungen. Übertragen von Barbara Cramer-Nauhaus, Erika Gröger und Heide Steiner. it 1449

– Das Geheimnis der Marie Rogêt und andere Erzählungen. Aus dem Amerikanischen von Werner Beyer, Felix Friedrich und anderen. it 783

– Grube und Pendel. Und andere Erzählungen. Mit einem Nachwort von Franz Rottensteiner und Illustrationen von Harry Clarke. Aus dem Amerikanischen von Günther Steinig. ›Grube und Pendel‹ wurde von Elisabeth Seidel übersetzt. it 362

– Der Untergang des Hauses Usher. Meistererzählungen. Aus dem Amerikanischen von Barbara Cramer-Nauhaus, Erika Gröger und Heide Steiner. it 1373

Reynolds Price: Ein ganzer Mann. Roman. Aus dem Amerikanischen von Maria Carlsson. it 1378

Walter Scott: Ivanhoe. Roman. Deutsch von Leonhard Tafel. Textrevision und Nachwort von Paul Ernst. it 751

William Shakespeare: Hamlet. Prinz von Dänemark. Aus dem Englischen von August Wilhelm von Schlegel. Durchgesehen von Levin L. Schücking. Mit Illustrationen von Eugène Delacroix. Herausgegeben und mit einem Essay versehen von Norbert Kohl. it 364

– Richard III. Aus dem Englischen von Thomas Brasch. it 1109

– Romeo und Julia. Deutsch von Thomas Brasch. it 1383

– Was ihr wollt. Aus dem Englischen von Thomas Brasch. it 1205

153/4/8.92

Englische und amerikanische Literatur im insel taschenbuch

Mary W. Shelley: Frankenstein oder Der moderne Prometheus. Mit einem Essay von Norbert Kohl. it 1030

Muriel Spark: Mary Shelley. Eine Biographie. Deutsch von Angelika Beck. Mit zahlreichen Abbildungen. it 1258

Laurence Sterne: Leben und Meinungen von Tristram Shandy Gentleman. In der Übersetzung von Adolf Friedrich Seubert. Durchgesehen und revidiert von Hans J. Schütz. Mit einem Essay und einer Bibliographie von Norbert Kohl. Illustrationen von George Cruikshank. it 621

– Yoricks Reise des Herzens durch Frankreich und Italien. Aus dem Englischen übersetzt und mit einem Nachwort versehen von Helmut Findeisen. Mit zwölf Holzschnitten nach Tony Johannot. it 277

Robert Louis Stevenson: Die Schatzinsel. Aus dem Englischen von Karl Lerbs. Mit Illustrationen von Georges Roux. it 65

Bram Stoker: Dracula. Aus dem Englischen von Karl Bruno Leder. it 1086

Jonathan Swift: Gullivers Reisen. Mit Illustrationen von Grandville und einem Vorwort von Hermann Hesse. Aus dem Englischen übersetzt von Franz Kottenkamp. Vervollständigt und bearbeitet von Roland Arnold. it 58

William Makepeace Thackeray: Jahrmarkt der Eitelkeit. Ein Roman ohne Held. 2 Bde. Mit Illustrationen von Thackeray. Herausgegeben und mit einem Nachwort von Norbert Kohl. Dem deutschen Text wurde eine Übertragung aus dem Nachlaß von H. Röhl zugrunde gelegt. it 485

Mark Twain: Gesammelte Werke in 10 Bänden. Ausgewählt und zusammengestellt von Norbert Kohl. it 831-840

Band 2: Tom Sawyers Abenteuer. Bearbeitet von Karl Heinz Berger. Mit Illustrationen von True W. Williams. it 832

Band 4: Bummel durch Europa. Deutsch von Gustav Adolf Himmel. Mit Illustrationen der Erstausgabe von W. Fr. Brown, True W. Williams, B. Day u.a. it 834

Band 6: Leben auf dem Mississippi. Deutsch von Helene Ritzerfeld. Mit Illustrationen von Klaus Ensikat. it 836

Band 7: Huckleberry Finns Abenteuer. Deutsch von Barbara Cramer-Nauhaus. Mit Illustrationen von Edward W. Kemble. it 837

Band 8: Ein Yankee am Hofe des Königs Artus. Deutsch von Maja Ueberle. Mit Illustrationen der Erstausgabe von Daniel C. Beard. it 838

153/5/8.92